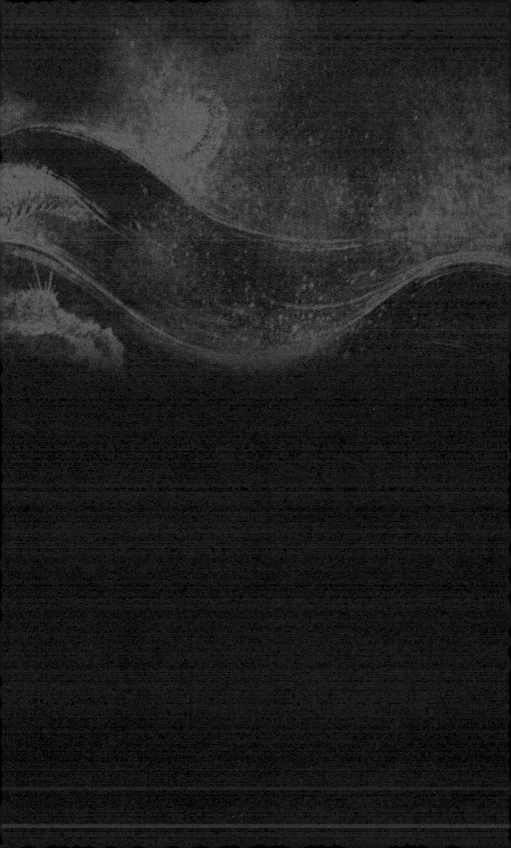

三國志

演義

삼국지 연의

3

◉ ─ 일러두기

1. 이 책은 박문서관博文書館 판 『현토삼국지懸吐三國誌』(모본)를 저본으로 한 정본 완
   역이다.
2. 본문 삽화는 명대 말엽 금릉金陵 주왈교周曰校본 『삼국지통손연의三國志通俗演義』에
   서 발췌하였다.
3. 주요 등장 인물도는 청대 모종강毛宗崗본의 일종인 『회도삼국연의繪圖三國演義』에
   서 발췌하였다.
4. 본문 중의 역자 주는 모두 세 종류로 나뉜다. 문장 중간의 단어를 설명하는 주는 괄
   호 안에 넣었고, 문장 전체에 대한 주는 문장 뒤에 밑줄을 그어 구별하였으며, 시문
   에 대한 주는 시 원문 밑에 번호나 * 표를 매겨 설명하였다.

김구용 옮김 나관중 지음

완역 결정본 《삼국지 연의》

3

三國志演義

솔

三國志 演義 ③ 차례

제23회 | 예형은 옷을 벗어 역적을 꾸짖고 　　　　　　　 … 17
　　　　의원 길평은 독약을 쓰려다가 형을 당하다

제24회 | 역적은 흉측하게 귀비를 죽이고 　　　　　　　 … 45
　　　　유황숙은 패하여 원소에게로 가다

제25회 | 관운장은 흙산에 주둔하여 세 가지 조건을 내세우고 … 60
　　　　백마현에서 조조를 도와 싸움을 풀어주다

제26회 | 원소는 싸움에 패하여 장수를 잃고 　　　　　　 … 83
　　　　관운장은 인印을 걸어둔 뒤에 황금을 봉封하다

제27회 | 미염공은 필마단기로 천리를 달리며 　　　　　 … 102
　　　　한수정후는 다섯 관문에서 장수 여섯을 참하다

제28회 | 채양을 참하여 형제간에 의심을 풀고 　　　　　 … 123
　　　　고성古城에서 주인과 신하는 다시 의義로써 모이다

제29회 | 소패왕은 노하여 우길을 참하고   … 148
　　　　벽안아碧眼兒는 앉아서 강동을 통솔하다

제30회 | 원소는 관도 땅에서 싸우다 패하고   … 171
　　　　조조는 오소 땅을 습격하여 곡식을 불지르다

제31회 | 조조는 창정에서 원소를 격파하고   … 198
　　　　유현덕은 형주 유표에게 몸을 의탁하다

제32회 | 기주를 차지한 원상은 칼로 겨루고   … 218
　　　　허유는 장하를 끌어들이도록 계책을 바치다

제33회 | 조비는 전란을 틈타서 진씨를 아내로 삼고   … 243
　　　　곽가는 계책을 남겨 요동 땅을 평정하다

제34회 | 채부인은 병풍 뒤에서 비밀을 엿듣고   … 266
　　　　유황숙은 말을 날려 단계를 건너다

神威猛奮尚儒雅更知文
天日心如鏡春秋義博雲

古吳雙文松館主人謹書

관우關羽

순욱荀彧

예형禰衡

유비劉備

伏義能
服兵典
用孫慶
破李權
將軍
威也德
嘗比稱
商為關
懶禪 賢

장요張遼

固戈世之雄也而
今安挂狀

讀末見書齋立

조조曹操

開疆展土夏侯惇鎗戟叢
中歇萬軍拔矢去眸枯一
目啖睛忿氣悚雙親

松濤

하후돈夏侯惇

凜凜威風鎮九州當年許褚
果如彪只因孟起軍前見天
下逆兹播兒辰
一壺道人

허저許褚

【삼국시대 지도】

昌黎 ●
潘陽 ■
玄 ●
遼東 ●
丸都 ◎
高句麗

烏丸

幽州 ◎
燕國 ●
代郡 ●
雁門 ●
遼西 ● 碣石山 ▲
北京 ◇
范陽 ●
平壤 ■
樂浪 ●

渤海

中山國 ●
渤海 ●
天津 ◇

石家莊 ◇
冀州 ●
鄴郡 ●

原
鉅鹿 ●
東郡 ●

平原 ●
青州 ●
齊國 ●
東萊 ●

馬韓

弁韓

濟南國 ●
北海國 ●

城陽 ●

魏郡 ●

白馬 ✕
濟陰 ●
琅邪國 ●

河內 ●
魏

沛國 ●

官渡 ✕
陳留國 ●

陽 ◎
鄭州 ◎

許 ■
潁川 ●
譙 ●
下邳 ●
徐州 ◎

陳郡 ●

淮水

新野 ✕
豫州 ◎
揚州 ◎

陽 ◎
汝南 ●
(壽春) ●
盧江 ●

建業
南京 ◇

江夏 ●
長江
吳郡 ●
上海 ◇

州 ◎
南郡 ●
武昌 ■
杭州 ◇

武漢 ◇
盧江 ●

赤壁 ✕
江夏 ●
會稽 ●

豫章 ●
鄱陽 ●
臨海 ●

陽 ●
長沙 ●

盧陵 ●
臨川 ●
建安 ●

湘東 ●

桂陽 ●
吳

福州 ◇

東中國海

交州 ◎
廣州 ◇

香港 ◇

南中國海

0   100   200   300km

⊙	------	국도
■	------	부도
○	------	주도
●	------	군도
◆	------	현재 도시
▲	------	산
✕	------	전투 지역
( )	------	기타
◌◌◌◌◌	------	국경
▭▭▭▭	------	만리장성

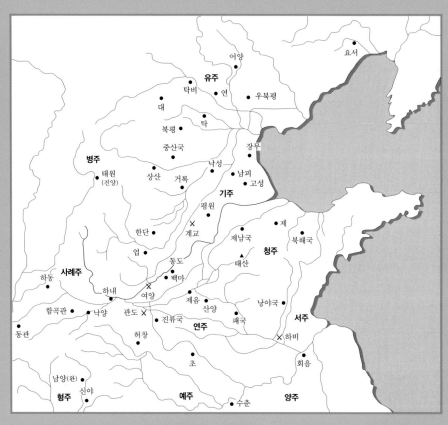

184~202년　조조가 중원을 제압하던 시기의 지도

제23회

예형은 옷을 벗어 역적을 꾸짖고
의원 길평은 독약을 쓰려다가 형을 당하다

조조가 유대와 왕충을 죽이려는데, 공융이 간한다.

"두 사람은 원래 유비와 상대가 안 되는 인물들입니다. 그들을 죽여
봤자 장수들의 인심만 잃습니다."

조조는 유대와 왕충의 죽음만은 면해주었다. 그 대신 그들의 벼슬과
녹을 박탈했다.

조조가 마침내 유현덕을 치기로 결심하고 군사를 일으키려 하자, 공
융이 간한다.

"지금은 한참 추운 겨울이라, 군사를 일으킬 때가 아닙니다. 내년 봄
에 쳐도 늦지 않으니 우선 사람을 장수와 유표에게 보내어, 그들을 우리
편으로 끌어들인 이후에 서주를 공격하십시오."

조조는 그 말이 옳다고 여겨, 먼저 유엽劉曄을 장수에게 보냈다.

유엽은 양성襄城 땅에 당도하자마자 가후賈詡를 찾아가, 조조의 높은
덕을 찬양했다. 가후는 유엽을 일단 자기 집에서 쉬게 했다.

이튿날 가후는 장수에게 가서,

"조승상이 유엽을 보내왔는데, 장군과 손을 잡자는 뜻이었습니다. 어찌하렵니까?"

하고 서로 상의하는 중에 수하 사람이 들어와서 고한다.

"원소에게서 사자가 왔습니다."

장수가 그 사자를 접견하고 원소의 서신을 받아보니, 그 역시 서로 손을 잡자는 내용이었다.

가후는 원소의 사자에게 묻는다.

"원소께서는 군사를 일으켜 조조를 친다는데, 그 뒤의 승부가 어찌 되었소?"

사자는 대답한다.

"매우 추운 때인지라, 일단 군사를 거두었습니다. 우선 장수張繡 장군과 형주荊州의 유표는 모두 당세의 뛰어난 인물이시기에, 우리 주공이 함께 손을 잡고 일하자는 것입니다."

가후는 대뜸 껄껄 웃으며,

"너는 돌아가서 원소에게 내 말을 전하여라. '그래 제 아우(원술) 하나도 용납하지 못한 주제에 당세의 뛰어난 인물들을 어찌 용납하겠느냐'며 욕하더라고 일러라."

하고 원소의 서신을 찢어버린 다음에 사자를 몰아냈다.

장수가 걱정한다.

"원소는 강하고 조조는 약한데 서신을 찢고 그 사자를 꾸짖었으니, 원소가 만일 우리를 치러 오면 어쩌려고 그런 짓을 하시오."

가후는 웃으며 대답한다.

"원소를 버립시다. 조조를 따르는 것이 옳습니다."

"내가 지난날에 조조와 원수를 샀으니, 그가 나를 용납할 리 있겠습니까?"

가후는 설명한다.

"조조를 따르는 데는 세 가지 명분이 있습니다. 첫째로 조승상은 천자의 칙명을 받들어 천하를 정벌하니 그를 따르는 것이 마땅하며, 둘째로 원소는 강하므로 우리를 대수롭지 않게 여기지만, 조조는 약하기 때문에 우리를 환영할 것이니 그를 따르는 것이 마땅하며, 셋째로 조승상은 큰 뜻을 품었기 때문에 개인적인 원한을 풀고 덕을 천하에 밝히니 그를 따르는 것이 마땅합니다. 바라건대 장군은 더 의심하지 마십시오."

장수는 그 말을 옳게 여기고 유엽과 만났다. 유엽은 조조의 덕을 칭송한다.

"승상께서 만일 장군과의 지난날 원한을 깨끗이 잊지 않으셨다면, 이처럼 나를 보내어 장군과 손을 잡자고 하실 리가 있겠습니까."

장수는 그제야 크게 기뻐하며 가후 등을 거느리고 허도에 가서 투항하였다. 장수가 댓돌 밑에서 절하니, 조조는 황망히 부축해서 일으킨 다음에 손을 잡으며,

"지난날의 조그만 허물은 잊어버리도록 하시오."

하고 마침내 장수를 양무장군揚武將軍으로 봉하고, 가후를 집금오執金吾(황실의 경호실장)로 삼았다.

조조는 장수에게 청한다.

"형주의 유표가 나와 손을 잡도록 서신을 하나 써주시오."

그러자 곁에 있던 가후가 대신 대답한다.

"유표는 원래 명사와 사귀기를 좋아하는 분이니, 글 잘하는 유명한 선비 한 분을 보내어 설득시켜야만 효과가 있을 것입니다."

조조는 순유에게 묻는다.

"그럼 누구를 보내는 것이 좋겠소?"

"공융이 이 일을 맡을 수 있습니다."

"그럼 공융에게 부탁해보시오."

순유는 공융에게 갔다.

"승상께서 글 잘하는 고명한 선비를 형주로 보내실 참인데, 귀공께서 이 일을 맡아주겠소?"

공융은 대답한다.

"내 친한 친구 중에 예형禰衡이란 사람이 있는데, 자字를 정평正平이라고 하지요. 그는 나보다도 열 배나 뛰어난 천재요. 참으로 천자 곁에서 보필을 해야 할 인물이지 사자 노릇이나 할 그런 인물은 아니지만, 어떻든 내가 천자께 직접 천거하리다."

공융은 상표문上表文을 지어 천자께 바치니, 공융의 이 글도 중국의 유명한 문집『문선文選』37권에 수록되어 있다.

신이 듣건대 요堯임금 때 홍수가 나서 이를 다스리기 위해서 널리 사방에 뛰어난 인재를 구했다고 하더이다. 또 옛날에 세종世宗 (한漢 무제武帝)께서 천자의 위를 계승하고 나라의 기반을 튼튼히 하려 널리 어진 선비를 구하자, 매사에 통달한 선비들이 소리에 응하듯이 모여들었다 합니다. 그런데 신성 예지神聖叡知하신 폐하께서는 나라를 이어받으시자 액운厄運(동탁董卓의 난)을 당하여 날로 근심하실 때, 태산이 신령을 내리시고 이인異人이 때를 맞추어 나옴이라. 신이 가만히 보건대 처사處士(벼슬 없는 인재)인 평원平原 예형은 나이 스물네 살이요 자는 정평으로, 바탕은 착하고 절개는 밝고 재주가 영특해서 모든 무리 중에서 뛰어난 인물입니다. 그는 처음에는 학문과 문장을 닦아 깊은 뜻을 터득하여 한번 보면 곧 외고 한번 들으면 잊지 않고, 그 천성은 진리와 합치하고 생각은 신神과 같아서 상홍양桑弘羊(전한前漢 때 경리經理의 명수로 암산에 능했다)의 계산이라든가 장안세張安世(전한 때의 재상으로 기억력이 대단했다) 따위의 기억력으로는 예형과 겨루지 못할 것입니다. 뿐만 아니라, 충성심이 대단하여 매사에 과감하며 뜻은 상설霜雪처럼 결백하여 선善을 감탄하고 악惡을 원수로 아니, 임좌任座(전국 시대 戰國時代 때 사람)의 항거 정신과 사어史魚(춘추 시대春秋時代 위衛나라 사람)의 높은 절개로도 예형을 따르지는 못할 것입니다. 날짐승 수백 마리가 강한 수리[鷺] 한 마리만 못하다고 하니, 조정에서 예형을 등용하면 반드시 볼 만한 점이 많으리다. 그가 웅변을 토하거나 문장을 날리면 그 넘치는 기상을 대적할 사람이 없을 것이요, 모든 어려운 문제를 해결하는 데는 여간한 강적 앞에서도 오히려 여유를 보일 것입니다.

臣聞洪水橫流 帝思彭乂 旁求四方 以招賢俊 昔世宗繼統 將弘基業 疇咨熙載 群士響臻 陛下叡聖 纂承基緖 遭遇陋運 勞謙日昃 維嶽降神 異人疊出 竊見處士 平原禰衡 年二十四 字正平 淑質貞亮 英才卓礫 初涉藝文 升堂覩奧 目所一見 輒誦之口 耳所暫聞 不忘于心 性與道合 思若有神 弘羊潛計 安世默識 以衡準之 誠不足怪 忠果正直 志懷霜雪 見善若驚 嫉惡若讐 任座抗行 史魚襄節 殆無以過也 諸鳥累百 不如一鷺 使衡立朝 必有可觀 飛辯騁詞 溢氣探涌 解疑釋結 臨敵有餘

옛날에 가의賈誼(전한 때의 유명한 논객)는 오랑캐의 고관에게 수작을 당했을 때, 결국 오랑캐 선우單于(오랑캐의 왕)가 자책에 견디다 못해 귀순하도록 만들었으며, 종군終軍(전한 때 사람)은 긴 갓끈으로 강한 월越나라 왕을 결박지어오려 했으니, 옛사람은 이러한 그들의 젊은 기상을 높이 찬양했습니다. 요즘 노수路粹, 엄상嚴象이 비상한 재주가 있어 상서랑尙書郎으로 발탁되었습니다만, 예형도 마땅히 그들과 같은 대접을 받아야 할 인재입니다. 만일 예형이 등용되어 마치 용이 하늘로 올라가 날개를 은하수에 떨치거나 소리를 자미성紫微星(천자의 위치)에 드날려 빛을 무지개에 드리운다면, 족히 모든 선비의 존재까지도 뚜렷해지고 사방이 다 화목해지리라 믿습니다. 원래 균천 광악鈞天廣樂 같은 훌륭한 음악은 스스로 기이하며 아름다운 가치가 있어 황실에서 비상한 보배로 두는 바이니, 말하자면 예형 같은 인재도 세상에 그리 흔하지 않습니다. 격초激楚·양아陽阿(둘 두 고대 명곡이다) 같은 지극히 묘한 음률은 음악하는 사람들이 탐내는 바요, 비토飛兎·요양盼襄(둘 다 고대 명마의 이름이다)의 날쌘 걸음은 왕양王良·백낙伯樂(둘 다 말을 잘 알아본 감식가이다)이 다투어 얻고자 한 바이니, 신들이 어찌 훌륭한 인재를 폐하께 천거하지 않을 수 있습니까. 폐하께서는 인재를 등용하시는 데도 신중을 기해야 하므로, 반드시 시험을 보고 뽑아야 합니다. 바라건대 예형을 일개의 존재 없는 선비로서 불러 보시되, 만일 취할 만한 재주가 없거든, 그때에는 사람을 잘못 천거한 신을 엄벌하소서.

昔賈誼 求試屬國 詭係單于 終軍 欲以長纓 牽制勁越 弱冠慷慨 前世美之 近日路粹·嚴象 亦用異才 擢拜臺郎 衡宜與爲比 如得龍躍天衢 振翼雲漢 揚聲紫微 垂光虹蜺 足以昭近 署之多士 增四門之穆穆 鈞天廣樂 必有奇麗之觀 帝室皇居 必蓄非常之寶 若衡等輩 不可多得 激楚·陽阿 至妙之容 掌伎者之所貪 飛兎·盼襄 絶足奔放 良·樂之所急也 臣等區區 敢不以聞 陛下 篤愼取士 必須效試 乞介衡以褐衣召見 如無可觀采 臣等受面欺之罪

황제는 표문을 읽고 나서 조조에게 보냈다.
이에 조조는 사람을 시켜 예형을 불러와 인사는 했으나 앉으라는 말도 하지 않는다. 예형은 하늘을 우러러 길게 탄식한다.

"하늘과 땅은 비록 넓지만, 어째서 사람다운 인물이 하나도 없는가!"

조조가 묻는다.

"내 수하에 있는 수십 명이 다 당대 영웅인데, 어째서 인물이 없다 하느냐?"

예형이 청한다.

"좀 자세히 들어봅시다."

조조는 설명한다.

"순욱荀彧·순유·곽가郭嘉·정욱程昱은 생각이 깊고 지혜가 뛰어나, 비록 소하蕭何·진평陳平(두 사람은 한나라를 세운 공신이다)이라도 따르지 못할 것이며, 장요張遼·허저許褚·이전李典·악진樂進은 매우 용맹해서, 비록 잠팽岑彭·마무馬武(두 사람은 한 광무제光武帝 때 명장이다)라도 따르지 못할 것이며, 여건呂虔·만총滿寵은 종사從事를 맡아보며, 우금于禁·서황徐晃은 선봉을 맡았으며, 하후돈夏侯惇은 천하의 기이한 무사며, 조인曹仁은 복 많은 장수인데 어찌 인물이 없다 하느냐?"

예형은 이 말을 듣고 껄껄 웃는다.

"귀공의 말은 틀렸습니다. 내가 그들을 다 아는데, 순욱은 초상난 집이나 앓는 사람 집에 심부름이나 갈 정도고, 순유는 무덤이나 지킬 정도며, 정욱은 문지기 노릇이나 할 만하고, 곽가는 축사나 대독代讀할 그런 위인이고, 장요는 전장에서 북이나 징을 치면 알맞고, 허저는 목장에서 말이나 소를 기르기에 알맞고, 악진은 문서나 조서를 맡아서 읽으면 제격이고, 이전은 급한 서신이나 격문을 보내는 데 적당하고, 여건은 칼을 갈거나 만드는 대장장이나 하는 것이 옳고, 만총은 술찌끼나 먹여두는 것이 좋고, 우금은 판장이나 져 나르며 담이나 쌓는 미장이 노릇이 제격이고, 서황은 돼지나 잡아서 개백정 노릇이나 하면 똑 알맞고, 하후돈은 독불장군獨不將軍이고, 조인은 돈이나 긁어 모으는 데 이골난 원님이고,

그 나머지는 그저 옷이나 걸어둘 횃대 줄이거나, 아니면 밥통이거나, 아니면 술통이거나, 아니면 고기 보따리들이오."

조조가 분노한다.

"너는 무엇에 능하느냐?"

예형은 대답한다.

"나는 천문 지리에 모르는 것이 없고, 삼교 구류三敎九流(삼교는 유儒, 불佛, 선仙이고, 구류는 유학儒學, 도학道學, 음양학陰陽學, 법학法學, 명학名學, 묵학墨學, 종횡학縱橫學, 잡학雜學, 농학農學이다)에 통달하였소. 위로는 임금을 요堯·순舜임금 같은 성군으로 만들 수도 있고, 아래로는 공자孔子·안연顏淵(공자의 수제자 안회顏回)과 같은 덕을 갖추게도 할 수 있으니, 어찌 세속 사람들과 같이 논할 수 있으리요."

이때 곁에 있던 장요는 참다못해 칼을 뽑아 들더니 예형을 죽이려 든다.

조조는 말한다.

"요즈음 북 치는 자가 하나 부족하던 차에 마침 잘됐다. 예형에게 그 직책을 주어 내일부터 아침 조회 때나 잔치 때에 북을 치게 하리라."

예형은 사양 않고 쾌히 승낙하고 물러갔다.

장요가 묻는다.

"그놈이 그런 불손한 말을 했는데, 왜 죽이지 않으십니까?"

조조는 대답한다.

"그놈은 실력도 없이 세상에 꽤 유명한 존재다. 그놈을 죽이면 천하 사람들은 나를 도량 없는 사람이라고 할 것이다. 그놈이 스스로 못하는 짓이 없다기에, 그래서 북 치는 직책을 맡기고 창피를 줄 셈이다."

이튿날, 소소는 궁중 성청省廳에다 크게 잔치를 벌이고 많은 손님들을 초청한 다음에, 북 치는 관리에게 북을 치도록 명령했다.

북 치는 관리가 예형에게 분부한다.

"새로 왔으니 잘 모르겠지만, 북을 칠 때에는 반드시 새 옷으로 갈아입어야 한다."

그러나 예형은 낡아빠진 옷을 그대로 입고 들어가서 어양곡漁陽曲(예형이 처음으로 만들었다는 곡조) 3장場을 치는데, 그 음절과 강약이 절묘하여 혹은 크게 혹은 낮게 서로 울려 퍼지는 음향이 마치 금석金石 소리 같았다. 잔치에 모인 사람들은 그 소리를 듣는 동안에 무한한 슬픔을 억제할 수 없어 모두 흐느껴 운다.

좌우 무사들이 조조의 눈짓을 받자 예형을 꾸짖는다.

"어째서 옷을 갈아입지 않았느냐!"

예형은 대답 대신 낡은 옷을 훌훌 벗어 던진다. 손님들은 실오라기 하나 걸치지 않은 예형의 몸을 보자, 일제히 소매로 얼굴을 가린다. 그제야 예형은 유유히 속옷으로 앞을 가리는데, 얼굴빛 하나 변하지 않고 태연하다.

조조는 노하여 꾸짖는다.

"여기가 어딘 줄 아느냐. 묘당廟堂 위에서 어찌 이리도 무례한가!"

예형의 대답은 거침이 없다.

"임금을 속이는 짓을 무례하다고 하느니라. 나는 부모에게서 받은 몸을 나타내어 결백함을 보였을 따름이다."

조조는 소리를 지른다.

"네가 결백하다니, 그럼 더러운 자는 누구냐?"

예형은 불을 뿜듯이 대답한다.

"조조야, 너는 어진 사람과 어리석은 사람을 분별할 줄 모르니 네 눈이 더럽기 때문이요, 『시경詩經』과 『서경書經』을 읽지 않았으니 네 입이 더럽기 때문이요, 옳은 말을 알아들을 줄 모르니 네 귀가 더럽기 때문이요, 고금古今을 모르니 네 몸이 더럽기 때문이요, 제후들을 용납할 줄 모

옷을 벗고 조조를 꾸짖는 예형

르니 네 뱃속이 더럽기 때문이요, 늘 역적질할 일만 생각하니 네 마음이 더럽기 때문이다. 천하의 유명한 선비인 나에게 북 치는 일을 맡기니 이는 양화陽貨가 공자를 업신여기고 장창臧倉이 맹자孟子를 모략한 것과 진배없다. 소위 천하를 도모하겠다는 자가 이렇듯 사람을 경멸하느냐!"

좌중에 참석한 공융은 조조가 예형을 꼭 죽일 것만 같아서 조용히 고한다.

"예형의 죄는 마땅히 귀양을 보내야 하오. 알고 본즉 옛 밝은 임금(은殷나라 고종高宗)이 꿈에 보고 얻었다는 그런 부열傳說(은나라 고종이 꿈에 부열을 보고 부암傳巖에 가서 어진 인물 부열을 만나 크게 나라를 일으켰다는 고사) 같은 인물은 아니군요."

조조는 공융의 말에는 대답도 않고 예형을 손가락으로 가리킨다.

"너를 형주로 보낼 테니, 가서 유표가 나에게 항복해오게끔 하여라. 그러면 너에게 공경 대부公卿大夫의 벼슬을 주마."

예형은 씹어 뱉듯이 대답한다.

"나는 가지 않겠다."

조조는 좌우에게,

"예형을 말에 태워라. 두 사람이 양쪽에서 강제로 이끌고 형주로 가거라. 그리고 문무 관원들은 동문東門까지 나가서 예형을 술로 대접하여 전송하시오."

하고 일어섰다.

문무 관원들은 조조의 명대로 동문 밖까지 나갔다.

순욱은 볼멘소리로 말한다.

"예형이 오거든 일어나지 말고 그냥 앉아 있읍시다."

예형이 이르러 말에서 내려 동문으로 나가보니, 모든 관원들은 단정히 앉아 있을 뿐 일어서지 않는다.

예형은 홀연히 소리를 높여 통곡한다.

순욱이 묻는다.

"어째서 우느냐?"

"여긴 송장이 들어 있는 널[棺]들만 놓였으니, 내 떠나가는 마당에 어찌 울지 않을 수 있으리요."

모든 관원들은 화가 났다.

"우리가 송장이라면 너는 대가리 없는 미친 귀신이다."

예형은 대답한다.

"나는 한나라 신하요 조조의 무리는 아니거늘, 어째서 머리가 없다 하느냐?"

관원들은 참다못해 예형을 죽이려 드는데, 순욱이 말린다.

"쥐새끼나 참새 같은 놈을 벤댔자 칼만 더럽히오. 그만둡시다."

예형이 대꾸한다.

"네 말대로 나는 쥐나 참새라 해도 오히려 사람의 마음이 있다마는, 너희들은 보잘것없는 벌레들이로다."

모든 관원들은 망칙한 놈이라고 욕하며 예형을 피하듯 돌아갔다.

그 뒤 예형은 형주 땅에 이르러 유표와 만났다. 그는 겉으로는 유표의 덕을 칭송하는 체하면서 날카롭게 풍자했다. 유표는 불쾌해서,

"강하江夏에 가서 황조黃祖를 만나보아라."

하고 예형을 떠나 보냈다.

수하 사람은 유표에게 묻는다.

"예형이 주공을 농락했거늘, 왜 죽이지 않았습니까?"

유표는 빙긋이 웃는다.

"예형이 조조를 면대하고 욕했건만, 조조가 그를 죽이지 않은 것은 세상 인심을 잃지 않기 위해서였다. 그래서 이리로 보내 내 손을 빌려 예형을 죽이려 한 것이다. 즉 나에게 뛰어난 인재를 죽였다는 누명을 뒤집어씌우자는 속셈이다. 내가 예형을 황조에게 보낸 뜻은 조조에게 나의 식견을 보여주기 위해서다."

모든 사람들은 유표의 말을 듣고 감탄했다. 이때 원소에게서 사자가 왔다.

유표는 모든 모사에게 묻는다.

"원소가 또 사자를 보내왔다. 조조도 예형을 보내왔으니, 어느 쪽을 따르는 편이 좋겠소?"

종사중랑상從事中郎將 한숭韓崇이 대답한다.

"이제 두 영웅이 대결할 때가 왔으니, 장군께서도 천하를 도모할 생각이면 이 기회에 적을 쳐부수는 것이 옳습니다. 그렇지 않다면 둘 중에

유리한 편을 가려서 따르십시오. 이제 조조로 말할 것 같으면 군사를 잘 쓸 뿐더러 뛰어난 인재들이 많이 모였으니, 반드시 먼저 원소를 무찌른 뒤에 군사를 강동江東으로 옮길 것인즉, 그때는 장군이 조조를 막아내기가 어려울 것입니다. 그러니 차라리 형주를 조조에게 바치고 따르면, 조조가 반드시 장군을 극진히 대접하리다."

유표가 말한다.

"그럼 그대가 우선 허도에 가서 일단 동정을 살펴보고 오라. 그때 다시 상의하리라."

한숭은 대답한다.

"자고로 임금과 신하는 서로 정해진 분수가 있습니다. 지금은 장군을 섬기기 때문에 비록 끓는 물이나 불 속이라도 명령만 하시면 들어가겠습니다. 하지만 장군이 위로는 천자를 모시고 아래로는 조조에게 복종하겠다면 문제는 좀 달라집니다. 만일 허도에 가서 천자께서 주시는 관직을 받으면, 그때는 나는 장군의 수하 사람이 아니라 바로 천자의 신하가 되는 것이니, 일단 그렇게 되고 나면 다시는 장군의 명령에 복종할 수가 없습니다. 이 점을 깊이 생각하십시오."

유표는 분부한다.

"그대는 우선 가서 저편 사정이나 보고 오시오. 내게도 따로 생각이 있소."

이에 한숭은 유표를 하직하고 허도에 이르러 조조를 뵈었다.

조조는 곧 한숭을 시중侍中으로 삼고 겸하여 영릉零陵 태수로 봉했다.

순욱이 묻는다.

"한숭은 우리의 동정을 살피러 왔을 뿐 아니라 공로도 없는데 그런 높은 벼슬을 주고, 또 예형에게선 그 뒤 아무런 보고도 없는데 승상께선 일단 보내놓고서 그 뒤의 일을 묻지 않으시니 웬일입니까?"

"예형이 나에게 갖은 욕설을 퍼붓기에 유표의 손을 빌려 죽이려고 한 것인데 그까짓 것을 다시 말해 무엇 하리요."

조조는 대답하더니 마침내 한숭을 불러,

"그대는 형주에 돌아가서 유표가 귀순하도록 잘 타이르라."

하고 떠나 보냈다.

이에 한숭은 형주로 돌아와서 조정의 성덕을 칭송하고, 유표의 아들을 보내어 천자를 모시도록 권했다.

"오오, 네가 가더니만 딴 뜻을 품고 옛 주인을 배신하러 왔구나!"

유표는 노기 등등하여 그를 참하려 든다.

한숭은 큰소리로 외친다.

"장군이 나를 버렸지, 내가 어찌 장군을 버렸습니까."

괴양蒯良은 그 사이를 막고 말린다.

"한숭은 전번에 떠나기 전에 한번 천자가 주는 벼슬을 받으면 다시는 장군의 명령에 복종할 수 없다는 말을 하고 갔습니다. 그러니 한숭을 탓할 것도 못 됩니다."

유표는 그제야 칼을 칼집에 꽂고 한숭을 용서했다.

이때 강하에서 사람이 와서 유표에게 고한다.

"황조가 드디어 예형을 참했습니다."

유표가 묻는다.

"어쩌다가 죽였다더냐."

그 사람이 소상히 고한다.

"황조는 예형과 술을 마시다가 함께 취했답니다. 황조가 '그대는 허도에 있을 때 많은 사람을 봤을 테니 누가 당대 인물이더냐' 하고 묻자, 예형이 대답하기를 '그래도 큰아이 노릇을 하는 것은 공융이요, 작은아이 노릇을 하는 것은 양수楊修(양표楊彪의 아들)요. 그 밖의 것은 사람이

랄 게 없소' 하더랍니다. 황조는 '그럼 나는 어떠냐' 하고 묻자, 예형이 '너는 꼭 사당 안의 귀신 같아서 제사 음식은 곧잘 받아먹으면서도 영험이 없는 놈이지' 하고 대답했답니다. 이에 황조가 분을 못 이겨 '네가 나를 나무토막으로 만들어 앉힌 등신인 줄 아느냐' 하고 드디어 칼을 뽑아 참했는데, 예형은 죽으면서도 끝까지 황조에게 욕설을 퍼붓더랍니다.”

유표는 스물네 살의 기이한 인재 예형이 죽은 경과를 듣자 길게 탄식해 마지않으면서,

“앵무주鸚鵡洲 가에다 예형을 잘 장사지내주어라.”

하고 분부했다.

후세 사람이 예형을 탄식한 시가 있다.

황조는 원래가 큰 인물이 아니어서
천하 기재, 예형은 이 강가에서 죽음을 당했도다.
이제 와서 앵무주 가를 지나며 그 옛일을 생각하니
아아 푸른 강물만 무심히 흐르는구나.
黃祖才非長者爾
禰衡喪首此江頭
今來鸚鵡洲邊過
惟有無情碧水流

한편, 조조는 예형이 죽음을 당했다는 소식을 듣자 웃는다.

“어리석은 선비가 제 혓바닥으로 제 몸을 찔러 죽은 격이다.”

그러나 조조가 기다리는 소식은 따로 있었다. 아무리 기다려도 형주의 유표는 항복해오지 않았던 것이다. 마침내 조조는 군사를 일으켜 유

표를 치기로 했다.

순욱이 간한다.

"아직 원소를 무찌르지 못했으며 유비를 없애버리지도 못했는데, 군사를 강江·한漢 땅으로 보낸다면 이는 가슴앓이를 돌보지 않고, 손발의 부스럼 정도를 치료하는 격입니다. 먼저 원소를 친 다음에 유비를 쳐 없애면 유표 따위는 단숨에 없애버릴 수 있습니다."

이에 조조는 고개를 끄덕이고 군사를 일으키지 않았다.

동승은 유현덕이 떠난 뒤에도 밤낮으로 왕자복 등과 함께 조조를 없애버릴 일을 상의했으나 뾰족한 계책이 떠오르지 않았다. 더욱이 그는 건안建安 5년(200) 정월 초하룻날 조정에서 하례 때 조조가 매우 교만하게 횡포를 부리는 것을 보자 분이 나서 병들어 누웠다.

황제는 동국구董國舅(동승)가 병으로 누워 있다는 말을 듣자 시의侍醫를 보냈다.

시의는 원래 낙양洛陽 사람으로 성명은 길태吉太요 자는 칭평稱平이니, 세상 사람들은 그를 길평吉平이라고 불렀다. 길평은 당대의 뛰어난 명의였다.

길평은 부중府中에 가서 밤낮으로 동승의 곁을 떠나지 않고 약을 썼다. 그런데 동승은 깊이 한숨을 쉬거나 아니면 짧은 탄식만 했다. 그러나 길평은 감히 묻지를 못했다.

정월 대보름날, 길평이 집으로 돌아가려고 동승에게 하직 인사를 드렸다. 동승은 길평을 만류하고 둘이서 밤늦도록 술을 마셨다. 아직 병이 다 낫지 않은 터에 술이 과해서 동승은 몸을 가누지 못하다가 스르르 벽에 기댄다.

홀연 수하 사람이 들어와서 고한다.

"왕자복 등 네 분이 오셨습니다."

동승은 곧 나가서 그들을 영접해 들였다.

왕자복이 말한다.

"이제야 우리의 큰일이 이루어지나 보오."

동승은 묻는다.

"좀 자세히 말해주시오."

왕자복은 희색이 만면하다.

"드디어 유표는 원소와 손을 잡고 군사 50만을 일으켜 함께 10로路로 나누어 쳐들어오며, 마등馬騰은 한수韓遂와 손을 잡고 서량군西凉軍 72만을 일으켜 북쪽으로부터 쳐들어온다는 기별이 왔소. 조조는 허도의 군사를 모조리 일으켜 그들을 맞이해서 싸우려고 각 방면으로 나누어 떠나 보냈기 때문에 지금 도성은 텅 비었소이다. 그러니 우리 다섯 동지의 집안 부하들만 한데 모아도 천여 명은 넉넉히 될 것이며, 더구나 승상부에선 오늘 밤에 정월 대보름 잔치를 크게 한다니, 승상부를 포위하고 쳐들어가서 조조를 죽입시다. 이런 기회는 한 번밖에 없는 것이오."

동승은 너무나 기뻐서 집안 수하 장정들에게 각각 무기를 나누어주고 자신은 갑옷 차림에 창을 들고 말을 타고 내문內門 앞에서 다 함께 모여 일제히 쳐들어가기로 했다.

밤은 깊어 2경을 알리는 북소리가 들려오자 무장한 장정들이 다 모였다. 동승은 보검을 들고 장정들을 거느리고 승상부에 이르자, 유유히 걸어 들어가서 후당後堂 잔치 자리에 높이 앉은 조조를 보더니,

"역적 조조는 꼼짝 말라!"

크게 외치고 단숨에 뛰어올라가, 칼을 뽑아 죽 내리쳤다. 조조는 칼을 맞자 단번에 의자에서 굴러 떨어지더니 나자빠져 죽는다.

순간 동승은 잠에서 깨어났다. 깨어보니 한바탕 꿈이었다. 입으로는

아직도 역적 조조를 저주하고 있었다.

길평은 동승을 가만히 흔든다.

"대감은 조조를 죽일 생각이시구려?"

동승은 깜짝 놀라 아무 말도 못한다.

길평은 빙긋이 웃는다.

"대감은 놀라지 마십시오. 이 몸은 비록 의원에 불과하지만, 한漢나라를 생각하는 충성은 누구 못지않습니다. 저는 날마다 대감께서 한숨만 쉬는 걸 보면서도 감히 묻지 못했는데, 꿈을 꾸면서 하는 말씀을 듣고야 그 진정을 알았으니, 더 이상 감추려 마십시오. 만일 나 같은 사람도 쓸 데가 있다면, 저는 구족이 몰살을 당한대도 후회하지 않겠습니다."

동승은 소매로 눈물을 씻으며 운다.

"그대의 말이 거짓이 아닌지 두렵노라."

길평은 손가락을 깨물어 피를 흘리면서 진심임을 맹세한다. 그제서야 동승은 천자에게서 받은 옷과 옥대와 조서를 내보인다.

"우리가 대의명분은 세웠으면서도 일을 서두르지 못하는 것은 유현덕과 마등이 제각기 가버려서 계책을 세우지 못하기 때문이오. 그래서 나는 애만 태우다가 병이 난 거요."

길평은 단호히 말한다.

"대감은 동지들에게 염려 말라고 하십시오. 역적 조조의 목숨은 내 손에 달려 있습니다."

동승이 묻는다.

"어째서 그렇단 말이오?"

"조조는 머리에 풍증風症이 있는데 아프기 시작하면 뼈 속까지 쑤시는 병이오. 그놈은 풍증이 일어나기만 하면 반드시 나를 데려다가 치료를 하지요. 조만간에 또 나를 부를 터이니, 그때 독약 한 봉지만 쓰면 죽일 수 있습니다. 군이 힘으로 칠 필요가 없습니다."

동승은 은근히 부탁한다.

"그렇게만 해준다면 한나라 종묘 사직은 그대의 힘으로 위기를 모면하게 되겠소."

길평은 거듭 약속하고, 동승에게 하직하고 집으로 돌아갔다. 동승은 속으로 기뻐하며 후당後堂으로 걸어 들어가다가 어두운 구석에서 남녀가 포옹하고 사랑을 속삭이는 모습을 우연히 발견했다. 그 남녀는 다름아닌 종놈 진경동秦慶童과 동승의 시첩侍妾인 운영雲英이었다.

동승은 대로하여 좌우 사람을 불러 그들을 잡아다가 당장에 죽이려하는데, 본부인本夫人이 극력 말려서 죽이지 않는 대신에 각각 곤장 40대를 쳤다. 그리고 진경동을 쇠사슬로 비끄러매고 냉방에 가두어두었다. 원한을 품은 진경동은 밤중에 쇠사슬을 비틀어 끊고 담을 넘어 달아났다. 그는 곧 승상부로 달려가서,

"은밀히 아뢸 일이 있습니다."

하고 고했다.

조조는 그자를 밀실로 불러들이게 하고 묻는다.

"무슨 일이냐?"

진경동은 아뢴다.

"왕자복 · 오자란吳子蘭 · 충즙种輯 · 오석吳碩 · 마등 다섯 사람은 소인의 주인 집에서 비밀 회합을 한 일이 있습니다. 필시 승상을 해치기 위한 모임인 줄로 압니다. 그때 주인이 흰 비단을 내보였는데 거기에 무엇이 씌어 있었는지는 모르겠습니다. 그런데 이번에는 의원 길평이 손가락을 깨물어 피를 흘리면서 맹세하는 걸 소인이 엿본 일이 있습니다."

조조는 우선 진경동을 부중에 감추어두었다.

한편, 동승은 진경동이 없어졌다는 말을 듣고 아마 먼 지방으로 달아

낫거니 생각했다. 그래서 그 뒤를 알아보려고도 하지 않았다.

　이튿날, 조조는 머리에 풍증이 또 도졌다며 거짓말하고, 사람을 시켜 길평을 부르러 보냈다. 길평은 조조의 부름을 받자 속으로,

　"오늘에야 역적 놈 운수가 끝장나는구나!"

　생각하고 소매 깊이 독약을 감추어 승상부로 갔다. 조조는 침상에 누운 채 어서 약을 쓰라며 길평에게 분부한다.

　"염려 마십시오. 약 한 첩만 드시면 곧 낫습니다."

　길평은 대답하고 곧 약탕관을 가져오라 하여 손수 약을 끓인다. 약이 반쯤 달여졌을 때, 길평은 슬쩍 독약을 넣고 잘 짠 뒤 손수 조조에게 바친다.

　조조는 그 약에 독약이 들었음을 알기에 일부러 늑장만 부린다.

　길평이 고한다.

　"식기 전에 잡수셔야지 땀이 나서 곧 쾌차하시게 됩니다."

　조조는 침상에서 일어나 앉아 말한다.

　"너는 옛 글을 읽었으니 반드시 예의를 알 것이다. 임금이 병이 나서 약을 드시게 되면 신하가 먼저 그 약을 맛보아야 하며, 아버지가 병이 나서 약을 드시게 되면 자식이 먼저 그 약을 맛보아야 한다고 했다. 너는 나에게 심복한 수하 사람인데, 어째서 먼저 맛보지 않고 약을 바치느냐?"

　길평은 대답한다.

　"병을 고치기 위해서 먹는 약인데, 공연한 사람이 먹어서 무얼 합니까."

　그 대답은 확실한 거절이었다. 길평은 비밀이 탄로났다는 것을 즉각 알아차리고, 성큼성큼 걸어가서 대뜸 조조를 잡아 눕히고, 그 귀에다 약을 들이부으려 한다. 순간 조조가 홱 뿌리치는 바람에 약은 온통 바닥에 뿌려졌다. 보라, 약물이 뿌려진 곳마다 바닥에 깔린 벽돌이 쩍쩍 갈라진다.

조조가 미처 말하기도 전에 좌우 무사들이 달려들어 길평을 뜰 아래로 끌어내린다.

조조는 굽어보며 추상같이 호령한다.

"내게 무슨 병이 있겠느냐. 단지 네 놈을 시험해보려 한 것뿐이다. 과연 나를 해칠 생각이었구나!"

조조는 사납게 생긴 옥졸 스무 명을 불러,

"저놈을 후원後園으로 끌고 가서 사실을 실토할 때까지 사정없이 다루어라."

하고 친히 후원 정자에 나가서 높은 자리에 좌정했다. 옥졸들은 정자 밑 땅바닥에 꽁꽁 묶은 길평을 엎어놓았다. 그러나 길평의 표정은 조금도 변함없이 태연하였다.

조조는 가증스레 웃으며 문초한다.

"너 같은 한낱 의원 놈이 어찌 감히 나를 해칠 생각인들 했겠느냐. 누가 뒤에서 너에게 시켰느냐? 그놈이 누군가를 말하면 곧 용서해주리라."

길평은 다부지게 꾸짖는다.

"너는 임금을 속인 역적이다. 천하 사람이 다 너를 죽이려 하는데, 어째서 나만 그런 생각이 없겠느냐!"

조조가 거듭 다그쳐 묻자 길평은 버럭 성을 낸다.

"내가 너를 죽이려 했다. 남의 지시나 받는 그런 못난 사람이 아니다. 이제 너를 못 죽였으니, 내가 죽을 밖에! 잔말 말고 어서 죽여라!"

조조도 화가 났다.

"저놈을 몹시 쳐라!"

몹시 사나운 옥졸들이 두 시간 동안이나 곤장을 내리치니, 길평의 피부는 너덜너덜 찢어져 피가 뜰에 가득하였다.

조조는 길평이 죽으면 살아 있는 증인이 없어지기 때문에, 우선 옥졸에게 조용한 곳으로 떠메어가서 가두도록 하였다.

이튿날 조조는 후당에 잔치를 벌이고 모든 대신들을 초청하여 술을 마신다. 동승만이 병을 핑계로 잔치에 오지 않았다. 왕자복 등 동지들은 혹 의심을 살까 겁이 나서 모두 참석하였다.

술이 몇 순배 돌았을 때였다. 조조는

"잔치에 별로 즐길 만한 일이 없구려. 내게 한 사람이 있으니, 여러분을 술에서 깨어나게 해드리리다."

하고 옥졸 스무 명에게 분부한다.

"그놈을 이리로 끌어내오너라."

잠시 후 길평이 칼을 쓰고 산발한 채 뜰 아래로 끌려 들어온다.

조조가 말한다.

"여러분은 모르겠지만, 저놈이 악당들과 결탁하여 조정을 배반하고, 나를 해치려다가 천벌을 받아 붙들렸소. 저놈이 어떤 사실을 실토하나 좀 들어봅시다."

조조의 분부가 떨어지자 옥졸들은 곤장을 친다. 이윽고 길평이 기절하니 옥졸들은 물을 퍼붓는다.

"역적 놈 조조야, 네가 나를 죽이지 않고 뭘 꾸물대느냐!"

길평은 조조를 꾸짖는다.

조조가 묻는다.

"공모한 놈이 모두 여섯 놈이라니, 그럼 너까지 합쳐서 일곱 놈이냐?"

길평은 욕설만 퍼붓는다.

왕자복 등 네 사람은 서로를 쳐다보며 바늘방석에 앉은 심정이었다.

조조는 매를 지게 하고 까무라치면 물을 퍼붓게 하여 갖은 고문을 다 하였으나, 길평이 끝내 실토할 것 같지 않자 끌어내어 감금하도록 명했다.

모든 대신들이 돌아가는데, 조조는 왕자복 등 네 사람만은 밤 잔치까지 보고 가도록 붙들었다. 왕자복 등 네 사람은 정신이 아찔했다. 그러나 기다리라니 그럴 수밖에 별도리가 없었다.

이윽고 조조가 다시 들어온다.

"붙들어두고 싶은 생각은 없지만, 물어볼 일이 있으니 어찌하리요. 너희들 네 사람이 동승과 함께 무슨 의논을 한 적이 있었느냐?"

왕자복이 대답한다.

"우리는 아무것도 상의한 일이 없소."

조조는 다시 묻는다.

"흰 비단에 써 있던 것은 뭔가?"

왕자복 등 네 사람은 다 모르는 일이라고 하였다. 조조는 진경동을 데려오라고 하여 대질을 시켰다.

왕자복이 묻는다.

"네 놈이 어디서 무엇을 봤다는 거냐?"

진경동은 대답한다.

"그대들은 다른 사람 없는 데서 모여 연판장連判狀에 서명하지 않았소? 감춘다고 감춰질 성싶소?"

왕자복이 말한다.

"저놈은 동승의 시첩과 간통하다가 꾸중을 듣고 주인을 무고한 것이니 귀담아듣지 마십시오."

조조는 묻는다.

"길평이 내게 독약을 쓰려 한 것은, 동승이 시킨 짓이 아니면 누가 시켰단 말이냐?"

왕자복 등은 다 모르는 일이라며 우긴다.

조조가 말한다.

"지금 사실대로 말하면 용서해주지만, 만일 사실이 다 드러났을 때에는 결코 용서하지 않으리니 잘 명심하여라."

왕자복 등은 그러한 일이 없다고 끝까지 잡아뗐다.

조조는 목청을 높여,

"여봐라, 이것들을 다 잡아 가둬라."

하고 무사들에게 분부했다.

이튿날, 조조는 많은 수하 사람들을 거느리고 바로 동승의 부중으로 문병 갔다. 동승이 나와서 영접하자, 조조가 묻는다.

"어젯밤 잔치에 왜 안 왔소?"

동승이 대답한다.

"몸이 아직 덜 나아서 바깥 출입을 잘 못합니다."

조조는 비꼰다.

"나라를 근심하는 병이 들었구려."

동승은 속으로 깜짝 놀랐다. 조조는 계속 묻는다.

"대감은 이번에 길평이 저지른 일을 알겠지?"

"전혀 모르오."

조조는 싸늘하게 웃으며,

"대감이 어찌 모른다 하는가?"

하고 좌우 시종들에게 분부한다.

"어서 동국구 어른 앞으로 끌고 오너라!"

동승이 얼떨떨해하는데, 사나운 옥졸들이 길평을 끌고 들어온다.

길평은 댓돌 아래로 끌려오면서도,

"이놈, 역적 조조야!"

하고 갖은 욕설을 퍼붓는다.

조조는 길평을 손가락으로 가리키며 동승에게,

"저놈이 왕자복 등 네 사람의 공모 사실을 불기에 내 이미 정위廷尉(옥사獄事를 맡아보는 관리)에게 그들을 넘겼지만, 또 한 사람이 있다는데 아직 잡지를 못했네."

하고 길평을 굽어보며 묻는다.

"누가 너더러 독약을 써서 나를 죽이라 하더냐. 속히 이실직고하여라."

길평은 앙연히 대답한다.

"하늘이 나에게 역적을 죽이라 하시더라."

조조는 노하여 곤장으로 몹시 치도록 명령했지만, 기실 길평은 이제 더 맞을 곳조차 없었다. 조조 곁에 앉아서 이 광경을 보는 동승은 자기 가슴이 찢어지는 듯했다.

조조는 또 길평에게 묻는다.

"본래는 네 손가락이 열 개 있었는데 지금은 어째서 아홉 개만 남았느냐?"

길평은 대답한다.

"하나는 역적을 죽이기로 맹세할 때 깨물어버렸다."

조조는 칼을 가지고 오라더니 친히 댓돌 밑으로 내려가서 길평의 남은 손가락 아홉 개를 모조리 잘라버린다.

"이제 다 잘라버렸으니 좀더 크게 맹세해봐라."

길평이 대답한다.

"아직 입은 남았으니 네 놈을 씹어 삼킬 수 있으며, 혀가 있으니 네 놈을 꾸짖을 수 있다."

조조가 분부한다.

"음 그래, 여봐라! 저놈의 혓바닥을 뽑아라."

길평은 청한다.

"잠시 손을 멈춰라, 이제 더는 견딜 수가 없다. 다 실토하겠으니 결박을

길평을 고문하는 조조. 오른쪽 끝은 동승

좀 풀어다오."

조조는 즉시 분부한다.

"그거야 어려울 게 있겠느냐. 결박을 풀어줘라."

길평은 일어나 궁궐 있는 쪽을 바라보고 절하며,

"신이 능히 국가를 위해 역적을 없애버리지 못했으니, 이야말로 하늘
의 운수인가 합니다."

하고 댓돌에 머리를 짓찧어 쓰러져 죽었다.

조조는 길평의 머리와 사지를 끊어 길거리에 전시하라 호령했다. 이
때가 바로 건안 5년 정월이었다.

사관史官이 길평을 찬탄한 시가 있다.

한나라는 다시 일어날 기색이 없는데

나라를 치료하는 의원 길평이 있었도다.

간악한 무리를 없애려 맹세하고

한 몸을 버리어 천자께 보답하려 했도다.

혹독한 형벌에도 그의 말은 더욱 열렬했으며

참혹하게 죽었으나 그 기상은 살아 있는 것이나 진배없도다.

열 손가락 없어져 피 흐르는 곳에

그의 비범한 이름은 천추에 빛났도다.

漢朝無起色

醫國有稱平

立誓除姦黨

損軀報聖明

極刑詞愈烈

慘死氣如生

十指淋釉處

千秋仰異名

길평이 죽자, 조조는 좌우 무사들을 시켜 진경동을 데려왔다.

조조는 동승에게 묻는다.

"동국구는 저 사람을 아는가?"

동승은 격분하여 꾸짖는다.

"도망한 놈이 왔으니, 내 즉시 죽이리라!"

조조는 나선다.

"저 사람은 악당들의 음모를 내게 고발한 첫 공로자다. 누가 감히 죽일 수 있겠느냐."

동승은 호소한다.

"승상은 어째서 도망친 놈의 한 쪽 말만 믿으시오?"

조조는 소리를 높여,

"왕자복 등은 이미 나에게 잡혀 사실을 자백했는데, 그래도 너는 숨길 작정이냐?"

하고 즉시 좌우 무사들에게 분부하여 동승을 끌어내린 다음에 집 안을 샅샅이 뒤진 결과, 황제가 하사한 옥대와 조서 그리고 연판장이 모두 나왔다.

조조가 보더니 껄껄 웃으며,

"쥐새끼 같은 놈들이 어찌 감히 이럴 수 있을까! 동승의 모든 식구와 비복婢僕들까지도 감금하되 한 놈도 놓치지 말라."

하고 추상같이 영을 내렸다.

조조는 승상부로 돌아오는 즉시로 모든 모사들에게 황제의 조서를 보이고, 헌제를 폐위시킬 일과 새로이 천자를 세울 일을 상의하였다.

천자의 몇 줄 조서가 헛된 희망으로 끝났구나.

종이 한 장의 연판장이 불행을 불러일으켰도다.

數行血詔成虛望

一紙盟書惹禍殃

헌제의 목숨은 어찌 될 것인가.

제24회

역적은 흉측하게 귀비를 죽이고
유황숙은 패하여 원소에게로 가다

조조는 천자의 옷과 옥대와 조서를 모든 모사들에게 보이고, 헌제를 폐위할 일과 새로이 덕 있는 이를 천자로 세우기로 의논하는데, 정욱이 간한다.

"주공이 위엄을 능히 사방에 떨치며 천하를 호령하는 것은 한나라 칭호를 떠받들고 행세하기 때문입니다. 이제 지방의 모든 제후들을 평정하기도 전에 갑자기 황제 폐위를 단행한다면, 반드시 천하가 들고일어날 것이니 깊이 생각하십시오."

조조는 할 수 없이 그만두기로 했다.

그 대신 동승 등 공모한 다섯 사람과 그 집안 남녀노소를 성문 바깥으로 끌어내어 처형하니, 죽음을 당한 자가 7백여 명이었다. 허도의 성 안팎 관리나 백성들 중에 이 참혹한 광경을 보는 사람은 누구나 다 눈물을 흘렸다.

후세 사람이 동승을 찬탄한 시가 있다.

옷과 옥대 속에 비밀 조서를 감추어 전하니
천자의 말씀이 궁궐에서 나왔도다.
지난날 그는 천자의 행차를 구출한 일이 있었으며
그날 다시 천은을 입었도다.
나라를 근심하던 나머지 병이 들더니
간특한 자를 없애고자 꿈에도 조조를 쳤도다.
충성과 정렬이 천고에 또렷하니
성공과 실패를 따져서 무엇 하리요.

密詔傳衣帶

天言出禁門

當年曾救駕

此日更承恩

憂國成心病

除奸入夢魂

忠貞千古在

成敗復誰論

또 왕자복 등 네 사람을 찬탄한 시가 있다.

흰 종이에 이름을 써서 충성을 맹세한 그들은
비분 강개하고 임금께 보답하려 했도다.
충신의 담 덩어리라서 굽히지 않았으니
그들의 일편단심은 천추에 빛나리라.

書名尺素矢忠謀

慷慨思將君父酬

赤膽可憐損百口

丹心自是足千秋

　　조조는 동승 등의 일파를 다 죽이고도 분이 풀리지 않아 마침내 허리
에 칼을 차고 동귀비董貴妃를 죽이러 궁으로 들어간다.

　　동귀비는 바로 동승의 여동생으로, 천자의 사랑을 받아 이때는 아기
를 밴 지 다섯 달째였다.

　　이날도 황제는 후궁에서 복황후伏皇后와 함께,

　　"동승에게 조서를 내린 지도 오랜데, 어째서 아무 소식이 없을까?"
하고 궁금해하던 참이었다.

　　이때, 조조가 칼을 차고 얼굴에 노기를 띠고 들어왔다. 황제는 가슴이
내려앉는 듯 크게 놀란다.

　　조조가 묻는다.

　　"동승이 반역한 일을 폐하는 아십니까?"

　　황제가 되묻는다.

　　"동탁은 이미 죽지 않았는가?"

　　조조는 소리를 버럭 지른다.

　　"동탁이 아니고 동승 말입니다."

　　황제는 벌벌 떤다.

　　"짐은 사실 아무것도 모르노라."

　　"피로 쓴 조서를 벌써 잊으셨소?"

　　"………"

　　황제는 대답을 못한다.

　　조조가 추상같이 호령하자, 무사들은 즉시 동귀비를 잡아왔다.

　　황제는 애걸한다.

"동귀비는 포태한 지 다섯 달이 됐으니, 바라건대 승상은 불쌍히 여기라."

조조는 씹어 뱉듯이 대답한다.

"하늘이 돕지 않았던들, 나는 이미 동승의 손에 죽었을 것이오. 어찌 저런 여자를 남겨뒀다가 또 변을 당할 수 있겠소?"

복황후는 울면서 사정한다.

"냉궁冷宮에 가뒀다가 해산이나 하거든 그때 죽여도 늦지 않으리라."

조조는 싸늘하게 대답한다.

"외가의 피를 이은 역적의 씨를 낳게 하여, 그래 제 어미 원수를 갚도록 하겠다는 말씀인가요?"

동귀비는 울면서 조조에게 말한다.

"나를 죽이되 시체나마 온전케 하여 사람들 앞에 드러내지 말라."

조조는 흰 비단 끈을 가져오라고 하여 동귀비 앞에 던진다.

황제는 흐느껴 울며 동귀비에게,

"그대는 저세상에 갈지라도 짐을 너무 원망 말라."

하고 눈물이 비 오듯 하니, 복황후도 크게 통곡한다.

조조는 노하여,

"황제도 아녀자처럼 우는가?"

하고 무사들에게 동귀비를 속히 끌어내라며 꾸짖는다. 무사들은 동귀비를 궁문 바깥으로 끌고 나가 흰 비단으로 목을 졸라 죽였다.

후세 사람이 동귀비를 탄식한 시가 있다.

봄 전각에서 천자의 사랑을 받았건만 허무하구나!

가슴 아픈 일인저! 천자의 핏줄도 태어나지 못한 채 함께 끝났도다.

동귀비를 죽이는 조조. 조조의 왼쪽이 헌제

당당한 황제가 능히 살리지를 못하여
소매로 얼굴을 가리고 한없이 울었더니라.

春殿承恩亦枉然
傷哉龍種疊時捐
堂堂帝王難相救
掩面徒看淚湧泉

조조는 궁중 책임자를 불러서 분부한다.

"이제부터는 천자의 외척이건 종친이건, 내 명령 없이 궁문 안에 들어서는 자가 있거든 참하여라. 명령을 어기면 같은 죄로 너를 처벌하리라."

조조는 심복 부하 3천 명을 어림군御林軍(친위군)으로 충당하고, 조홍曹洪을 시켜 통솔하게 하는 동시에 철저히 살피도록 했다.

조조는 정욱에게 말한다.

"이제 동승과 왕자복 등을 없앴지만, 마등과 유비가 아직 그들의 일당으로서 남았으니 그냥 둘 수 없다."

정욱은 대답한다.

"마등은 서량 땅에 군사를 주둔하고 있어서 쉽게 무찌를 수 없으니, 위로하는 서신을 보내어 일단 안심시키고 나서 이리로 유인하여 잡도록 하십시오. 그러나 유비는 지금 서주에서 세 곳으로 나뉘어 기각지세枋角之勢를 이루었으니, 가벼이 칠 수도 없습니다. 더구나 이제 원소가 관도官渡 땅에 군사를 주둔하고 늘 허도를 노리는 참입니다. 만일 우리가 동쪽을 치러 가기만 하면, 유비는 즉시 원소에게 구원을 청할 것이고, 따라서 원소는 빈틈을 타서 허도로 쳐들어올 것인즉, 어떻게 막으시렵니까?"

"그렇지 않소. 유비는 보통 인물과는 다르오. 이제 쳐서 아주 없애버리지 않으면 점점 세력이 커져서 나중에는 손을 쓰기 어려울 것이오. 또 원소가 비록 강하기는 하지만, 그는 사태가 복잡해지면 늘 주저하고 결단을 못 내리는 사람이니 지나치게 염려할 것 없소."

이렇게 한참 의논하는데, 곽가가 바깥에서 들어왔다.

조조는 곽가에게 묻는다.

"동쪽 유비를 치러 가고 싶으나, 원소가 나 없는 사이에 허도로 쳐들어올까 걱정이오. 어찌하면 좋겠소?"

곽가는 대답한다.

"원소는 원래 성격이 느리고 의심이 많습니다. 더구나 그의 모사들은 서로 시기 질투하고 있다니, 승상은 염려 마십시오. 또 유비로 말할 것 같으면, 그는 새로이 군사를 편성했기 때문에 아직 군사들의 마음을 완전히 잡지는 못했을 것입니다. 이럴 때 승상이 군사를 거느리고 가서 동쪽을 치기만 하면 단번에 결정이 날 것입니다."

조조는 크게 기뻐하며,

"그대 생각이 바로 내 뜻과 같소."

하고 마침내 20만 대군을 일으켜 다섯 길로 나누어 일제히 서주로 진군한다.

첩자는 즉시 서주로 돌아가서 이 사실을 보고했다. 서주성을 맡고 있던 손건孫乾은 먼저 하비下邳로 가서 관운장에게 이 사실을 알린 다음에, 소패小沛로 가서 유현덕에게 알렸다.

"조조가 쳐들어오면 우리는 원소에게 구원을 청하는 도리밖에 없다."

유현덕은 곧 서신 한 통을 써서 손건에게 주었다. 손건은 즉시 말을 달려 떠나갔다.

며칠 뒤 손건은 하북河北 땅에 당도하여 먼저 원소의 모사인 전풍田豊을 만나 사세를 설명한 다음에 당부했다.

"원소 귀공에게 말씀을 잘 드려 우리를 도와주시오."

전풍은 손건을 데리고 가 원소와 접견시켰다.

손건이 서신을 바치면서 보니, 원소는 매우 수척하여 의관도 제대로 여미지 못하고 있었다. 전풍도 이제야 처음으로 알았는지 묻는다.

"주공께선 몸이 편치 않으십니까?"

원소는 힘없이 대답한다.

"나는 머지않아 죽을 것이다."

"주공께선 왜 그런 말씀을 하십니까?"

"내게 아들이 다섯이나 있지만 제일 어린 막내를 가장 사랑하노라. 그것이 이제 옴[疥瘡]이 올라서 죽게 되었으니, 내 무슨 경황에 다른 일을 의논하리요."

전풍이 고한다.

"이제 조조는 유현덕을 치러 떠나 허도가 비었은즉, 즉시 천하 의병을 거느리고 쳐들어가서, 위로는 천자를 받들어 모시고, 아래로는 만백성을 구제할 때가 왔습니다. 이번이 두 번 다시 없는 기회니 주공은 곧 결단을 내리십시오."

원소가 대답한다.

"그야 나도 이번이 가장 좋은 기회인 줄은 알지만 어찌하리요. 내 지금 마음이 어지럽고 정신이 산란하니, 혹 불리하지나 않을까 두렵도다."

전풍은 당황하여 묻는다.

"어지럽고 산란한 것은 무엇 때문입니까?"

"아까도 말했지만 나의 다섯 아들 중에서도 막내가 가장 영특한데, 만일 잘못하다가 그 애가 죽는 날이면 모든 희망도 나의 목숨도 끝나는 것이다."

원소는 손건에게도 말한다.

"그대는 돌아가서 유현덕에게 나의 이러한 사정을 말하시오. 만일 조조와 싸워서 일이 잘 안 되거든, 내게로 오라 하시오. 그러면 내가 돕는 데까지 돕겠소."

전풍은 지팡이로 땅을 치며,

"이런 천재일우千載一遇의 좋은 기회를 만나, 한낱 어린아이의 병 때문에 시기를 놓치다니! 만사는 끝났구나. 원통하다. 애석하다!"

하며 발을 구르다가 길게 탄식하며 나갔다.

손건은 원소가 군사를 일으킬 생각이 없음을 알고 밤낮없이 날마다 말을 급히 달려 소패로 돌아와, 유현덕에게 보고했다.

유현덕은 깜짝 놀란다.

"그렇다면 이 일을 어찌할까?"

곁에서 장비가 나선다.

"형님은 염려 마십시오. 조조의 군사가 멀리 오다 보면 반드시 지칠 것입니다. 그러니 그들에게 쉴 여가를 주지 말고, 먼저 그 영채를 무찌르면 가히 격파할 수 있을 것이오."

유현덕은 고개를 끄덕이며,

"평소 너를 한낱 힘센 장사로만 알았더니, 지난번에 능히 계책을 써서 유대劉岱를 잡고, 이제 또 좋은 계책을 말하니 역시 병법에 적중하구나." 하고 마침내 군사를 나누어 조조의 영채를 치기로 결심했다.

한편, 조조는 군사를 거느리고 소패로 오는 중인데, 갑자기 미친 바람이 일어나더니, 우지끈 소리가 나면서 아기牙旗(진두에 세우는 큰 기로, 깃대 끝을 상아로 장식했기 때문에 아기라 한다)가 부러진다.

조조는 행군을 멈추고 모든 모사들을 불러 묻는다.

"이게 길조요, 흉조요?"

순욱이 되묻는다.

"바람이 어느 쪽에서 불어와서 무슨 빛깔의 기를 부러뜨렸습니까?"

"동남쪽에서 불어온 바람이 청홍색 기를 부러뜨렸다고 하오."

순욱이 고한다.

"별일은 아니고, 오늘 밤에 유비가 반드시 우리 영채를 기습해올 것입니다."

조조는 연방 고개를 끄덕인다.

홀연 모개毛驚가 말을 달려와서 묻는다.

"갑자기 동남풍이 불어서 청홍 빛깔의 기를 꺾었으니, 주공은 무슨 징조로 생각하십니까?"

조조가 되묻는다.

"그대는 무슨 징조로 생각하시오?"

모개가 대답한다.

"제 어리석은 생각으로는 오늘 밤에 반드시 적군이 우리 진영을 치러 올 것입니다."

후세 사람이 이 일을 탄식한 시가 있다.

아아, 황제의 친척은 형세가 고단하여
군사를 나누어 조조의 영채를 기습하고 결판을 내리는데
어찌할거나, 깃대가 부러져 이미 징조를 나타냈으니
하늘이여, 어찌하여 간특한 조조를 돕느냐.

培嗟帝胄勢孤窮
全仗分兵劫寨功
爭奈牙旗折有兆
老天何故縱奸雄

조조는 말한다.

"하늘이 내게 미리 알려주셨으니, 마땅히 방비할지라."

마침내 군사를 아홉 부대로 나누고, 한 부대만 더 나아가 빈 영채를 세우게 했다. 나머지는 사면팔방에 매복시켰다.

그날 밤은 달빛이 희미했다.

유현덕은 왼쪽을 맡고 장비는 오른쪽을 맡아 군사를 두 부대로 나누어서 출발하니, 소패에는 손건만이 남아 있었다.

장비는 자기가 생각해낸 계책을 모두가 실천하는지라, 신이 나서 기병들을 거느리고 가벼이 달려가 번개 치듯이 조조의 영채로 돌입했다. 그러나 영채 안은 텅 비어 있었다. 얼마 안 되는 적군들이 놀라 달아나는데, 문득 사면팔방에서 불길이 크게 일어나면서 함성이 일제히 진동한다.

장비는 순간 도리어 적의 계책에 빠진 줄 알고 황급히 영채 바깥으로 나왔다.

보라, 동쪽은 장요요, 서쪽은 허저요, 남쪽은 우금이요, 북쪽은 이전이요, 동남간은 서황이요, 서남간은 악진이요, 동북간은 하후돈이요, 서북간은 하후연夏侯淵이 팔방에서 군사를 거느리고 말을 달려오지 않는가.

장비는 좌충우돌하여 앞을 막으며 뒤를 치는데, 거느리고 온 군사들이 지난날 조조의 수하에 있던 군사들인지라, 위급한 사태를 보고는 다 항복해버린다.

장비는 적군을 마구 쳐죽이다가 서황과 정면으로 부딪쳐 크게 한바탕 무찌르는데, 뒤에서 악진이 달려든다. 이에 장비는 닥치는 대로 적을 무찔러서 혈로를 열자마자 포위망을 뚫고 달아나니, 다만 기병 수십 명이 뒤따를 뿐이었다.

장비는 소패로 돌아가고 싶지만 벌써 길이 끊겼다. 서주나 하비로 가려 해도, 조조의 군사가 길을 끊었을 것만 같아서 장비는 생각 끝에 망탕산芒碭山을 향하여 떠나갔다.

한편, 유현덕은 어찌 됐는가. 유현덕이 군사를 거느리고 다른 쪽으로 나아가, 단숨에 조조의 영채 가까이 달려들었을 때였다. 문득 함성이 진동하더니 유현덕의 등뒤에서 1대의 적군이 쏟아져 나와 먼저 유현덕의 군사를 반반씩 갈라놓는다. 유현덕은 적의 계책에 도리어 말려들었음을 알고 당황해하는데, 하후돈이 달려드는지라. 유현덕은 급히 말 머리를 돌려 포위를 뚫고 달아나니 하후돈이 급히 뒤쫓아온다.

유현덕이 황망히 달아나며 뒤돌아보니, 자기를 따르는 자는 겨우 기병 30여 명에 불과했다. 유현덕이 소패로 돌아가려고 다시 달려가다가 보니, 저 멀리 소패성 안에서 불길이 충천하는 중이었다.

유현덕은 소패성으로 돌아갈 것을 단념하고 서주나 하비로 가려 했으나, 어느새 조조의 군사가 산과 들에 가득히 퍼져 길을 끊은 뒤였다. 이제는 갈 곳이 없었다. 그제야 '만일 일이 뜻대로 안 되거든 내게로 오라'고 했던 원소의 말이 생각났다.

"원소에게 가서 잠시 몸을 의지하고 다시 앞날을 도모하는 수밖에 없다."

유현덕은 드디어 청주靑州로 뻗은 길을 달렸다. 그러나 청주로 가는 길도 조조의 장수 이전이 길을 막고 나타났다. 유현덕은 싸울 생각도 못 하고 산으로 접어들어 북쪽만 바라보며 허둥지둥 달아났다. 이에 이전은 유현덕을 따르던 기병들만 모조리 사로잡아 돌아갔다.

유현덕은 다시 산에서 큰길로 벗어나와 필마단기匹馬單騎로 하루에 3백 리씩을 달려 청주성 아래에 당도하여 외친다.

"성문을 열어다오!"

문지기는 성 위에서 성명을 묻고 즉시 청주 자사刺史에게 고했다.

이때 청주 자사는 바로 원소의 아들 원담袁譚이었다. 원담은 원래 유현덕을 존경하던 사람으로, 유현덕이 필마단기로 왔다는 말을 듣는 즉시 성문을 열고 영접하여 공청公廳으로 모셨다.

"어찌 이렇듯 따르는 자도 없이 혼자 오셨습니까?"

유현덕은 조조와 싸워서 패한 일과 이리로 오게 된 경위를 말했다.

원담은 유현덕을 다시 관역館驛으로 모신 다음에, 우선 부친 원소에게 서신을 보내어 보고하는 한편, 시중 들 사람과 말을 뽑아 유현덕을 호위하게 했다.

유현덕이 평원平原 경계로 접어늘었을 때였다. 원소는 친히 많은 사람을 거느리고 업군鄴郡에서 30리까지 나와 유현덕을 영접했다.

유현덕이 절하며 감사하니, 원소는 황망히 답례한다.

청주로 패주하는 유비

"전번에는 어린것이 마침 병이 나서 구원해드리지 못하여 무척 미안했소. 이제 다행히 서로 만났으니 평생에 그리던 정이 거의 풀린 듯하오."

유현덕이 대답한다.

"궁색한 유비는 오래 전부터 문하에 오려 했으나, 그럴 기회가 없어서 늦어졌습니다. 이번에 조조가 쳐들어왔기 때문에, 적군 속에 처자까지 남겨두고 겨우 빠져 나와 생각해봤습니다. 장군께서 평소 천하의 인물을 받아들이는 도량이 있다 하시기에, 그래서 부끄러움을 무릅쓰고 왔습니다. 바라건대 거두어주시면 맹세코 은혜에 보답하리다."

원소는 크게 기뻐하고, 유현덕을 극진히 대우하며 함께 기주에서 거처하기로 했다.

한편, 조조는 그날 밤으로 소패를 점령한 다음 곧 서주로 쳐들어갔다. 미축糜竺과 간옹簡雍은 대항하였으나, 결국 서주성을 버리고 달아났다. 이에 진등陳登은 조조에게 서주성을 바쳤다.

조조는 대군을 거느리고 서주성으로 들어가서 백성들을 안정시키고, 곧 모사들과 함께 하비성을 칠 일을 상의한다.

순욱이 말한다.

"지금 하비성에는 관운장이 유현덕의 처자들을 죽을 각오로 지키고 있으니, 만일 조속히 점령하지 않으면 원소에게 빼앗길 염려가 있습니다."

조조가 묻는다.

"나는 평소 관운장의 무예와 그 인물을 사랑하기 때문에, 이 참에 그를 내 사람으로 만들어 쓰고 싶소. 그러니 사람을 보내어 항복하도록 달래보는 것이 어떨지!"

곽가가 대답한다.

"관운장은 원래 의기를 존중하는 사람이라, 반드시 항복하지 않을 것입니다. 섣불리 사람을 보내어 달래다가는 도리어 해를 당할까 두렵습니다."

이때 장하帳下에서 한 사람이 썩 나서며 말한다.

"내가 전에 관운장과 사귄 일이 있으니 바라건대 한번 가서 말해보겠소이다."

모든 사람이 보니 바로 장요였다. 그때 정욱이 나서서 말한다.

"장요가 비록 관운장과 전부터 아는 사이라 하지만, 내가 보기에는 관운장이 말만으로 항복할 사람은 아니오. 내게 한 계책이 있으니 관운장을 나올 수도 물러갈 수도 없게 만든 후에, 장요가 가서 달래면 관운장은 반드시 승상께 투항해오리다."

활을 감춰놓고서 맹호를 쏘며

향기로운 미끼를 던져 바다의 큰 고기를 낚는다.

整備窩弓射猛虎

安排香餌釣鰲魚

정욱의 계책이란 과연 어떤 것인지.

제25회

관운장은 흙산에 주둔하여 세 가지 조건을 내세우고
백마현에서 조조를 도와 싸움을 풀어주다

정욱은 계책을 말한다.

"관운장은 1만 군사도 무찌를 수 있는 무서운 장수니 지혜로써 다루어야 합니다. 이번에 유비의 군사 중에 우리에게 항복한 자를 관운장이 있는 하비성으로 들여보내어 도망쳐왔다고 말하게 하고, 하비성 안에 있으면서 우리와 내통하라 하십시오. 그렇게 한 후에 관운장을 유인하여 싸우러 나오도록 하되, 우리가 싸우다가 패한 체 달아나면서 다른 곳으로 유인해야 합니다. 그런 다음에는 관운장이 돌아가지 못하도록 날쌘 군사들을 시켜 길을 차단하고, 사람을 보내어 관운장을 달래면 효과가 있을 것입니다."

조조는 정욱의 계책대로 이번에 서주에서 항복해온 군사 수십 명을 하비성으로 보내면서,

"너희들은 가서 관운장에게 도망쳐왔다고 하여라."

하고 자세히 계책을 일러준다.

그들이 하비성에 가서 조조가 시킨 대로 말하니, 관운장은 지난날 서

주에 있던 군사들이 왔는지라, 의심하지 않고 머물러 있게 했다.

이튿날, 하후돈이 선봉이 되어 군사 5천을 거느리고 하비성 아래로 가서 아무리 싸움을 걸어도, 관운장은 나오지 않는다. 하후돈은 군사들을 시켜 성 위를 향하여 온갖 욕설을 퍼붓는다.

마침내 성문이 열리면서 성이 난 관운장이 군사 3천을 거느리고 달려 나와 바로 하후돈과 대결한다.

서로 싸운 지 10여 합에 하후돈은 말 머리를 돌려 달아나니, 관운장이 뒤쫓는다. 하후돈은 싸우면서 달아나는데, 관운장은 약 20리 바깥까지 뒤쫓아가다가, 하비성이 걱정되어 군사를 거두어 돌아오는 참이었다.

갑자기 포 소리가 한 방 탕 울려 퍼지더니, 왼쪽에서는 서황이, 오른쪽에서는 허저가 각기 1대의 군사를 거느리고 나타나 길을 끊는다.

관운장이 길을 열고 하비성으로 달려오는데, 양쪽에 숨어 있던 수백 명의 복병들이 일제히 활을 쏜다. 화살이 빗발치듯 날아오는지라, 관운장은 더 나아가지 못하고 군사를 거느리고 돌아서서, 달려드는 서황, 허저와 접전한다. 관운장은 힘을 분발하여 두 장수를 물리치고 다시 군사를 거느리고 하비성으로 달려가는데, 이번에는 하후돈이 나타나 길을 막으면서 쳐들어온다.

관운장은 해가 저물 때까지 싸웠으나 돌아갈 길이 없어서, 겨우 흙산 위에 올라가 군사를 주둔시키고 잠시 쉰다. 조조의 군사는 계속 모여들어 흙산을 겹겹으로 에워싼다.

관운장이 흙산 위에서 바라보니, 저 멀리 하비성 안에서 불길이 충천한다. 그것은 도망 온 체하고 하비성 안에 와 있던 군사들이 관운장이 없는 동안에 몰래 성문을 열어주었기 때문에, 조조가 친히 대군을 거느리고 성안으로 쳐들어가서 불을 올리도록 하여 관운장을 당황하게 하려는 짓이었다.

과연 관운장은 하비성에서 일어나는 불길을 바라보자 매우 놀란다.

그날 밤, 관운장은 여러 번 산밑으로 쳐 내려갔으나, 그럴 때마다 빗발치듯 날아오는 화살 때문에 다시 산 위로 올라오곤 했다.

어느덧 날이 새자 관운장은 다시 군사를 정돈하여 산 아래로 쳐 내려가려는데, 아래서 한 사람이 말을 타고 유유히 올라온다. 관운장이 가까이 오는 그 사람을 보니, 바로 장요였다.

관운장은 장요를 영접하며 묻는다.

"그대는 나와 싸우러 왔는가?"

"아니오. 지난날의 정리情理를 잊을 수 없어 공을 뵈러 왔소."

장요는 칼을 버리고 말에서 내려 관운장에게 극진히 인사한다. 산 위에서 서로 자리를 정하고 앉자, 관운장이 묻는다.

"그럼 장요는 나를 꾀러 왔는가?"

"그렇지 않소이다. 지난날 형이 이 동생을 구해주셨는데, 이제 어찌 동생이 형을 구해드리지 않을 수 있습니까."

"그럼 장요는 나를 도와주러 왔는가?"

"그렇지도 않소이다."

"나를 도와줄 생각이 없다면 여긴 뭣 하러 왔는가?"

"유현덕과 장비는 죽었는지 살았는지조차 모르며, 어젯밤에 조승상은 이미 하비성을 점령했으나 그곳 군사와 백성들은 추호도 해치지 않았소. 또 사람을 보내어 유현덕의 가족을 호위케 하고 소란을 떨지 말도록 엄명하셨소. 그래서 이 동생은 형에게 그간의 일을 소상히 알려드리러 왔소이다."

관운장은 노한다.

"너의 말하는 꼴이 나를 달래려는 수작이구나. 내 이제 궁지에 몰렸으나 죽는 일을 고향에 돌아가는 정도로 생각하니, 너는 썩 물러가거라.

내 곧 산 아래로 내려가서 너와 싸우리라."

장요는 크게 웃으며 말한다.

"형이 그런 말씀을 하시면 천하에 웃음거리가 됩니다."

"내가 충의를 위해 죽는데, 어째서 천하의 웃음거리가 된단 말이냐?"

"형이 지금 죽으면 세 가지 죄를 면할 수 없습니다."

"세 가지 죄라니 그게 무슨 소리냐? 자세히 말해보아라."

장요는 차근차근 말한다.

"애초에 유현덕 공이 형과 의형제를 맺을 때 살고 죽는 것을 함께하기로 맹세했는데, 이제 유현덕이 싸움에 패했다 하여 형이 싸우다가 죽으면 어찌 됩니까. 만일 유현덕이 살아 있어 형의 도움을 바랄 때 형이 죽고 없다면, 이는 지난날의 맹세를 저버린 짓이 되니 그 죄가 하나요, 또 유현덕이 형에게 가족을 맡겼거늘, 형이 이제 싸우다가 죽는다면 감부인甘夫人과 미부인鳥夫人은 의지할 곳이 없는지라, 형이 바로 유현덕의 부탁을 저버린 짓이 되니 그 죄가 둘이요, 또 형은 무예에 출중하며 겸하여 경서와 『사기史記』에 통달하였거늘, 유현덕을 도와 한 황실을 부축해 세우려고는 하지 않고 쓸데없이 죽음으로써 다만 필부의 용기를 이룬다면 그것은 충의라 할 수 없으니 그 죄가 셋입니다. 형이 세 가지 죄를 저지르려 하니, 이 동생은 충고해드리지 않을 수가 없습니다."

관운장은 한동안 말없이 생각하더니 묻는다.

"네가 세 가지 죄를 말하니, 나더러 어쩌라는 것이냐?"

장요가 대답한다.

"이제 보시다시피 사방이 다 조승상의 군사라, 형이 항복하지 않으면 죽는 길밖에 없으니, 쓸데없이 죽으면 아무 이익도 없습니다. 그러니 일단 조승상에게 항복했다가 유현덕의 소식을 알아봐서 어디 있는지를 알게 되거든 곧 그리로 가십시오. 그러면 첫째로 두 부인을 무사히 보호

장요(왼편)에게 세 가지 조건을 내세우는 관우

할 수 있으며, 둘째로 도원桃園에서 결의하던 때의 맹세를 지킬 수 있으며, 셋째로 올바른 일을 위해서 장차 활약할 수 있으니, 이 세 가지 좋은 점을 형은 깊이 생각하십시오."

관운장이 말한다.

"네가 세 가지 좋은 점이라 말했지만 내게도 세 가지 조건이 있다. 승상이 약속만 해준다면 내 곧 갑옷을 벗겠으나, 요구 조건을 들어주지 않는다면 차라리 세 가지 죄를 쓰고 죽으리라."

장요는 대답한다.

"조승상은 도량이 커서 너그러우니 무슨 말인들 용납하지 않을 리 있겠습니까. 바라건대 그 세 가지 조건을 들려주시오."

"첫째는 내가 유황숙과 맹세할 때 한나라를 바로잡기로 했으니, 나는 한나라 황제께 항복하는 것이지 조조에게 항복하는 것이 아니며, 둘째는 두 형수께 유황숙의 녹을 주어 생활하는 데 조금도 군색함이 없게 하되 상하를 막론하고 아무도 그 문 앞에 들어오지 말게 할 것이며, 셋째는 유황숙이 계시는 곳만 알면 천리건 만리건 간에 곧 떠나가도록 해줘야 한다는 조건이오. 이 세 가지 조건 중에서 한 가지라도 들어주지 않는다면 결코 항복하지 않으리니, 그대는 가서 알아보고 속히 회답하시오."

장요는 응낙하고 곧 말을 달려 내려가서, 조조에게 보고한다.

"한나라에 항복하는 것이지 승상에게는 항복하지 않는다는 것이 첫째 조건이었습니다."

조조는 껄껄 웃는다.

"나는 한나라 승상이니, 내가 바로 한나라다. 그야 들어주지."

"두 부인에게 유황숙의 녹을 줄 것과 아무도 그 문 앞에 들어오지 말라는 것이 둘째 조건이었습니다."

"나는 유황숙의 녹을 배나 올려서 주겠다. 내외를 분명히 하는 것은 바로 집안의 법도니, 다시 의심하지 말라 하시오."

장요는 마지막 조건을 전한다.

"유현덕의 소식을 알게 되는 날이면, 아무리 멀어도 곧 떠나겠다는 것이 셋째 조건이었습니다."

조조는 머리를 흔든다.

"그럼 관운장을 내 사람으로 만들 수 없지 않은가. 그것만은 들어줄 수 없는걸."

장요가 말한다.

"옛날에 예양豫讓은 보통 사람에 대한 대우와 국가적 인물에 대한 대우는 다르다고 말하지 않았습니까. 유현덕이 대우한 것보다도 승상이 더 극진히 대우하면 관운장이 어찌 복종하지 않겠습니까." 예양은 전국 시대 때 사람으로, 그는 "옛 주인이 나를 보통 사람으로 대접하지 않고 국가의 큰 인물로 대접했기 때문에 주인을 위해 원수를 갚는 것이다"라고 말하였다.

조조는 그제야 태도를 고친다.

"장요의 말이 옳소. 내 세 가지 조건을 다 들어주기로 하겠소."

이에 장요는 다시 산으로 올라가서, 관운장에게 결과를 알렸다.

관운장이 말한다.

"그러나 승상은 군사를 거느리고 잠시 물러가라 하시오. 하비성에 가서 두 형수씨를 뵙고, 이 일을 고한 연후에 항복하겠소."

장요는 다시 돌아가서 조조에게 관운장의 말을 전했다. 조조는 즉시 명령을 내려 군사를 30리 바깥으로 물러가게 하는데, 순욱이 말한다.

"군사들이 물러서서는 안 됩니다. 관운장은 우리에게 속임수를 쓰는 것입니다."

조조는 대답한다.

"관운장은 의리 있는 사람이다. 반드시 신의를 잃지는 않을 것이다."

드디어 조조는 군사를 거느리고 30리 바깥으로 물러났다. 그제야 관운장은 군사를 거느리고 하비성으로 가서 백성들이 안정한 것을 보고, 부중으로 두 형수씨를 뵈러 갔다.

이때 감부인과 미부인은 관운장이 왔다는 말을 듣고 급히 나와 영접한다. 관운장은 댓돌 아래서 절하고 고한다.

"두 형수씨께서는 얼마나 놀라셨습니까? 다 나의 죄로소이다."

두 부인이 묻는다.

"유황숙은 지금 어디 계시오?"

"어디로 가셨는지 알 수가 없습니다."

"그럼 둘째 아주버님은 장차 어찌할 작정이시오?"

관운장이 대답한다.

"저는 성밖에 나가서 죽기를 각오하고 싸웠으나 흙산으로 몰려 위기에 빠졌습니다. 그런데 장요가 와서 항복하라 권하기에 세 가지 조건을 내세웠더니, 조조가 다 승낙하고 군사를 거느리고 물러서서 나를 이리로 보내주었습니다. 그러나 아직 두 형수씨의 뜻을 몰라서 결정을 짓지 못하고 있습니다."

두 부인이 그 세 가지 조건을 묻자, 관운장은 자세히 고한다.

감부인이 말한다.

"어제 조조가 성안에 들어왔을 때, 우리는 죽는 줄로만 알았더니, 추호도 노략질하지 않고 군사는 한 명도 문 앞에 오지 않았소. 아주버님이 이미 승낙했다면 우리 두 사람에게 다시 물을 것도 없습니다. 다만 뒷날 조조가 우리를 유황숙에게 보내주지 않을까 그게 걱정이오."

관운장이 대답한다.

"두 형수씨는 안심하십시오. 내가 알아서 하리다."

"아주버님은 모든 일을 스스로 알아서 처결하시오. 우리 같은 아낙에게 물어보실 필요는 없습니다."

이에 관운장은 물러나와 기병 수십 명을 거느리고 조조에게 갔다. 조조가 친히 진문陣門 밖까지 나와서 영접하는지라, 관운장이 말에서 내려 절하니 조조는 황망히 답례한다.

관운장이 말한다.

"싸움에 진 장수를 죽이지 않으니 감사합니다."

조조가 대답한다.

"내 원래 관공의 충의를 사모한 지 오래더니, 오늘날 다행히 서로 만났은즉, 이만하면 평생 바라던 바가 거의 이루어졌소이다."

"장요를 시켜 세 가지 조건을 말씀 드렸고 특히 승상의 허락을 받았으니 약속을 지켜주시기 바랍니다."

"내가 이미 승낙했거늘, 어찌 신의를 잃을 리 있겠소."

관운장은 다시 다짐을 둔다.

"저는 유황숙이 있는 곳만 알면 비록 물불을 밟고서라도 반드시 가겠으니, 그때 혹시 하직 인사를 드리지 못할지라도 엎드려 바라건대 용서하십시오."

"유현덕이 살아 있다면 귀공을 보내겠으나, 혹 전란 중에 세상을 떠나지나 않았는지 걱정이오. 어떻든 관공은 쉬면서 자세히 수소문해보시오."

관운장이 다시 절하고 감사하니, 조조는 이어 크게 잔치를 베푼다.

이튿날, 조조는 모든 군사를 거느리고 허도로 돌아간다. 이에 관운장은 거장車仗을 수습하고 두 형수를 수레에 모시고 친히 호위하며 따라간다.

가는 도중에 해가 저물어 관역館驛에 들러 잘 때마다, 조조는 남녀 관계를 문란하게 하려고 관운장과 두 부인을 한 방에서 자게 했다. 그러나 관운장은 촛불을 밝힌 다음 초저녁부터 이튿날 날이 밝을 때까지 문밖에 서 있었다. 그러고도 조금도 피곤한 기색이 없었다. 조조는 관운장의 근엄한 태도를 보자, 더욱 공경하고 탄복했다.

허도에 돌아오자 조조는 한 저택을 관운장에게 주고 거처하게 했다. 관운장은 그 저택을 안팎으로 나누어, 안쪽 문에는 늙은 군사 열 명에게 파수를 보게 했다. 관운장 자신은 바깥채에서 거처했다.

조조가 관운장을 데리고 궁에 가서 헌제를 뵙게 하자, 헌제는 관운장을 편장군偏將軍으로 봉했다. 관운장은 사은숙배謝恩肅拜하고 집으로 돌아왔다.

이튿날, 조조는 크게 잔치를 베풀어 모든 신하와 장수를 초청하고 귀빈에 대한 예로써 관운장을 맨 윗자리에 앉히고 극진히 대접하고 갖가지 비단과 황금 그릇과 은 그릇을 선사했다. 관운장은 그 값진 물건을 모두 두 형수에게 주어 간직하게 했다.

관운장이 허도에 온 뒤로 조조에게서 받은 대우는 매우 극진했다. 조조는 3일마다 작은 잔치를 베풀고 5일마다 큰 잔치를 베풀어, 관운장의 환심을 사려 애썼다.

또 아름다운 여자 10여 명을 보내어 관운장을 모시게 했다. 그러나 관운장은 그 여자들을 다 안으로 들여보내어 두 형수를 받들어 모시게 했다. 그는 3일마다 몸소 안채 문 바깥에 가서 몸을 굽혀 절하고 문안을 드렸다. 그러할 때마다 두 부인은,

"유황숙의 소식을 들으셨는지요?"

하고 물었고,

"아주버님은 편히 쉬시오."

하면, 그제야 관운장은 바깥채로 물러나왔다.

조조는 소문으로 관운장의 이러한 태도를 들을 때마다 크게 탄복해 마지않았다.

어느 날 조조는 관운장의 녹금전포綠錦戰袍가 낡은 것을 보자, 곧 기장을 재게 하여 더 좋은 비단으로 전포 한 벌을 만들어줬다. 관운장은 새 전포를 받아 입더니, 그 위에다 낡은 전포를 겹쳐 입었다.

조조가 웃으며 묻는다.

"관운장은 어째서 그렇듯 검소하시오?"

"검소해서가 아닙니다. 옛 전포는 지난날 유황숙께서 주신 것입니다. 이 전포를 입고 있으면 마치 형님을 뵙는 것만 같습니다. 승상께서 주신 전포 때문에, 형님이 주신 전포를 감히 잊을 수가 없어서 걸쳐 입었습니다."

조조는 감탄한다.

"관공은 참으로 의사義士로다."

조조는 말로는 부러워하나 마음은 기쁘지 않았다.

어느 날 관운장이 바깥채에 있는데,

"두 부인이 갑자기 쓰러져 통곡하시니, 그 까닭을 모르겠습니다. 청컨대 장군은 속히 들어와보십시오."

하는 기별이 왔다.

관운장은 옷을 정제하고 안채 문 바깥에 꿇어앉아 묻는다.

"두 형수씨께서는 어째서 슬피 우시나이까?"

감부인이 대답한다.

"내 어젯밤 꿈에 유황숙을 뵈었는데, 깊은 함정 속에 빠져 계십디다. 꿈에서 깨어 미부인에게 말하고 함께 생각해본즉, 아마도 그 함정이란 것이 구천지하九泉之下(저승)가 아닌가 해서 그래서 함께 울었소."

관운장이 좋은 말로 타이른다.

"꿈이란 가히 믿을 것이 못 됩니다. 이는 형수씨께서 평소 형님을 염려하시기 때문이니, 청컨대 근심 마소서."

이렇게 말하는데, 조조의 수하 사람이 관운장을 모시러 왔다.

"승상께서 잔치를 베푸시고 장군을 청하십니다."

관운장은 두 형수에게 아뢰고, 승상부로 가서 조조를 뵈었다. 조조가 보니, 관운장의 두 볼에 눈물 흔적이 있는지라, 그 까닭을 묻는다.

관운장이 대답한다.

"두 형수씨가 형님을 생각하고 통곡하시기에 저도 자연 슬퍼졌나 봅니다."

조조는 웃으며,

"마음을 너그러이 하시오."

하고 거듭 술잔을 권한다.

관운장이 얼근히 취하자, 그 긴 수염을 쓰다듬으며 탄식한다.

"이 세상에 나서 능히 나라에 보답하지 못하고, 형님과도 등져 있으니, 이젠 보잘것없는 사람이 됐소이다."

조조가 묻는다.

"운장의 수염은 그 수가 얼마나 되오?"

"아마 수백 가닥은 되겠는데, 해마다 가을이면 4, 5개씩 빠지곤 합니다. 그래서 겨울이면 흰 비단으로 주머니를 만들어서 다치지 않게 싸고 다닙니다."

조조는 즉시 비단으로 주머니를 만들게 하여 관운장에게 주면서 그 좋은 수염을 잘 보호하라 했다.

이튿날 아침에 관운장은 궁에 들어가서 조회 때 황제를 뵈었다. 황제는 관운장의 가슴에 드리워져 있는 비단주머니를 보자 묻는다.

"그것은 무엇이냐?"

관운장이 아뢴다.

"신은 수염이 매우 길어서, 승상이 이 주머니를 주며 잘 보호하라 했습니다."

황제가 그 자리에서 주머니를 끄르게 하고 보니, 과연 관운장의 수염은 보기 좋게 배 아래까지 드리워 있었다.

황제는 찬탄한다.

"참으로 미염공美髥公(아름다운 수염을 가진 사람이라는 뜻이다)이로다."

이런 일이 있은 뒤로 사람들은 관운장을 '미염공'이라 불렀다.

어느 날이었다. 그날도 조조는 관운장을 청해다가 잔치를 베풀고 대접했다. 잔치가 끝난 뒤에 조조는 돌아가는 관운장을 승상부 바깥까지 전송했다. 보니 관운장의 말이 너무나 여위었다.

조조가 묻는다.

"귀공의 말은 어찌 저리 수척하오?"

관운장이 대답한다.

"이 천한 몸이 너무 무거워서, 말이 견디지를 못해 저렇듯 말랐습니다."

조조는 좌우 사람에게 마구간에 가서 말을 끌어오도록 분부했다. 그 말은 온몸이 불처럼 붉고 매우 웅건하여 한눈에 보아도 준마였다.

조조가 그 말을 가리키며 묻는다.

"귀공은 이 말을 아는지요?"

"여포가 생전에 탔던 적토마赤兎馬가 아닙니까?"

"그렇소."

조조는 안장을 얹게 하고 손수 말고삐를 끌어 관운장의 손에 쥐어 준다.

관운장이 조조에게 두 번 절하고 감사하자, 조조는 양미간을 찌푸리며 묻는다.

"내가 여러 번 아름다운 여자와 황금과 비단을 보내줬건만, 귀공은 한 번도 나에게 절을 한 일이 없었소. 이제 말을 받고서 내게 두 번이나 절하고 기뻐하니, 어째서 사람은 천대하고 말을 더 귀중히 생각하시오?"

관운장이 대답한다.

"저는 이 말이 하루에 천리를 달리는 걸 압니다. 이제 다행히 이런 말을 얻었으니, 형님이 어디 계신지를 알게 되면 단 하루 만에 가서 뵐 수 있습니다."

조조는 아연 실색하고 적토마를 준 것을 크게 후회하는데, 관운장은 하직하자마자 적토마를 달려 돌아간다.

후세 사람이 이 일을 찬탄한 시가 있다.

　　관운장의 위엄은 삼국을 기울여 그 영용함을 드날렸구나.
　　집을 안팎으로 나누어 거처하며 두 형수를 모셨으니 그 의기
　　가 자못 높더라.
　　간특한 승상은 환심을 사려 공연히 온갖 대접을 다했지만
　　관운장이 끝내 항복하지 않을 것을 제 어찌 알았으리요.
　　威傾三國著英豪
　　一宅分居義氣高
　　奸相枉將虛禮待
　　豈知關羽不降曹

　　조조가 장요에게 묻는다.
　　"내 관운장을 극진히 대접했건만, 그는 늘 떠날 생각만 하니 어쩌면
좋겠소?"
　　장요가 대답한다.
　　"제가 가서 관운장의 진정을 알아보리다."
　　이튿날, 장요는 관운장에게 가서 인사를 드린다.
　　"내가 형을 천거한 뒤로 승상이 형에게 혹 잘못하는 일이라도 있습
니까?"
　　관운장이 대답한다.
　　"나는 승상의 극진한 대우에 깊이 감동하였소. 그러나 몸은 여기 있
지만 마음은 늘 유황숙을 잊은 적이 없소."
　　"형의 말씀은 옳지 못하오. 세상을 살아가는 데 있어 더 귀중하고 덜
귀중한 것에 대한 판단이 서지 않으면 남아 대장부라 할 수 없소. 유현

덕이 형을 대접한 것이 어느 정도인지는 모르겠으나, 우리 승상이 형을 대접하는 것보다도 더 극진하지는 못했을 것이오. 그런데도 형은 어째서 이곳을 떠날 생각만 하시오?"

"조승상이 극진히 대접해주는 걸 물론 잘 아오. 그러나 나는 유황숙의 큰 은혜를 입었으며 생사를 함께하기로 맹세까지 했으니, 저버릴 수는 없소. 나는 결코 이곳에 머물러 있지는 않을 것이오. 다만 공을 세워 조승상에게서 받은 그간의 은혜에 보답한 다음에 떠날 작정이오."

"만일 유현덕이 세상을 떠났다면 형은 어디로 가시려오?"

"나는 형님을 따라 지하로 가야 하오."

장요는 관운장을 끝내 붙들어둘 수 없다는 것을 알았다. 장요는 조조에게 돌아가 보고 들은 대로 말했다.

조조는 거듭 탄식한다.

"주인을 섬기되 그 근본을 잊지 않으니, 관운장은 천하 의사로다."

순욱이 곁에서 말한다.

"그가 승상을 위해 공을 세운 뒤라야 떠나겠다고 했다 하니, 우리가 그에게 공을 세울 기회를 주지 않으면 떠나지 못할 것입니다."

조조는 말없이 머리만 끄덕였다.

한편, 유현덕은 원소에게 몸을 의탁하고 있으면서 날마다 근심이었다.

원소가 묻는다.

"현덕은 어째서 늘 우울해하시오?"

유현덕은 탄식한다.

"동생 둘은 어디에 있는지 소식도 없고 처자는 역적 조조에게 붙들려 있으니, 나는 위로는 능히 나라에 보답하지도 못하고, 아래로는 능히 가정 하나도 보호하지 못하는 신세인데 어찌 우울하지 않겠습니까."

원소가 말한다.

"내 군사를 거느리고 허도로 쳐들어가고자 한 지 오래니, 이제 봄이 되어 날씨도 따뜻한지라, 군사를 일으키기에 좋은 때요."

마침내 원소는 모든 모사들과 함께 조조를 칠 일을 상의한다.

전풍이 간한다.

"전번에 조조가 서주를 쳤을 때는 허도가 텅 비어 있었는데 그때 군사를 거느리고 진격하지 않은 것이 큰 실수였습니다. 이제 서주는 이미 결딴났으며, 조조의 군사는 사기 충천하니 우리는 참고 기다리다가 그에게 빈틈이 생기거든, 그때 군사를 일으키도록 하십시오."

"그렇다면 내가 다시 생각하기까지 기다리라."

하고, 원소는 유현덕에게 가서 말한다.

"전풍이 지금은 허도를 칠 때가 아니니, 나에게 굳이 군사를 일으키지 말라고 하는데, 귀공의 뜻은 어떠시오?"

유현덕은 단호하게 대답한다.

"조조는 임금을 속인 도둑이거늘, 명철하신 귀공께서 만일 그런 놈을 치지 않는다면 천하에 대의명분을 잃을까 두렵소이다."

원소는 흔쾌히,

"공의 말씀이 옳소!"

하고 마침내 군사를 일으키라는 영을 내렸다. 전풍은 군사를 일으킬 시기가 아니라며 거듭 간한다.

원소는 노한다.

"너희들은 붓대를 만지며 글줄이나 쓰면 그만인 줄 아는가. 군사 일을 가벼이 보고, 나로 하여금 천하에 대의를 밝히지 말란 말이냐?"

전풍은 거듭 고한다.

"만일 신의 말을 듣지 않고 진격했다가는 낭패를 당하실 것입니다."

원소가 크게 노하여 전풍을 참하려 하는데, 유현덕이 극력 말리므로 죽이는 대신 옥에 가두었다.

저수沮受는 전풍이 옥에 갇히는 것을 보자 집으로 돌아가, 일가 친척을 불러모으고 자기 재산을 모두 나누어주며 작별한다.

"내 이번에 군사를 따라가서 이기면 그 영광이 크겠지만, 싸움에 지면 이 몸을 보전하지 못하리라."

이 말을 듣자 일가 친척은 모두 울면서 저수를 전송했다.

원소는 대장 안양顔良을 선봉으로 삼아 백마현白馬縣으로 진격시키려 한다.

저수가 간한다.

"안양은 비록 용맹하나 성미가 편협하니, 일을 다 맡겨서는 안 됩니다."

원소는 잘라 말한다.

"너희들이 내 우수한 장수의 실력을 알 리 없다."

드디어 원소의 대군은 호호탕탕히 앞으로 나아간다. 원소의 대군이 여양黎陽 땅에 이르렀을 때였다. 동군東郡 태수太守 유연劉延은 이 위급한 사태를 급히 허도로 알렸다.

조조는 즉시 모든 모사들과 함께 원소를 물리칠 일을 상의한다.

관운장이 이 소문을 듣고 승상부에 와서 자원한다.

"승상께서 군사를 일으킨다니, 저에게 선봉先鋒을 맡겨주십시오."

조조는 대답한다.

"감히 장군에게까지 수고를 끼칠 만한 일은 아니오. 조만간에 급한 일이 생기면 그때 청하겠소."

관운장은 집으로 물러갔다. 조조는 군사 15만을 3대로 나누어 거느리고 가는데, 도중에서 동군 태수 유연의 급한 보고 문서를 연달아 받았다. 이에 조조는 군사 5만을 거느리고 친히 백마현으로 가서 흙산을 등지고 진영을 세우고 바라보니, 아득한 저편 산 아래로 냇물이 흐르는 넓은 들에 적장 안양의 날쌘 군사 15만이 진지를 구축하고 있었다.

조조는 저으기 놀라면서 지난날 여포 밑에 있던 장수 송헌宋憲을 돌아보고 묻는다.

"내 듣건대 그대는 여포의 용맹한 장수였다니, 이제 가히 안양과 한번 싸우겠는가?"

송헌은 응낙하고 창을 들고 말을 타고 진 바깥으로 달려나간다.

안양은 칼을 비껴 들며 문기門旗 밑에 말을 세웠다가, 달려오는 송헌을 보자 크게 고함을 지르면서 말을 달려 나와 서로 어우러져 싸운 지 3합이 채 못 되었을 때였다. 안양의 칼이 번득이자, 송헌은 머리를 잃고 말 아래로 굴러 떨어진다.

조조는 바라보다가 크게 놀란다.

"안양은 참으로 용맹한 장수구나."

위속魏續이 나선다.

"나의 오랜 친구가 죽었으니, 가서 원수를 갚게 해주십시오."

조조는 허락한다.

위속은 말을 타고 창을 들고 진 앞으로 달려가서, 안양을 향해 온갖 욕설을 퍼붓는다.

안양은 대꾸도 않고 달려와 서로 말을 비비대며 싸운 지 겨우 1합을 허용하고는 두 번째 내리치는 칼에 위속은 두 조각이 나서 말 아래로 떨어져 구른다.

조조가 이 광경을 바라보고 황망히 묻는다.

"이제 누가 나가서 안양을 대적하겠느냐?"

서황이 응낙하고 말을 달려 나가 안양과 맞붙어 20합을 싸우고는 패하여 본진으로 돌아온다. 조조의 모든 장수는 온몸에 소름이 쪽 끼쳤다.

조조가 하는 수 없이 일단 군사를 거두자, 안양도 또한 군사를 거두어 물러갔다. 조조는 잇달아 장수 둘을 잃었으므로 울적했다.

정욱이 고한다.

"제가 한 사람을 천거하겠습니다. 그 사람이라면 안양을 대적할 수 있습니다."

"그 사람이라니 누구냐?"

"관운장이 아니면 대적할 수 없습니다."

"나는 그가 공을 세우고는 곧 떠나가버릴까 두렵노라."

정욱이 속삭인다.

"유비가 만일 살아 있다면, 필시 원소에게 가 있을 것입니다. 이제 관운장을 시켜 원소의 군사를 격파하면, 원소는 반드시 유비를 의심하고 죽일 것이 아니겠습니까. 유비가 일단 죽기만 하면 관운장은 떠날래야 갈 데가 없습니다."

조조는 매우 기뻐하며 관운장을 데려오도록 급히 허도로 사람을 보냈다. 관운장은 조조가 청한다는 기별을 받자, 두 형수에게 하직을 고한다.

두 형수는 부탁한다.

"아주버님은 이번에 가시거든 꼭 유황숙의 소식을 알아오시오."

관운장은 분부를 받자 청룡도를 비껴 들고 적토마에 올라탔다. 그는 따르는 자 몇 사람만 거느리고 허도를 떠나 백마현에 당도하여 조조를 만났다.

조조는 안양이 순식간에 두 장수를 죽인 일과, 그 용맹을 대적할 수 없어서 특별히 불렀노라며, 그간의 일을 설명한다.

관운장이 청한다.

"제게 그자를 한번 보여주십시오."

조조는 우선 관운장에게 술대접을 하는데,

"안양이 와서 싸움을 겁니다."

하고 군사가 들어와서 고했다.

조조가 관운장을 데리고 흙산 위로 올라가서 함께 앉아 바라보는데, 모든 장수가 빙 둘러서서 모신다.

조조는 산 아래서 안양이 벌인 진세와 선명한 기치와 숲처럼 들어선 창과 칼의 당당한 위풍을 손가락으로 가리키며 말한다.

"잘 보시오. 하북河北의 군사들이 저렇듯 웅장하구려."

관운장이 대답한다.

"제가 보기에는 흙으로 만든 닭과 기와로 만든 개들 같습니다."

조조는 또 한 곳을 손가락으로 가리킨다.

"저기 비단 일산日傘 아래 수놓은 전포와 황금 갑옷 차림으로 무장하고 칼을 들고 말을 탄 자가 바로 안양이오."

관운장이 한번 바라보고는 조조에게 대답한다.

"제가 보기에는 안양이 표標를 달고 제 목을 팔러 나온 사람 같습니다."

조조가 주의를 준다.

"적을 너무 가벼이 보지 마시오."

곁에서 장요가 말한다.

"원래 군에서는 농담을 않는 법이니, 관운장은 적을 소홀히 보지 마시오."

이에 관운장이 분연히 적토마를 타고 청룡도를 비껴 들고 산 아래로 달려 내려가 봉황의 눈을 부릅뜨며 눈썹을 곧추세우며, 바로 상대편 진안으로 돌격하니 하북의 군사들은 일시에 파도가 부서지듯 흩어진다.

관운장은 곧장 안양에게 달려든다. 바로 대장기 아래서 말을 타고 있던 안양은 돌진해오는 관운장을 보자 무슨 말인가를 물어보려고 막 입을 놀리려는 참이었다.

그러나 적토마의 속력이 너무 빨라서 이미 안양의 앞까지 이르렀다. 안양은 미처 손쓸 여가도 없이 관운장의 청룡도에 맞아 말 아래로 떨어져 구른다.

관운장은 성큼 말에서 뛰어내려 단번에 안양의 머리를 선뜻 베어 적토마 목에 매달고 몸을 날려 올라탄 후, 청룡도를 휘두르며 적진 속을 무인지경 달리듯 나오는데, 하북 군사들은 너무 놀라 감히 덤벼들기는커녕 흩어져 달아난다.

조조의 군사는 그 기회에 달아나는 적을 마구 무찌르니, 하북 군사로서 죽은 자는 그 수효를 알 수 없을 정도요, 빼앗긴 말과 무기는 부지기수였다.

관운장이 유유히 말을 달려 산 위로 올라오니, 조조의 모든 장수는 일제히 갈채를 보내며 칭송하여 마지않는다.

관운장이 조조 앞에 이르러 안양의 머리를 바친다.

조조는 찬탄한다.

"장군은 참으로 신인神人이시오."

관운장은 대답한다.

"저 같은 사람이 어찌 그런 과찬을 받을 수 있습니까. 제 동생 장익덕張翼德은 백만 적군 속에서도 적의 대장 목을 마치 주머니 속 물건 꺼내듯 들어낼 수 있습니다."

조조는 놀라는 기색으로 좌우 장수들을 돌아보며,

"이후에 만일 장익덕을 만나거든, 함부로 덤벼들지 말라. 혹 잊으면 안 되니 전포 깃 속에 장익덕이란 이름을 적어두어라."

하고 분부했다.

백마에서 안양을 베는 관우. 왼쪽 위는 조조

한편, 안양의 패잔병들은 도망쳐 돌아가다가, 군사를 거느리고 오는 원소를 만났다. 그들은 원소에게 호소한다.

"얼굴이 대춧빛처럼 검붉고 수염이 엄청나게 긴 한 용맹한 장수가 필마단기로 우리 진영 안에 돌진해와서 안양 장군을 한칼에 참하였습니다. 그래서 크게 패하고 말았습니다."

원소는 크게 놀라 묻는다.

"그게 누굴까?"

저수가 대답한다.

"그자는 필시 유현덕의 동생 관운장일 것입니다."

원소는 얼굴에 노기가 잔뜩 서린 채로 유현덕을 손가락질하며,

"오오! 네 동생이 나의 사랑하는 장수를 죽였으니, 반드시 사전에 서

로 내통한 짓이로구나! 너 같은 놈을 두었다가 무엇에 쓰리오. 도부수
들은 어디 있느냐? 이놈을 썩 끌어내어 당장 참하여라."
하고 호령한다.

처음에 만나서는 극진히 귀빈 대접을 하더니
이제는 거의 댓돌 아래 죄수를 다루듯한다.

初見方爲座上客
此日幾同階下囚

유현덕의 생명은 어찌 될 것인가.

제26회

원소는 싸움에 패하여 장수를 잃고
관운장은 인印을 걸어둔 뒤에 황금을 봉封하다

원소가 유현덕을 죽이려 들자 현덕은 조용히 고한다.

"명철한 귀공이 한 쪽 말만 믿고, 이제까지의 우리 정리情理를 끊으려 하십니까. 나는 서주를 잃고 싸움에 패하여 도망친 뒤로 둘째 아우 관운장이 살았는지 죽었는지조차 모릅니다. 천하에는 얼굴이 흡사한 사람이 적지 않은데, 어찌 얼굴이 대춧빛 같고 수염이 길다 해서 다 관운장일 리가 있습니까. 명철하신 귀공은 이 점을 깊이 통촉하십시오."

원소는 원래 주견主見이 없는 사람이라, 유현덕의 말을 듣고는 저수를 꾸짖는다.

"네가 남의 말을 잘못 알아듣고 좋은 사람을 죽이려 했구나."

원소는 드디어 유현덕을 장막 윗자리로 청해 앉히고, 안양의 원수 갚을 일을 상의하는데, 장막 아랫자리에서 한 사람이 썩 나선다.

"안양은 나와 형제 같은 사이인데, 역적 조조에게 죽음을 당했으니 그 원한을 갚지 않을 수 있습니까?"

유현덕이 그 사람을 본즉 키가 8척이요 얼굴은 해태戒扁(전설에 나오는 고대의 짐승)같이 생겼으니, 바로 하북의 유명한 장수 문추文醜였다.

원소는 크게 기뻐한다.

"네가 아니면 안양의 원수를 갚을 사람이 없다. 군사 10만을 줄 테니, 황하를 건너가서 조조의 군사를 추격하라."

저수는 간한다.

"그건 안 될 말씀입니다. 우선 우리는 연진延津에 머물고, 군사 일부만 관도로 보내어 주둔시키는 것이 상책입니다. 경솔히 황하를 건너갔다가 혹 변이라도 당하는 날이면, 우리는 모두 돌아갈 수 없게 됩니다."

원소가 고한다.

"너희들은 군사의 기세를 떨어뜨리고 세월만 보내자는 것이냐? 큰일을 망치려는 게로구나. 군사는 무엇보다도 동작이 신속해야 한다는 말을 듣지 못했는가!"

저수는 바깥으로 나와서,

"윗사람은 욕심만 부리고 아랫것들은 공명심에 들떴으니, 유유히 흐르는 황하를 나는 두 번 다시 건너지 못할 것이다."

하고 길게 탄식하고, 병이 났다는 평계로 회의에도 참석하지 않았다.

유현덕은 청한다.

"저는 지금까지 큰 은혜를 입었건만 보답할 길이 없었습니다. 문추와 함께 가서 명철하신 귀공의 은덕에 보답하고, 관운장의 확실한 소식을 알아보겠습니다."

원소는 기뻐하며, 문추를 불러 명한다.

"너는 유현덕과 함께 전방 부대의 선봉이 되어 즉시 떠나가거라."

문추가 대답한다.

"유현덕은 싸움에 여러 번 지기만 한 장군이라, 우리 군사에 별로 달갑지 않은 존재이나, 기왕 주공께서 보내실 생각이라면 제가 군사 3만을 주고 뒤따라오라고 하겠습니다."

문추는 스스로 군사 7만을 거느리고 앞서 떠나가고, 유현덕은 군사 3만을 거느리고 뒤따라 떠나갔다.

한편, 조조는 관운장이 무서운 적장 안양을 순식간에 참하는 광경을 본 뒤로 전보다 배나 공경하고, 조정에 표문을 보내어 관운장을 한수정후漢壽亭侯로 봉하고, 쇠에다 벼슬을 새긴 관인官印까지 만들어주었다.

파발꾼이 말을 달려와서 보고한다.

"원소가 대장 문추를 시켜 황하를 건너게 하고 이미 연진에 본진을 세웠습니다."

조조는 즉시 백성들을 서하西河로 옮긴 뒤에, 친히 군사를 거느리고 적군을 맞이하러 떠나면서 명령한다.

"후군後軍을 전군前軍으로 내세워라. 그 대신 전군은 후군이 되어 군량軍糧과 마초馬草를 앞서 보내고, 군사들은 뒤를 따르라."

여건은 자기가 명령을 잘못 듣지 않았나 의심하며, 조조에게 묻는다.

"군량과 마초를 앞서 보내고 군사는 뒤를 따라가라니, 그게 무슨 뜻입니까?"

"군량과 마초가 뒤따르면 적군에게 빼앗기기 때문에 앞서가라 한 것이다."

여건은 더욱 의심이 나서 묻는다.

"만일 앞서가다가 그야말로 적군에게 빼앗기면 어찌합니까?"

조조가 대답한다.

"그야 적군이 와봐야 알 일이 아닌가."

여건은 조조의 대답을 들을수록 어쩌자는 작전인지 알 수가 없었다.

이에 군량과 마초를 실은 치중輜重(군수품)은 앞장서서 황하 언덕을 따라 연진으로 나아간다. 조조는 군사를 거느리고 그 뒤를 따라가는데,

저 멀리 앞에서 갑자기 함성이 일어난다.

조조는 급히 사람을 보냈다.

이윽고 그 사람이 황급히 돌아와서 보고한다.

"큰일났습니다. 하북군의 대장 문추가 밀어닥치는 바람에, 우리 군사는 군량과 마초를 다 버리고 사방으로 흩어져 달아나는 중입니다. 이곳 우리 후군과의 거리가 너무 머니 이 일을 어찌하면 좋습니까?"

조조는 말채찍을 들어 남쪽 언덕을 가리키면서 명령한다.

"저 언덕에 올라가서 잠시 적군을 피하라."

군사와 말들이 급히 그 언덕에 올라서자, 조조는 다시 명령한다.

"모두 무거운 갑옷을 벗고 잠시 쉬어라. 그리고 말들도 쉬도록 다 놓아줘라."

모든 군사는 영문을 몰라서 눈이 휘둥그래졌다. 그러나 명령이니 하라는 대로 할 수밖에……

이윽고 저 멀리서 문추의 군사들이 달려온다.

모든 장수들이 외치듯이 고한다.

"적군이 옵니다. 속히 말을 거두어 백마현으로 후퇴해야겠습니다."

순유荀攸는 당황해하는 장수들을 급히 말린다.

"이는 미끼를 주고 적군을 이리로 끌어들이려는 계책인데, 어째서 물러가려고들 하시오?"

그제야 조조는 순유에게 눈짓을 하며 씽긋 웃는다. 순유는 조조의 눈치를 알아차리고 입을 다물었다.

문추의 군사는 군량과 마초를 빼앗는 데 신이 나서, 이미 대오가 흩어질 대로 흩어졌다. 그들은 달려오다가 흩어져 있는 조조의 군마들을 보자 말들을 잡으려고 제각기 뛰어다닌다.

그제야 조조는 명령을 내렸다. 모든 장수와 군사들이 언덕에서 일제히 달려 내려가 마구 무찌르니, 문추의 군사는 일대 혼란에 빠진다. 조조의 군사는 적군을 에워싸며 돌격한다. 문추만이 혼자서 고군 분투한다. 하북 군사들은 저희들끼리 서로 짓밟는 사태에 이르렀다. 문추는 혼란에 빠진 군사를 수습할 수가 없어, 혼자 말 머리를 돌려 달아난다.

언덕 위에서 그 광경을 바라보던 조조가 달아나는 문추를 손가락으로 가리키며 묻는다.

"문추는 하북의 유명한 장수다. 누가 저자를 능히 사로잡겠느냐?"

장요와 서황이 동시에 나는 듯이 말을 달려가며 크게 외친다.

"문추야, 네가 달아나면 어디로 가겠느냐. 게 섰거라!"

문추는 뒤쫓아오는 두 장수를 돌아보자, 즉시 철창鐵槍을 안장 고리에 끼우고, 활에 화살을 메겨 달려오는 장요를 노리고 쐈다.

순간 장요는 머리를 급히 숙여 몸을 돌렸는데, 어느새 화살이 날아와 투구에 꽂히면서 투구 끈을 끊었다. 장요는 분이 나서 다시 고쳐 앉아 말을 달려가는데, 다시 문추의 화살이 날아와 뺨에 들어박히는 동시에, 달리던 말이 앞발을 꺾는 바람에 저만큼 땅바닥에 나가떨어졌다.

그제야 문추는 말을 돌려 장요를 죽이려 달려온다. 이를 본 서황이 큰 도끼를 수레바퀴처럼 휘두르며 달려와, 문추의 앞을 가로막고 달려든다. 서로 맞닥뜨려 싸운 지 불과 수합에 서황은 대적하지 못할 것을 알아차리고 말을 돌려 달아난다. 문추는 황하의 언덕을 따라 뒤쫓는다.

문추가 뒤쫓아가다가 보니, 문득 기병 10여 명이 기를 펄펄 휘날리며 달려온다. 그 중에 한 장수가 청룡도를 들고 나는 듯이 앞서 오는데, 바로 관운장이었다. 관운장은 달려오는 문추 앞으로 달려들면서,

"이놈 게 섰거라!"

하며 크게 꾸짖고 곧장 서로 어우러져 싸운 지 불과 3합에 이르렀을 때였다.

연진에서 문추의 목을 베는 관우

　문추는 덜컥 겁이 나서 말고삐를 홱 돌려 황하를 따라 달아난다. 그러나 관운장이 탄 적토마는 너무나 빨랐다. 어느새 관운장의 청룡도가 한 번 번득이자 문추의 목이 달아나 말 아래로 떨어진다.

　조조는 언덕 위에서 문추를 참하는 관운장을 보고는, 즉시 군사를 휘몰아 달려 내려가 적을 총공격한다. 달아날 길마저 잃은 하북군은 태반이 황하에 빠져 죽어서 빼앗겼던 군량과 마초와 말은 고스란히 조조에게 되돌아왔다.

　관운장이 기병 몇 명만 거느리고 동쪽을 찌르며 서쪽을 치며 적군을 한참 무찌르던 때였다.

　유현덕은 군사 3만을 거느리고 뒤처져 오는 중인데, 파발꾼이 달려와서 보고한다.

"이번에도 얼굴이 대춧빛 같고 수염이 긴 놈이 나타나 우리 문추 장군을 죽였습니다."

유현덕이 황급히 말을 달려가 바라보니, 황하 건너 벌판에서 한 떼의 기병이 나는 듯이 오가는데, '한수정후 관운장漢壽亭侯關雲長'이라는 일곱 자를 쓴 기가 나부낀다.

유현덕은 마음속으로 천지신명께 감사한다.

"나의 동생이 죽지 않고 과연 조조에게 가 있었구나. 하늘이여, 감사합니다."

유현덕은 관운장을 즉시 만나보고 싶었으나, 조조의 대군이 몰려오는지라 하는 수 없이 군사를 거두어 돌아갔다.

한편, 원소는 앞서 보낸 군사들을 후원하기 위해서 관도 땅에 이르러 영채營寨를 세우고 있었다.

곽도郭圖와 심배審配가 들어와서 고한다.

"이번에도 관운장이 문추를 죽였다고 합니다. 그런데도 유비가 시치미를 떼며 모른 체하도록 내버려두시렵니까!"

원소는 대로하여 저주한다.

"그 귀 큰 도둑놈(유현덕)이 어찌 감히 나에게 이럴 수 있을꼬. 어디 두고 보자!"

조금 지나자 유현덕이 돌아왔다.

원소는 추상같이 호령한다.

"도부수야! 유현덕을 당장에 참하여라."

유현덕이 묻는다.

"내게 무슨 죄가 있어 이러십니까?"

원소가 꾸짖는다.

"일부러 네 동생 놈을 시켜 또 나의 사랑하는 장수를 죽였으니, 어찌 죄가 없단 말이냐!"

유현덕이 고한다.

"정 그러시다면 죽기 전에 한 말씀 드리겠습니다. 조조는 원래 이 유비
를 싫어합니다. 그는 내가 명철하신 귀공에게 와 있다는 것을 알고 내가
귀공을 돕지나 않을까 무서워서, 일부러 관운장을 시켜 귀공의 두 장수
를 죽이게 한 것입니다. 즉, 귀공을 격분시켜 귀공의 손을 빌려 이 유비를
죽이자는 계책입니다. 바라건대 명철하신 귀공은 깊이 통촉하십시오."

원소는 잠시 생각하더니 머리를 끄덕이며,

"현덕의 말씀이 옳다. 너희들이 하마터면 나에게 어진 사람을 죽였다
는 누명을 씌울 뻔했구나!"

하고 좌우를 꾸짖어 물리친 뒤에, 유현덕을 윗자리로 청해 앉힌다.

유현덕은 감사한다.

"명철하신 귀공의 관대한 은혜를 입고도 갚을 길이 없으니, 이제 심복
한 사람에게 서신을 주어 관운장에게 보내고자 합니다. 관운장이 나의
서신을 보기만 하면 반드시 밤낮없이 이리로 와서 귀공을 도울 것이니,
우리 함께 조조를 쳐죽여 안양과 문추의 원수를 갚으면 어떻겠습니까?"

원소는 크게 기뻐한다.

"내가 관운장만 얻는다면 안양이나 문추보다 열 배는 더 든든하겠소."

유현덕은 서신을 썼으나 심부름 갈 만한 적당한 사람이 없어서 보내
지 못하는 중이었다.

원소는 명령을 내려 군사를 무양武陽 땅으로 후퇴시켜 수십 리에 잇
달아 영채를 세우고, 군사를 움직이지 않았다.

한편, 조조는 하후돈에게 군사를 주어 관도 땅 어귀에 가서 수비하도
록 하였다. 그리고 조조는 대군을 거느리고 허도로 돌아갔다.

돌아온 조조는 크게 잔치를 베풀고, 모든 고관들을 청하여 관운장의

공로를 치하하는 자리에서 여건에게 자랑한다.

"이번 싸움에서 내가 군량과 마초를 앞서 보낸 뜻은 적을 끌어들이기 위해 미끼를 던져준 것이다. 그러나 그때 내 마음을 안 사람은 순유 한 사람뿐이었다."

잔치에 모인 사람들은 모두 조조의 말에 탄복하며 다시 술을 마시는데, 수하 사람이 들어와서 고한다.

"방금 여남군汝南郡에서 파발꾼이 왔습니다. 보고에 의하면 여남 땅에서는 황건적의 나머지 무리인 유벽劉辟, 공도龔都 등이 들고일어나 매우 소란하다 합니다. 조홍이 그간 그들과 누차 싸웠으나 이롭지 못해서 응원군을 보내달라는 기별입니다."

관운장이 그 말을 듣고 조조에게 청한다.

"바라건대, 제가 견마지로犬馬之勞를 다하여 여남 땅의 도둑들을 무찌르겠습니다."

조조는 대답한다.

"관운장이 큰 공로를 세웠건만, 나는 아직 그만한 대접도 못했는데 어찌 또 수고를 끼칠 수 있겠소."

"저는 아무 일 없이 오래 있으면 병이 나기 때문에, 바라건대 가보고 싶습니다."

조조는 관운장을 장하다 칭찬하고 군사 5만을 주고 우금과 악진을 부장으로 삼아 따라가게 했다.

이튿날, 관운장이 군사를 거느리고 떠나가는데, 순욱이 조조에게 가만히 말한다.

"관운장은 늘 떠날 생각뿐입니다. 그는 유현덕이 있는 곳만 알면 반드시 가버릴 터이니, 자주 싸움에 보내지 마십시오."

"이번에 공을 세워오면 다시는 내보내지 않겠소."

조조가 대답했다.

한편, 관운장은 군사를 거느리고 여남군 가까이 이르러 영채를 세웠다. 그날 밤 영채 바깥에서 첩자 두 사람이 붙들려왔다. 보니, 그 두 사람 중에 한 사람은 바로 손건이 아닌가. 관운장은 좌우를 꾸짖어 물러가게 하고, 손건에게 묻는다.

"귀하가 서주 싸움에서 행방 불명이 된 후로 소식이 없더니, 어쩌다가 지금 여기에 와 있소?"

손건이 대답한다.

"나는 서주 싸움에서 도망쳐 여남 땅을 떠돌아다니다가 다행히 유벽에게 의탁하고 있소. 그건 그렇고, 장군은 어쩌다가 조조에게 붙어 계시오? 감부인과 미부인은 다 안녕하신지요?"

관운장은 하비성에서 공격받던 때부터 오늘에 이르기까지 그 동안의 일을 자세히 말했다.

손건이 말한다.

"요즈음 소문에 의하면 유현덕께서 원소에게 가 계신답니다. 그리로 가고 싶으나 기회가 없어 이렇게 있었더니, 유벽과 공도 두 사람이 원소에게 귀순하여 서로 도와 조조를 공격하기로 했는데, 마침 다행히 장군이 이곳에 왔다기에 내가 일부러 첩자가 되어 만나뵈러 온 것이오. 내일 우리는 장군과 싸우는 체하다가 일부러 패하여 달아날 것이니, 장군은 속히 돌아가 두 부인을 모시고 원소에게 가서 주공을 만나시오."

관운장은 걱정한다.

"형님이 원소에게 가 계신다니 나는 불철주야 가겠소마는, 걱정인 것은 내가 원소의 부하인 안양과 문추를 죽였기 때문에 무슨 변을 당하지나 않을까 두렵소."

"그렇다면 내가 먼저 저쪽 형편을 알아보고 다시 장군께 알려드리겠소."

"그러나 그렇게까지 할 건 없소이다. 나는 형님만 한 번 만나볼 수 있다면 만 번 죽어도 괜찮으니, 알아보고 말고 할 것 없이 곧 허도로 돌아가서 조조에게 하직하겠소."

관운장은 그날 밤에 몰래 손건을 돌려보냈다.

이튿날, 관운장이 군사를 거느리고 싸우러 나아가니, 공도가 투구와 갑옷 차림으로 진영에서 나온다.

관운장이 꾸짖는다.

"너희들은 어째서 조정을 배반하느냐?"

공도가 대답한다.

"너는 주인을 배반한 주제에 도리어 나를 책망하느냐."

"내가 언제 주인을 배반했단 말이냐?"

"유현덕이 지금 원소에게 가 있거늘, 너는 그래 조조 밑에서 굽신거리고 있으니 무슨 꼴이냐?"

관운장이 더 대답하지 않고 청룡도를 춤추듯 휘두르며 나아가니, 공도는 즉시 달아난다. 얼마쯤 뒤쫓아가니 달아나던 공도가 갑자기 몸을 돌려 고한다.

"옛 주인의 은혜를 잊어서는 안 되니, 귀공께서는 곧 우리를 무찌르십시오. 우리는 여남 땅을 공에게 내드리겠습니다."

관운장은 머리를 끄덕이고 군사를 휘몰아 쳐들어가니, 유벽과 공도 두 사람은 패한 체하며 아주 달아나버렸다.

이에 관운장은 여남군에 들어가서 백성들을 위로한 뒤에 곧 군사를 거느리고 허도로 돌아간다.

조조는 성밖까지 나와서 관운장을 영접하고 군사를 위로하며 크게 축하 잔치를 베푼다. 잔치가 끝나자 관운장은 집으로 돌아가 문밖에서 두 형수께 절한다.

감부인이 묻는다.

"아주버님은 두 번이나 싸움에 나갔다 오셨는데, 이번에는 유황숙의 소식이라도 들으셨는지요?"

관운장이 대답한다.

"아직 소식을 못 들었습니다."

관운장이 바깥채로 물러나오자, 두 부인은 통곡한다.

"유황숙은 세상을 떠나셨도다. 그래서 둘째 아주버님은 우리가 슬퍼할까 봐 일부러 숨기는 것이리라."

두 부인이 넋두리하며 한참을 우는데, 이번에 여남 싸움에 따라갔다 온 늙은 군사 한 명이 안채를 지키다가, 듣다못해서 살며시 고한다.

"부인은 울지 마십시오. 주인은 지금 하북 땅 원소에게 가 계신다고 합니다."

두 부인이 묻는다.

"네가 어찌 아느냐?"

"이번에 관장군을 따라 싸우러 갔다가, 어떤 사람이 진영에 와서 그렇게 말하는 것을 들었습니다."

두 부인은 급히 관운장을 불러 책망한다.

"유황숙이 한 번도 아주버님을 저버린 일이 없거늘, 아주버님은 조조의 은혜를 입더니 그새 지난날의 의리를 잊으셨단 말이오? 어째서 우리에게 사실을 말해주지 않소?"

관운장은 머리를 조아린다.

"형님이 지금 하북 원소에게 가 계시는 것은 사실이나, 감히 두 형수씨께 알리지 아니한 것은 혹 일이 누설될까 두려워서입니다. 이런 일이란 천천히 도모해야지 급히 서두르면 안 됩니다."

감부인이 청한다.

"아주버님은 어떻게 하든 속히 떠나도록 해주시오."

관운장은 바깥채로 물러나와 떠날 계책을 생각하니, 앉아 있을 수도 서 있을 수도 없었다.

한편, 관운장의 부장으로서 여남까지 갔던 우금도 유현덕이 하북에 있다는 소문을 탐지해서 알고 있었다.

우금이 조조에게 이 소문을 귀띔하면서 고한다.

"그러니 관운장도 유현덕이 지금 원소한테 가 있다는 사실을 알고 있을지 모릅니다."

조조는 장요에게 분부한다.

"그대는 가서 관운장의 속뜻을 떠보시오."

장요가 갔을 때 관운장은 한참 고민 중이었다. 장요는 들어서면서 축하한다.

"형이 이번 싸움에 유현덕의 소식을 알아왔다는 소문이 있기에 축하하러 왔소. 얼마나 기쁘시오?"

관운장이 대답한다.

"옛 주인이 계시는 곳은 알았으나, 아직 만나지를 못했으니 무엇이 기쁘겠소."

장요는 슬며시 묻는다.

"형과 유현덕과의 사이를, 동생인 나와 형과의 사이로 비교한다면 어떠한지요?"

"나와 형과의 사이는 친구간이지만, 나와 유현덕은 친구간이면서도 형제간이요 그러면서도 임금과 신하 간이니, 어찌 동시에 논할 수 있겠습니까."

"이제 유현덕이 하북에 있다니 형은 그곳으로 가시겠소, 아니면 여기 계시겠소?"

"내 지난날에 세 가지 조건을 내세웠으니 어찌 자기 자신을 배반하리요. 그대는 내가 곧 떠날 수 있도록 승상께 주선해주시오."

장요는 하는 수 없이 돌아와, 조조에게 관운장의 말을 그대로 전했다.

"내게 관운장을 붙들어둘 계책이 있으니 두고 보라."

조조는 장담했다.

한편, 관운장은 장요가 돌아간 뒤 떠날 일을 이리저리 생각하는데, 수하 사람이 들어와서 고한다.

"장군의 옛 친구라는 어떤 분이 오셨습니다."

"이리로 모셔오너라."

어떤 사람이 들어오는데, 관운장은 그가 누구인지 전혀 알 수가 없었다. 관운장이 묻는다.

"귀공은 누구시오?"

그 사람이 대답한다.

"나는 원소의 부하인 남양南陽 땅 진진陳震이란 사람입니다."

관운장은 크게 놀라 급히 좌우 사람을 내보내고 묻는다.

"선생이 나를 찾아온 데는 필시 까닭이 있겠습니다."

진진은 품안에서 서신 한 통을 꺼내어 관운장에게 준다. 받아보니 바로 유현덕의 친필이었다.

유비는 그대와 도원에서 의형제를 맺었을 때 언제고 함께 죽기로 서로 맹세했더니, 이제 어쩌다가 도중에서 서로 어긋나 그대는 은혜를 저버리고 의리를 끊어버리느냐. 그대가 공명을 탐하여 부귀 영화를 누리고자 원한다면, 기꺼이 나의 목을 바치겠으니 소원을 풀라. 글로써 다 말할 수가 없어 죽을 날을 기다리며 답장만 기다리노라.

관운장은 편지를 다 읽자 대성 통곡한다.

"내가 형님을 찾지 않은 것이 아니라 계시는 곳을 알지 못한 때문이니, 어찌 부귀를 탐하여 옛 맹세를 저버릴 리 있겠소."

진진은 말한다.

"유현덕께서 귀공을 기다리심이 매우 간절합니다. 귀공이 옛 맹세를 저버리지 않았다면 곧 가서 만나보셔야 할 것 아니오?"

관운장은 앙연히 대답한다.

"사람이 하늘과 땅 사이에 나서 처음과 끝이 한결같지 않은 자는 군자라 할 수 없소. 이곳에 올 때 나의 뜻을 명백히 알렸으니, 떠날 때도 뜻을 분명히 알려야 할 것 아니오? 내 곧 서신을 써서 귀공의 수고를 빌려 우선 형님께 답장부터 보낼 테니, 다시 내가 조조에게 하직할 동안의 여유를 주시오. 그런 뒤에 두 형수씨를 모시고 가서 뵙겠소."

"만일 조조가 귀공을 못 가게 하면 어쩌시려오?"

"내 차라리 죽을지언정 이곳에 어찌 오래 머물 수 있겠소."

"그럼 귀공은 답장을 써서 유현덕 공이 고대하시는 거나 우선 풀어드리십시오."

관운장이 답장을 쓰니,

일찍이 듣건대 의리는 자기 마음을 저버리지 않으며, 충성은 죽음을 두려워하지 않는다고 하더이다. 관우는 어려서부터 책을 읽어 대략이나마 예禮와 의義를 알아서, 양각애羊角哀와 좌백도左伯桃의 옛일을 읽을 때마다 거듭 탄식하고 눈물을 흘렸더이다. 양각애·좌백도는 전국 시대 사람이니, 그들은 함께 초楚나라에 벼슬하러 가다가 도중에서 폭설을 만나 기아로 동사할 지경에 이르렀다. 이에 좌백도는 "그대는 나보다 학문이 월등하니 가서 벼슬하라" 하고 양각애에게 옷을 벗어주고, 자기 양식을 주고, 나뭇등걸 속에 들어가 죽었다. 양각애는 초나라에 가서 대부가 되어 크게 출세했는데, 어느 날 꿈에 좌백도가 나타나 "나는 늘 형장군荊將軍 때문에 고통을 받는다"고 호소하였다. 이에 양각애는 "그럼 내가 지하에 가서 봐줌세" 하고 꿈에서 깨어나자 칼로 자기 목을 쳐서 자살했다. 관운장은 이 고사를 인용한 것이다.

지난날 하비성을 지킬 때 안으로는 곡식이 부족하고 바깥으로는 구원 오는 군사가 없어 한때는 죽기를 각오했으나, 귀한 두 형수씨를 난리 속에 버려둔 채 죽는다면 형님의 부탁을 저버림이 되겠기에, 그래서 잠시 조조에게 몸을 의탁하고 형님과 다시 만나기를 고대한 것입니다. 그러다가 요즈음 여남에 가서 비로소 형님 소식을 들어 알았습니다. 곧 조조에게 하직하고 두 형수씨를 모시고 돌아가겠습니다. 관우가 만일 딴마음을 품었다면 천지신명과 사람들이 반드시 벌을 내려 죽일 것입니다. 가슴을 쪼개어 속마음을 보여드리려 해도 붓과 종이로써는 다할 수 없습니다. 형님을 우러러뵐 날이 이제 멀지 않으니, 엎드려 바라건대 동생을 굽어살피소서.

진진은 관운장의 편지를 받자 총총히 떠나갔다. 관운장은 안채에 들어가서 두 형수씨에게 사실을 말한 뒤에 조조에게 하직 인사를 하러 승상부로 갔다.

그러나 조조는 관운장이 찾아올 것을 미리 알았기에, 회피패廻避牌(면회 사절의 표시)를 문에 내걸고 만나주지 않았다. 관운장은 하는 수 없이 답답한 심정으로 돌아와 지난날 데리고 온 부하들에게,

"조만간에 떠날 터이니 수레와 행장을 준비하되 조승상에게 받은 물

건은 다 그대로 두고 갈 것인즉, 추호도 건드리지 말아라."

하고 분부했다.

　이튿날, 관운장은 하직하러 다시 승상부로 갔으나, 문에는 여전히 회피패가 내걸려 있었다. 그 후로도 여러 번 찾아갔으나, 결국 조조를 만나지 못한 관운장은 장요의 집을 찾아갔다. 조조를 만날 수가 없어서 그냥 떠나니, 말이나 잘 전해달라고 부탁할 작정이었다.

　그러나 장요 역시 병이 나서 누워 있노라고 핑계만 대며 나와보지도 않았다.

　관운장은 마음속으로,

　'조승상이 나를 보내지 않으려 이러지만, 내 뜻이 이미 섰으니 어찌 더 이상 머물 수 있으리요.'

하고 서신 한 통을 써서 조조에게 하직하니,

　관우는 일찍이 유황숙을 섬겨 생사를 함께하기로 맹세했으니, 이는 황천 후토皇天后土께서도 들어서 아시는 바라. 지난날 하비성을 잃었을 때 청했던 세 가지 조건은 이미 승상께서 허락하신 바이거니와 이제 지난날의 주인이 원소의 군중에 계신다는 사실을 알았으니, 옛 맹세를 돌이켜 생각하지 않을 수가 있겠습니까. 승상께서 생각해주신 새로운 은혜는 비록 두터우나, 옛 주인과의 의리는 잊을 수 없습니다. 이에 글로써 하직을 고하니, 엎드려 바라건대 널리 통촉하소서. 아직 갚지 못한 나머지 은혜는 다음날에 보답하리다.

　관운장은 사람을 시켜 글을 승상부로 보내는 한편 조조에게서 그간 받은 금은 보배를 일일이 봉하여 다 곳간에 넣은 뒤에, 방 벽에 한수정후의 인印을 걸어두고, 두 부인을 수레에 태웠다.

高懸寶印稜稜赤膽巍王侯

封固黃金耿耿丹心輕勢利

關雲長封金掛印

허도를 떠나기에 앞서 조조에게 편지를 쓰는 관우

　그는 적토마를 타고 청룡도를 들고 지난날 따라온 부하에게 수레를 호송하게 하며 바로 북문으로 나아간다.
　북문 수문장이 앞을 가로막는지라, 관운장은 눈을 부릅뜨고 칼을 비껴 들며 우레 같은 목소리로 크게 꾸짖는다. 문지기들은 기가 질려 다 숨어버린다.
　관운장은 북문을 나오자 부하들에게 분부한다.
　"너희들은 수레를 모시고 먼저 가거라. 뒤쫓아오는 자가 있으면 내가 담당할 터이니, 두 부인이 놀라시지 않도록 각별히 조심하여라."
　부하들은 수레를 밀고 관도官道(국도) 길을 앞서간다.
　한편, 조조는 모든 모사들과 함께 관운장에 관해서 의논을 하는데, 수하 사람이 들어와서 관운장의 서신을 바친다.

조조는 서신을 읽고는 크게 놀란다.

"관운장이 떠났구나!"

북문을 지키던 수문장이 말을 달려와서 고한다.

"관운장이 우격다짐으로 북문을 나가, 수레와 기병 20여 명과 함께 북쪽을 향하여 떠났습니다."

관운장이 있던 집에서 사람이 와서 고한다.

"관운장은 승상께서 주신 금은 등 모든 물건을 다 봉해서 곳간에 넣고, 아름다운 여자들에겐 안방을 지키라 이르고, 거처하던 당상에 한수정후의 인을 걸어놓고, 승상이 보낸 시중들던 사람들은 다 놔두고, 그가 원래 데려왔던 사람들과 가지고 왔던 짐만 꾸려가지고 북문 바깥으로 떠나가버렸습니다."

잇달아 들어오는 보고를 듣자, 모든 사람은 아연 실색한다.

한 장수가 썩 나서며 말한다.

"제가 기병 3천 명을 거느리고 가서, 관운장을 사로잡아 승상께 바치겠습니다."

모든 사람이 보니 그는 바로 장수 채양蔡陽이었다.

만 길이나 되는 깊은 교룡 굴에서 벗어나려다가
또 호랑이 같은 3천 군사와 만난다.
欲離萬丈蛟龍穴
又遇三千狼虎兵

채양이 관운장을 추격하려 하니 필경 어찌 될 것인가.

제27회

미염공은 필마단기로 천리를 달리며
한수정후는 다섯 관문에서 장수 여섯을 참하다

조조의 모든 장수들 중에 장요 다음으로 관운장과 친한 이는 서황이었다. 그 밖의 장수들도 다 존경하며 탄복했으나, 홀로 채양만이 관운장을 미워하였다. 그래서 채양은 추격하겠다며 자원했던 것이다.

조조는 머리를 흔들며,

"관운장은 옛 주인을 잊지 않고 오고 떠나는 일을 명백히 했으니, 참으로 남아 대장부로다. 너희들도 마땅히 관운장을 본받아라."

하고 채양을 꾸짖어 물리친다.

정욱이 고한다.

"승상께서 그토록 극진히 대우하셨는데, 관운장은 하직 인사도 드리지 않았습니다. 무례한 말을 쓴 서신 한 장만 남겨놓고 승상의 위엄을 모독했으니, 그 죄가 적지 않습니다. 그가 원소에게 간다면 우리는 호랑이에게 날개를 달아주는 격이니, 차라리 뒤쫓아가서 그를 죽여 후환이나 없게 하십시오."

"내 지난날에 그의 세 가지 조건을 허락했으니, 이제 와서 어찌 신용을 잃을 수 있겠는가. 서로 각기 주인을 위해서 하는 일이니 뒤쫓지 말라."

조조는 이어 장요를 돌아보며 탄식조로 분부한다.

"관운장이 내게서 받은 금은 보물을 다 곳간에 넣어둔 채 한수정후의 인마저 걸어놓고 떠났으니, 재물로도 그 마음을 달랠 수 없고 높은 벼슬로도 그 마음을 움직일 수 없구나! 나는 관운장의 그러한 인격을 깊이 존중하노라. 아마 지금쯤 멀리 가지는 못했을 것이다. 내가 그의 인격을 잘 아는 이상 나로서도 그냥 있을 수 없으니, 그대는 곧 뒤쫓아가서 관운장에게 내가 전송하러 나오니 잠시 기다리도록 이르라. 떠나가는 그에게 노자路資와 전포를 선물하고 뒷날에 오늘을 기념할까 하노라."

장요는 분부를 받자 혼자 말을 달려 앞서간다. 조조는 기병 수십 명을 거느리고 뒤따라간다.

한편, 관운장이 탄 적토마는 하루에 천 리를 달리는 말이라, 뒤쫓을 수 없는 일이다. 그러나 관운장은 수레를 모시고 가기 때문에 말을 달릴 수가 없어서 고삐를 늦추어 천천히 간다.

홀연 등뒤에서 크게 외치는 소리가 들린다.

"관운장은 잠시 기다리시오."

관운장이 돌아보니 장요가 말을 달려온다.

관운장은 부하들에게,

"너희들은 수레를 호위하여 이 큰길로 곧장 가거라."

하고 적토마를 돌려 세우더니, 청룡도를 바로 들고 달려오는 장요를 향해 묻는다.

"장요는 나를 데려가려 쫓아오느냐?"

장요는 대답한다.

"아니오. 우리 승상께서 형이 먼 길을 가는 걸 알고 친히 전송하려고 나를 보내어 잠시 머물라고 하는 것이지 다른 뜻은 없소."

"승상이 무장한 군사를 거느리고 올지라도, 나는 목숨을 걸고 싸울 따름이오."

관운장은 다리 위에서 말을 세운 채 바라보았다. 조조가 기병 수십 명을 거느리고 달려오는데, 그 뒤를 따라오는 장수는 허저, 서황, 우금, 이전이었다.

조조는 관운장이 다리 위에서 말을 세우고 칼을 들고 있음을 보자, 장수들에게 분부한다.

"그대들은 말을 멈추고 좌우로 늘어서라."

관운장은 모든 사람이 아무 무기도 갖지 않았음을 보자 비로소 안심했다.

조조가 먼저 말을 건넨다.

"운장은 떠나는 것이 어찌 이리도 급하시오?"

관운장은 말 위에서 허리를 굽혀 절한다.

"전에도 일찍이 승상께 아뢰었거니와, 이제 옛 주인이 하북 땅에 계시는 걸 알았으니 급히 떠나지 않을 수 없나이다. 여러 번 승상부로 갔으나 뵐 수가 없어서, 글로 하직 인사를 아뢰고 물건을 봉해두고 인을 걸어놓았습니다. 승상께 모든 걸 반환했으니, 바라건대 지난날의 약속을 잊지 마소서."

"내 소망은 천하의 신의를 얻는 데 있거늘 약속한 일을 어찌 저버릴 수 있겠소. 장군이 먼 길을 가는 데 불편이 있을까 염려되어 노자도 드릴 겸 작별하러 왔소."

한 장수가 말을 탄 채로 나아가 관운장에게 황금을 가득 담은 소반을 바친다. 관운장은 받지 않는다.

"그간 돌봐주신 은혜를 입어 아직도 남은 비용이 있으니, 이 황금은 두셨다가 공을 세우는 군사들에게 상금으로 쓰십시오."

관우를 배웅하는 조조(오른쪽 위)

조조는 권한다.

"운장이 그간 내게서 세운 공로에 비하면 만분의 일도 보답이 안 되거늘, 어째서 굳이 사양하시오?"

"보잘것없는 그만한 일을 새삼 말씀하실 것 있습니까."

조조는 웃는다.

"운장은 천하의 의사건만 내가 박복해서 떠나 보내니 한이로다. 그러나 어쩔 수 없는 일이라 비단 전포 한 벌을 선물하니, 나의 간곡한 정표를 사양 마시오."

한 장수가 말에서 내려 값진 비단 전포를 두 손으로 들고 와서 관운장에게 공손히 바친다.

관운장은 만일을 염려하여 감히 말에서 내리지 않고 청룡도 끝으로

비단 전포를 끌어올려 몸에 걸쳐 입더니, 말을 돌려 세운 뒤에야 돌아보면서,

"승상께서 주신 전포를 받았으니 다음에 다시 뵐 날이 있으리다."

하고 유유히 다리를 건너 북쪽을 향하여 가버린다.

허저는 성을 낸다.

"저렇듯 오만 무례한 사람을 왜 사로잡지 않습니까?"

조조는 추연히,

"그는 혼자뿐이며 우리는 수십 명이 몰려왔으니, 어찌 의심하지 않을 수 있겠소. 내 이미 그를 보내기로 했으니 뒤쫓지 말라."

하고 모든 장수를 거느리고 성으로 돌아가면서 관운장을 잊지 못해 내내 탄식한다.

한편, 관운장은 약 30리를 뒤쫓아갔으나 수레가 보이지 않는다. 그는 당황하여 말을 달려 사방으로 찾아다니는데, 문득 산 위에서 한 사람이 외친다.

"관장군은 고정하소서."

쳐다보니 황건과 비단옷 차림의 한 소년이 창을 들고 말을 탔는데, 말 목에 사람 목이 하나 걸려 있었다. 소년은 보졸 백여 명을 거느리고 달려 내려온다.

관운장이 묻는다.

"너는 누구냐?"

소년은 창을 버리더니 말에서 내려 땅에 엎드려 절한다. 그러나 관운장은 혹 속임수를 쓰지는 않나 의심이 나서, 말고삐를 잡고 청룡도를 바로 든다.

"장사는 성명을 말하라."

소년은 대답한다.

"저는 본시 양양襄陽 사람으로 성명은 요화廖化며, 자는 원검元儉이라 합니다. 세상이 혼란하여 강호를 떠돌아다니다가 5백여 명의 무리를 모아 도둑질로 생계를 삼는데, 마침 동료 두원杜遠이 산밑을 순시하다가 잘못 알고 두 부인을 산 위로 납치해왔습니다. 제가 시종하는 사람들에게 묻고서야 비로소 유황숙 어른의 부인이신 줄 알았고, 또 장군께서 친히 호위하며 오신 것도 알았습니다. 제가 곧 부인을 산 아래로 모시려 하는데, 두원이 해괴 망측한 말을 하기에 그놈을 죽였습니다. 그놈의 머리를 바치오니, 장군은 우리의 죄를 용서하십시오."

"두 부인은 어디 계시느냐?"

"지금 산속에 계십니다."

관운장이 속히 모셔오도록 하니, 도둑 백여 명은 즉시 수레를 모시고 나온다.

관운장은 말에서 내려 청룡도를 세워놓고 수레 앞으로 나아가 절한 뒤 문안 드린다.

"두 형수씨는 놀라시지나 않으셨습니까?"

두 부인이 대답한다.

"만일 요화가 보호해주지 않았다면 두원에게 욕을 당할 뻔했소."

관운장은 부하들에게 묻는다.

"요화가 부인을 어떻게 구출하더냐?"

좌우에서 고한다.

"두원이 산 위로 납치해가서, 요화에게 각기 한 명씩 나누어 아내로 삼자고 말했습니다. 요화는 저희들에게 내력을 묻고 두 부인을 다시 모셔다 드리려 하니, 두원이 듣지 않다가 마침내 죽임을 당했습니다."

관운장은 요화에게 허리를 굽혀 감사한다. 이에 요화는 부하들을 거느리고 관운장을 따라가겠다며 청한다. 관운장은 '이들은 결국 황건적의 잔당이니 함께 갈 수 없다' 생각하고 완곡히 거절한다.

요화는 비단 필목疋木과 황금을 바치고 전송하려는데, 관운장이 굳이 받지 않는다. 요화는 떠나는 관운장께 절한 뒤에 부하들을 거느리고 다시 산속으로 사라졌다.

관운장은 두 형수께 조조에게서 비단 전포를 받았음을 아뢰고 수레를 속히 몰도록 재촉하여 간다.

어느덧 해가 진다. 일행은 하룻밤 쉬어가려고 한 마을의 장원에 들렀다. 장원에서 머리와 수염이 하얀 주인이 나와 영접하며 묻는다.

"장군은 누구십니까?"

관운장은 예의로써 공대한다.

"나는 유현덕의 동생인데 관우라 합니다."

노인이 반색한다.

"그럼 안양과 문추를 참한 관장군이 아니십니까?"

"그러합니다."

노인은 놀라며 곧 장원으로 들어가기를 청하는데, 관운장이 말한다.

"저 수레에 두 부인이 계십니다."

노인은 곧 아내와 딸을 불러 두 부인을 초당草堂으로 모시게 했다. 두 부인이 초당에 오르자, 관운장은 두 손을 앞에 모으고 그 곁에 모시고 서서 앉으려 하지 않는다.

노인이 앉기를 청하니 관운장이 대답한다.

"두 형수씨가 계시는데, 어찌 앉을 수 있습니까."

노인은 아내와 딸을 시켜 두 부인을 내실로 모셔 대접하게 하고 자신은 초당에서 관운장을 대접한다.

관운장이 성명을 물으니, 노인이 대답한다.

"나의 성명은 호화胡華며 지난날 환제桓帝 때 의랑議郞 벼슬을 살다가 고향으로 내려왔지요. 지금은 내 아들 호반胡班이 형양滎陽 태수 왕식王植 밑에서 종사從事로 있으니, 장군이 그곳을 지나가실 때, 내 아들에게 편지나 전해주시오."

관운장은 그러기로 응낙했다.

이튿날, 아침 일찍이 조반을 먹은 뒤에 관운장은 두 형수씨에게 수레에 오르시도록 청했다. 그런 후에 관운장은 노인에게서 아들 호반에게 보내는 편지를 받아 떠났다.

일행이 낙양 방면 길로 접어드는데, 앞에 한 관문이 나타나니, 바로 동령관東嶺關이었다.

이때 관문을 파수보던 장수는 공수孔秀라는 자로, 군사 5백 명을 거느리고 이곳을 지키고 있었다. 관운장은 수레를 호위하여 길을 올라온다.

공수는 군사의 보고를 받자 관문을 나와서 영접하니 관운장이 말에서 내려 인사한다.

공수가 묻는다.

"장군은 어디로 가시오?"

관운장이 대답한다.

"나는 승상께 하직하고, 형님을 찾아 하북으로 가노라."

"하북 땅 원소는 우리 승상을 적대하는 괴수니, 장군이 그리로 가는 길이라면 승상의 증빙 문서(오늘날 통행증 같은 것)를 가지셨겠지요?"

그러나 관운장에게는 증빙 문서가 없었다.

"바삐 떠나오느라, 증빙 문서를 받지 못했소."

"그렇다면 내가 사람을 허도로 보내어 승상께 알아본 뒤에 통과시키겠소."

"그때까지 기다리자면, 바삐 가야 할 우리 노정에 지장이 많소."

"법을 어길 수는 없소."

관운장이 꾸짖는다.

"네가 나를 통과시키지 못하겠다는 말이냐?"

"네가 꼭 통과하려거든 너 이외의 모든 사람을 볼모로 여기 두고 가거라."

격분한 관운장은 공수를 죽이려 칼을 든다. 공수는 황급히 관문 안으로 도망쳐 들어가 북을 쳐서 군사를 모으고 투구에 갑옷 차림으로 다시 몰려나와 크게 꾸짖는다.

"네가 감히 통과하겠거든 해봐라!"

관운장은 수레를 뒤로 물러서게 한 뒤에 청룡도를 바로 들고 아무 말 없이 말을 달려가니, 창을 겨누어 달려오는 공수와 싸운 지 단 1합에 공수는 목을 잃고 말 아래로 떨어진다. 공수를 따라 나온 군사들은 기가 질려 일제히 달아난다.

관운장이 외친다.

"모든 군사는 달아나지 말라. 내가 공수를 죽인 것은 부득이한 일일 뿐, 너희들과는 아무 관계가 없다. 너희들은 승상께 내 말을 전하여라. 공수가 나를 죽이려고 하기에 하는 수 없이 내가 죽인 것이라고!"

그제야 달아나던 군사들이 모두 관운장의 말 앞에 와서 꿇어 엎드렸다.

관운장은 두 부인이 탄 수레를 호위하고 관문을 통과하여, 지난날의 도읍지인 낙양洛陽으로 길을 재촉한다.

그러나 이미 한 군사가 앞서 낙양에 가서, 낙양 태수 한복韓福에게 이 사실을 고했다.

낙양 태수 한복은 급히 모든 장수들을 불러 상의한다.

아장牙將 맹탄孟坦이 말한다.

"관운장이 승상의 증빙 문서를 갖고 있지 않다면, 제멋대로 가는 것입니다. 우리가 막지 못하면 반드시 꾸중을 들을 것입니다."

한복은 머리를 끄덕인다.

"관운장은 용맹하여 무서운 장수 안양과 문추도 순식간에 죽였으니, 우리가 힘으로 대적할 수는 없다. 반드시 계책을 써서 사로잡아야 한다."

"제게 계책이 있습니다. 먼저 나무를 찍어 관문 어귀를 틀어막으십시오. 관운장이 오면 제가 군사를 거느리고 나가서 싸우다가 패하여 달아나는 체하면서 관운장을 유인할 테니, 공은 숨어서 몰래 활을 쏘아 맞히십시오. 관운장이 화살에 맞아 말에서 떨어지거든, 즉시 사로잡아 허도로 압송하면, 반드시 많은 상을 받을 것입니다."

의논이 정해졌을 때였다. 수하 군사가 들어와서 고한다.

"관운장 일행이 오는 것이 보입니다."

한복은 활과 전통箭筒을 메고 관문 바깥에 군사 천 명을 늘어세웠다. 그는 관운장이 당도하자 묻는다.

"그대는 누구냐?"

관운장은 말 위에서 허리를 굽히며 인사한다.

"나는 한수정후 관우니 관문을 지나가게 하라."

한복은 거듭 묻는다.

"그럼 승상의 증빙 문서는 가졌소?"

"창졸간에 떠나오느라 받지 못했노라."

"내가 승상의 명령을 받고 이곳을 지키는 것은 내왕하는 세작細作(첩자)들을 잡기 위해서요. 증빙 문서가 없다면, 그대는 몰래 도망치는 사람이 분명하다."

관운장은 노하여 언성을 높인다.

"동령관 공수가 이미 내 손에 죽었거늘 너도 또한 죽고 싶으냐?"

한복은 좌우를 돌아보며 분부한다.

"누가 나를 위해 저놈을 사로잡을 테냐?"

맹탄은 쌍칼을 휘두르며 말을 달려 관운장에게 덤벼든다.

관운장이 수레를 뒤로 물러서게 한 뒤에 말을 달려 맹탄을 맞아 싸운 지 3합에 이르렀다. 맹탄이 말 머리를 돌려 달아나므로 관운장이 뒤쫓는다. 맹탄은 다만 관운장을 유인하려는 속셈인데, 누가 알았으리요. 관운장의 적토마가 너무나 빨라서 순식간에 뒤따라왔다. 관운장이 내리치는 청룡도에 맹탄은 두 조각이 나서 말 아래로 떨어진다.

이때 관문 뒤에 숨었던 한복은 관운장을 노리고 힘껏 활을 쐈다. 화살은 곧장 날아가 관운장의 왼쪽 팔에 들어박혔다. 관운장이 입으로 화살을 물어 뽑고 즉시 군사를 무찌르며 달려들자, 한복은 급히 달아나다가 내리치는 청룡도에 맞아 말 아래로 떨어진다.

관운장은 곧 수레를 호위하여 관문을 통과하는데, 감히 앞을 막는 군사가 없었다. 관운장은 비단을 찢어 상처를 매고 혹 도중에 복병이 있을까 염려하여, 밤낮없이 기수관沂水關으로 간다.

이때 기수관을 지키는 장수는 병주幷州 출신 변희卞喜란 사람으로, 유성추流星鎚(쇠사슬 양쪽에 무거운 쇳덩어리를 단 무기인데, 하나는 공격용이며 하나는 방어용이다)를 잘 썼다. 그는 원래 황건적의 잔당으로, 조조에게 투항한 이래 기수관을 지키는 책임 장수가 된 것이다.

그는 관운장이 관문마다 장수를 죽이며 온다는 통지를 받자, 계책을 세웠다. 관문 앞에 있는 진국사鎭國寺에 도부수 2백여 명을 매복시키고, 관운장을 절로 꾀어 들인 뒤에 술잔을 던지는 것을 신호로 삼아 일제히 달려들어 죽이자는 것이다.

변희는 관운장이 왔다는 보고를 받자, 관문 바깥에 나가서 공손히 영접한다. 관운장이 말에서 내려 통성명하니, 변희가 칭송한다.

"장군의 명성이 천하를 진동하니, 그 누구라 공경하지 않겠습니까. 이제 유황숙을 찾아가시니, 족히 장군의 충의지심을 알겠소이다."

관운장은 부득이 공수, 한복 등을 죽인 경위를 밝혔다.

변희가 대답한다.

"장군이 그들을 죽인 것은 옳은 일입니다. 제가 장군을 대신해서 승상께 그간 경위를 잘 말씀 드리겠습니다."

관운장은 매우 기뻐하며, 변희와 함께 말 머리를 나란히 하여 기수관을 통과하고 진국사 앞에 이르렀다. 스님들은 종을 치고 일제히 나와서 영접한다.

원래 진국사는 한漢 명제明帝의 원당願堂(왕실의 명복을 비는 곳)이니, 스님은 30여 명 정도 있었다. 그들 중에 한 스님이 바로 관운장과 같은 고향 출신으로 법명은 보정普淨이었다.

보정은 변희의 계책을 짐작하였기 때문에, 관운장에게 인사하며 묻는다.

"장군은 포동蒲東 땅을 떠나신 지가 몇 해나 되셨습니까?"

관운장이 대답한다.

"아마 근 20년은 될 거요."

"혹 소승을 기억하시겠습니까?"

"고향을 떠난 지가 하도 오래되어서 기억이 나지 않는구려."

"그 당시 소승의 집은 장군의 집과 냇물 하나 사이였습니다."

변희는 보정이 관운장과 함께 고향 얘기를 하는 것을 보자, 혹 계책이 누설될까 겁이 났다.

"장군을 잔치 자리로 모시려는데, 너는 무슨 잔소리가 그리 많으냐?"

관운장이 대신 대답한다.

"그렇지 않소. 타향에서 고향 사람을 만났으니, 어찌 옛정을 펴지 않을 수 있으리요."

보정은 차를 대접하겠으니, 방장실方丈室로 가시자며 청한다.

관운장이 대답한다.

"두 분 부인이 수레에 계시니, 차를 먼저 그리로 갖다 드리도록 하시오."

보정은 아랫사람을 시켜 차를 두 부인께 갖다 드리도록 한 이후에, 관운장을 방장실로 안내했다. 보정은 말없이 계도戒刀(스님들이 갖는 칼)를 들어 보이며, 관운장에게 눈짓한다. 그제야 관운장은 그 뜻을 선뜻 알아차리고 부하를 불러, 칼을 들고 자기 곁을 시위하도록 분부했다.

이윽고 변희가 와서 관운장을 법당 잔치 자리로 청한다. 관운장은 나아가 잔치 자리에 앉으면서 변희에게 묻는다.

"자네가 나를 청한 것은 호의에서냐, 아니면 흉측한 생각이 있어서냐?"

변희가 미처 대답하기 전에 관운장은 저편 방장 뒤에 도부수들이 숨어 있는 기미를 눈치채고 소리를 높여 꾸짖는다.

"나는 네가 훌륭한 사람인 줄 알았더니, 어찌 감히 이럴 수 있느냐!"

변희는 비밀이 누설되었음을 알아차리고, 좌우를 돌아보며 갑자기 호령한다.

"속히 나와서 이놈을 처치하라!"

숨었던 도부수들이 방장을 걷어차며 일제히 나와, 관운장에게 덤벼든다. 관운장은 칼을 뽑으며 벌떡 일어나 닥치는 대로 베기 시작한다.

어느새 변희는 법당에서 빠져 나와 긴 복도를 돌아 달아난다. 관운장은 이를 보자 칼을 버리고 청룡도를 들고 뒤쫓아간다. 변희는 몰래 유성추를 꺼내어 홱 돌아서면서 관운장을 후려친다. 순간 관운장은 청룡도로 날아오는 유성추를 쳐 뿌리치고 달려들어가면서 단번에 변희를 베었다.

관운장이 급히 복도와 뜰을 지나 가보니 군사들은 수레를 에워싸고 있다가 사방으로 흩어져 달아난다. 관운장은 그들을 쫓아버린 뒤에, 보정에게 감사한다.

"만일 대사가 아니었던들, 나는 그놈들에게 죽음을 당할 뻔했소."

보정은 대답한다.

"소승도 여기 있을 수 없게 되었으니, 옷과 바리때[鉢]를 수습하고 다른 곳으로 구름처럼 떠돌아다닐 작정입니다. 언제고 다시 만날 때가 있을 테니, 장군은 부디 몸조심하십시오."

관운장은 깊이 사례하고 수레를 호위하여 형양 땅으로 간다.

형양 태수 왕식은 어떤 사람인가. 그는 바로 한복과 인척간이었다. 왕식은 관운장이 한복을 죽였다는 보고를 듣자, 관운장을 암살하기로 결심하고 수하 사람을 시켜 관문 어귀를 지켰다. 관운장이 당도하자, 왕식은 관문 바깥에 나가서 반가이 웃으며 영접한다. 관운장은 형님을 찾아가는 길이라고 사정을 말한다.

왕식이 웃으며 대답한다.

"장군은 말을 타고 오시느라 쉴 새가 없었을 것이며, 두 부인께서는 수레 속에서 시달려 피곤하실 테니, 우선 성안으로 들어가 관역館驛에서 하룻밤 편히 쉬시고 내일 떠나십시오."

관운장은 왕식의 태도가 극진한 것을 보고, 마침내 두 형수씨께 아뢰고 성안으로 들어갔다. 관역에 이르러 보니 제반 준비가 깨끗이 되어 있었다.

왕식은 잔치를 차렸으니 가시자며 청하나 관운장이 거절하였다. 이에 왕식은 수하 사람을 시켜 음식을 관역으로 보냈다. 관운장은 두 형수씨가 피곤할 것 같아서 저녁 식사가 끝나는 대로 정방正房에서 편히 쉬시게 한 다음에, 부하들에게도 각기 편히 쉬도록 이르고, 말에 마초를 배불리 먹이게 한 뒤 갑옷을 벗었다.

한편, 왕식은 종사로 있는 호반을 불러들여 비밀히 분부한다.

다섯 관문에서 장수 여섯을 참하는 관우

"관운장은 승상을 배반하고 몰래 달아난 주제에, 도중마다 태수와 수문장을 죽이고 왔으니 죽여야 마땅한 놈이다. 그러나 그는 용맹해서 우리로선 대적하기 어려우니, 너는 오늘 밤에 군사 천 명을 거느리고 관역을 에워싸고 일일이 횃불을 밝히고 있다가, 밤 3경이 되거든 일제히 불을 질러 이놈 저놈 할 것 없이 모조리 태워 죽여라. 나도 군사를 거느리고 가서 너를 후원하리라."

호반은 분부를 받자 군사를 일으켜 불 잘 붙는 마른 장작과 유황 등을 몰래 관역 문 앞으로 운반한 뒤에 밤 3경이 되기만 기다린다.

호반은 마음속으로,

'내 오래 전부터 관운장의 명성을 익히 들었으니, 어떻게 생긴 사람인지 한번 보기나 하리라.'

생각하고 안으로 들어가서 역리에게 묻는다.

"관장군은 어디 계시냐?"

"정면 대청에서 책을 보시는 분이 바로 관장군입니다."

호반은 몰래 대청 근처로 가서 엿보았다. 관운장은 왼손으로 그 긴 수염을 쓰다듬으며 안석案席에 의지하여 등불 밑에서 책을 보고 있었다. 호반은 자기도 모르는 중에 소리를 내어 찬탄한다.

"참으로 하늘의 신이지, 티끌 세상의 인물은 아니로다."

관운장이 묻는다.

"거기 누구냐?"

호반은 올라가서 절하고 고한다.

"형양 태수 밑에 종사로 있는 호반이라는 사람이올시다."

관운장이 다시 묻는다.

"그렇다면 허도성 밖에 사는 호화 노인의 자제가 아니냐?"

"그러합니다."

관운장은 부하를 불러 짐을 가져오라고 하여 지난날 호화 노인에게서 부탁받은 서신을 꺼내준다. 호반은 부친의 서신을 읽더니,

"하마터면 충의지사를 죽일 뻔했구나!"

하고 관운장에게 비밀리에 고한다.

"왕식이 살기를 품고 장군을 죽이려고 몰래 사람을 시켜 이 관역을 에워싸고, 밤 3경을 기약하여 일제히 불을 지르기로 되어 있습니다. 제가 지금 곧 가서 성문을 열어놓을 테니, 장군은 급히 준비하시어 이곳을 떠나십시오."

관운장은 크게 놀라 황망히 갑옷을 입고 청룡도를 들고 적토마에 올라탄 후에 두 형수씨를 수레에 모시고 일행을 거느리고 관역을 나오면서 보니, 과연 군사들이 각기 횃불을 잡았는데 무슨 명령이 있기를 기다

리는 표정들이었다.

관운장이 급히 성 가에 이르러 보니, 이미 성문은 열려 있는지라, 일행을 독촉하여 수레를 모시고 급히 빠져 나간다.

이 광경을 먼데서 확인한 호반은 그길로 돌아와서 관역에 온통 불을 질렀다.

한편, 관운장이 수레를 호위하고 겨우 몇 리를 갔을 때였다. 뒤에서 수많은 횃불이 일렁이면서 한 떼의 기병들이 쫓아온다.

왕식은 말을 달려오며 크게 외친다.

"관운장은 게 섰거라!"

관운장은 즉시 적토마를 돌려 세우며 크게 꾸짖는다.

"이놈! 내 원래 너와 원수진 일이 없거늘, 어째서 사람을 시켜 날 태워 죽이려 했느냐?"

왕식은 창을 꼬느어 들자, 말을 달려 불문곡직하고 관운장에게 달려든다. 그러나 어찌하리요. 관운장이 내리치는 한칼에 왕식은 두 토막이 나서 떨어진다. 이를 본 기병들은 뒤돌아 서서 허둥지둥 달아나버렸다.

관운장은 수레를 재촉하여 속히 가면서도, 호반에 대한 감사를 잠시나마 잊지 못했다.

관운장 일행은 활주滑州 경계에 이르렀다. 활주 태수 유연劉延에게 관운장이 온다는 보고가 들어왔다. 유연은 기병 수십 명을 거느리고 성곽 바깥까지 나와서 관운장을 영접한다.

관운장이 말 위에서 몸을 굽혀 인사하고 묻는다.

"태수는 그간 별일 없었는가?"

유연이 되묻는다.

"귀공은 지금 어디로 가시는 길입니까?"

"나는 승상께 하직하고 형님을 찾아가는 길이다."

"유현덕은 원소에게 의탁하고 있고, 원소는 바로 승상과 원수간이라, 승상이 귀공을 그리로 보내실 리가 없을 텐데요?"

"내 지난날에 이미 승상과 약속한 바가 있었다."

"지금 황하 나룻가 어귀에는 하후돈의 부장 진기秦琪가 지키고 있으니, 아마도 장군을 건너 보내지 않을 것이오."

"그렇다면 나에게 배를 내주기 바라노라."

"배는 있지만 감히 내어드릴 수 없소."

관운장이 묻는다.

"내 지난날 안양과 문추를 베어 그대를 위기에서 구해주었는데, 오늘날 배 한 척도 못 내주겠다니 웬 말이냐?"

유연이 대답한다.

"하후돈이 알면 큰일납니다."

관운장은 유연이 보잘것없는 인물임을 알자, 더 말할 필요를 못 느끼고 수레를 재촉하여 나아간다.

황하 나루터에 당도하자, 진기가 군사를 거느리고 와서 묻는다.

"거기 오는 사람은 누구냐?"

관운장이 대답한다.

"한수정후 관우다."

"지금 어디로 가는 길이오?"

"형님 유현덕을 뵈러 하북으로 가는 길이니, 배를 빌려주면 고맙겠노라."

"승상의 공문을 내놓으시오."

관운장의 음성이 거세어진다.

"나는 승상의 지시를 받지 않거늘, 공문이라니 무슨 공문 말인가!"

"나는 하후돈 장군의 명령을 받고 나루를 지키니, 네게 날개가 있다 한들 날아 건너지는 못할 줄 알라."

관운장은 벌컥 성을 낸다.

"내 앞을 가로막으면 어찌 된다는 걸 너는 소문으로도 듣지 못했느냐?"

"네가 여기 오기까지 죽인 것들은 명성 없는 장수들이었다. 감히 나를 죽이겠단 말이냐?"

"네가 안양이나 문추보다 더 낫다는 것이냐?"

진기는 분을 못 이겨 칼을 휘두르면서 관운장에게 곧장 달려든다. 말과 말이 맞닥뜨리며 둘이 싸운 지 겨우 1합에 관운장의 청룡도가 번쩍하더니 진기의 목이 날아 떨어진다.

관운장은 청룡도를 거두며 말한다.

"내게 덤벼든 자는 죽었으니, 나머지 사람들은 달아날 것 없다. 속히 배를 내어 우리가 건널 수 있도록 하라."

장수를 잃은 군사들은 연달아 굽실거리며, 급히 배를 언덕에 댄다. 관운장은 두 형수씨에게 배에 오르도록 청하고 부하를 거느리고 황하를 건너간다.

언덕에 내려서니, 거기서부터는 원소의 영지였다. 관운장이 지나온 관소가 모두 다섯 곳이요, 그 사이에 죽인 장수는 도합 여섯 명이었다.

후세 사람이 이를 찬탄한 시가 있다.

관운장은 인을 걸어놓고 황금을 봉해둔 뒤 조조를 하직하여
형님을 찾아서 아득한 먼 길을 가는도다.
적토마를 타고 가니 천릿길이요.
청룡도를 들어 다섯 관소를 벗어났도다.
개연하구나, 충의는 우주를 찔러
이때부터 영웅이 강산을 진동했도다.
혼자서 적의 장수들을 참하니 대적하는 자가 없어

자고로 관운장을 칭송한 글이 많이 전한다.

掛印封金辭漢相

尋兄遙望遠途還

馬騎赤兎行千里

刀偃靑龍出五關

忠義慨然沖宇宙

英雄從此震江山

獨行斬將應無敵

今古留傳翰墨間

관운장은 적토마에 올라타자 길게 탄식한다.

"내 도중에서 사람을 죽일 뜻은 아니었으나, 어쩔 수 없었다. 조승상이 알면 반드시 나를 은혜를 저버린 사람이라 할 것이다."

다시 길을 가는데, 저편 북쪽에서 한 사람이 말을 달려오며 크게 외친다.

"운장은 거기 잠깐 머무시오!"

관운장이 말을 멈추고 바라보니, 바로 손건이었다.

관운장이 묻는다.

"우리는 전번에 여남에서 서로 이별했는데, 여긴 무슨 일로 오시오?"

"그때 장군이 돌아간 뒤 유벽과 공도는 다시 여남 땅을 탈환하였소. 나를 북쪽으로 보내어 원소와 우호를 맺고 유현덕을 모셔다가 함께 조조를 칠 작정이었소. 그래서 내가 하북에 가보았더니 생각하던 것과는 딴판입디다. 소위 장수와 모사란 것들은 서로 시기 질투하여 전풍은 아직도 옥에 갇혀 있고, 저수는 추방당하여 뜻을 펴지 못하고, 심배와 곽도는 서로 권력 다툼을 하고, 원소는 의심이 많은데다 주견이 없어서 결정을 못 내리고, 참으로 보기에도 딱합니다. 그래서 주공과 의논하고 그곳을 빠져 나와 주공은 여남 땅 유벽에게로 가셨소. 장군이 이 일을 알지 못하고 원소에게 갔다가 혹 피해를 입지나 않을까 염려하고 주공께서 특별히 나를 이곳으로 보내어 도중에서 장군을 영접하도록 했는데, 이제 여기서 만났구려. 장군은 속히 여남으로 가서 주공을 만나시오."

관운장은 손건에게 두 부인을 뵙도록 한다. 두 부인이 그간 소식을 물으니, 손건이 고한다.

"그간 원소가 두 번이나 유황숙을 죽이려 했지만 이젠 다행히 벗어나 여남 땅에 가 계십니다. 부인은 운장과 함께 가셔서 유황숙을 만나십시오."

이 말을 듣자 두 부인은 낯을 가리며 운다.

하북 땅으로 향하던 관운장은 방향을 바꾸어 여남 쪽으로 가는데, 등 뒤 저편에서 먼지가 가득히 일어나면서 한 떼의 군사가 말을 달려 쫓아온다.

한 장수가 맨 앞에 달려오면서 크게 외친다.

"이놈 관운장은 꼼짝 말라. 게 섰거라!"

관운장이 돌아보니, 바로 조조의 장수 하후돈이었다.

관문을 통과시키지 않다가 여섯 장수는 헛되이 죽었지만
한 장수가 군사를 거느리고 길을 막으러 오니 다시 싸운다.
六將阻關徒受死
一軍鴉路復爭鋒

관운장은 이 위기를 어떻게 벗어날 것인가.

제28회

채양을 참하여 형제간에 의심을 풀고
고성古城에서 주인과 신하는 다시 의義로써 모이다

관운장은 손건과 함께 두 형수를 모시고 여남 땅으로 향하는데, 뜻밖에도 하후돈이 기병 3백여 명을 거느리고 뒤쫓아온다.

손건은 수레를 호위하며 앞서간다. 관운장은 말을 돌려 세우며 청룡도를 바로 든다.

"네가 나를 추격하면, 승상의 큰 도량이 깎인다는 걸 모르느냐?"

"승상께서 아무 공문도 보내지 않았는데, 너는 도중에서 여러 사람을 죽이고 또 나의 수하 장수 진기까지 참했으니 무례하기 짝이 없다. 특히 너를 사로잡아 승상께 바친 뒤에 결말을 보리라."

하후돈은 창을 꼬느며 말을 달려 싸우려 하는데 이때 뒤에서 말 탄 사람 하나가 나는 듯이 달려오며 크게 외친다.

"두 장군은 싸우지 말라!"

관운장은 말고삐를 잡고 움직이지 않는데, 사자가 와서 공문을 하후돈에게 보인다.

"승상은 관장군의 충의를 존경하시고 혹 도중에서 길을 막는 일이 있을까 염려하여, 일부러 나를 보내어 공문을 두루 돌리게 하셨소."

하후돈이 묻는다.

"관운장이 오는 도중 관소마다 장수를 죽였다는 사실을 승상께선 아시는가?"

"아직 모르시오."

"그렇다면 내가 저자를 잡아다가, 승상께 아뢰고 처분을 기다리리라."

관운장은 듣다못해 진노한다.

"내 어찌 너를 두려워하리요."

하고 곧장 하후돈과 대결한다. 하후돈도 즉시 관운장을 맞이하여 창과 칼이 어우러져 싸운 지 10합이 채 못 되었을 때였다.

문득 또 한 명의 말 탄 사자가 나는 듯이 달려오며 크게 외친다.

"두 장군은 잠시 싸움을 멈추라!"

하후돈은 창을 멈추며 사자에게 묻는다.

"승상께서 관운장을 잡아오라시더냐?"

사자는 대답한다.

"아니오. 승상께선 모든 관소를 지키는 장수들이 관장군을 막을까 염려하여 나에게 공문을 주시며 통과시키라 하셨소."

"승상은 여러 관소의 장수들이 죽은 걸 아시는가?"

"그건 모르시오."

"승상이 모르신다면, 이자를 놓아보낼 수 없다."

하후돈은 군사를 지휘하여 관운장을 에워싼다. 관운장은 크게 노하여 청룡도를 춤추듯 휘두르며 싸우려 하는데, 또 한 사람이 나는 듯이 말을 달려오며 크게 외친다.

"관운장과 하후돈은 싸우지 말라!"

모든 사람이 보니 그는 바로 장요였다.

관운장과 하후돈이 말을 세우고 기다리니, 장요가 이르렀다.

"나는 승상의 분부를 받고 왔소. 승상께서는 관운장이 관소마다 장수를 죽였다는 보고를 들으시자, 또 길을 막는 자가 있을까 염려하시고 특별히 나를 보내셨소. 모든 관소에 관운장을 통과시키라는 전지를 내리셨소."

하후돈은 불평한다.

"진기는 바로 채양의 외조카로, 채양이 특별히 진기를 나에게 맡겼는데 관운장이 죽였으니 어찌 그냥 둘 수 있겠소."

장요가 대답한다.

"그건 내가 채장군蔡將軍에게 알아듣도록 잘 말할 테니 염려 마시오. 승상께서 큰 도량으로 관운장을 떠나 보내신 것이니, 공은 그 뜻을 어기지 마시오."

하후돈은 하는 수 없이 군사를 뒤로 물린다.

장요가 관운장에게 묻는다.

"형은 지금 어디로 가시오?"

"들으니 형님이 원소한테 계시지 않는다고 하여 형님을 찾아 천하를 두루 돌아다닐 작정이오."

장요가 슬그머니 권한다.

"현덕이 있는 곳을 모른다면, 나와 함께 다시 승상에게 돌아가는 것이 어떻겠소?"

관운장은 웃으며,

"어찌 그럴 수야 있겠소. 그대는 돌아가서 승상께 내가 사죄하더라고 말이나 잘 전해주시오."

하고 허리를 굽혀 작별한 뒤에 떠나간다.

이에 장요도 하후돈과 함께 군사를 거느리고 돌아간다. 관운장은 앞서간 수레를 쫓아가서 손건에게 장요와 만난 일을 말하고 나란히 말을 달린다.

며칠을 갔을 때였다. 갑자기 큰비를 만나 관운장 일행은 짐까지 흠뻑 젖었다. 바라보니 저편 산 언덕에 한 장원이 있었다.

관운장은 하루쯤 쉬어갈 생각으로 수레를 모시고 그리로 갔다.

장원 안에서 한 노인이 나와 영접한다. 관운장이 온 뜻을 말하니 노인은 반가워한다.

"나의 성명은 곽상郭常입니다. 대대로 이곳에 살면서 장군의 높은 성화聲華를 익히 들었는데, 이제 뵙게 되어 참으로 다행입니다."

노인은 두 부인을 후당으로 안내하고 염소를 잡고 술을 걸러 관운장과 손건을 초당에서 대접한다. 한편에서는 비에 젖은 짐을 불에 말리며, 한편에서는 말에 마초를 주었다.

해가 저물었다. 홀연 바깥에서 한 소년이 여러 사람을 데리고 들어오더니, 초당 위로 올라선다.

곽상은 그 소년을 불러,

"이놈아, 장군께 절을 하여라."

분부하고 관운장에게 소개한다.

"이 아이는 나의 불초 자식입니다."

관운장이 묻는다.

"어디 갔다 오는 건가요?"

"아마 또 사냥을 갔다가 온 모양입니다."

그러나 소년은 절도 않고 관운장을 쓱 훑어보더니 그냥 나가버린다.

곽상은 눈을 흘긴다.

"우리는 대대로 낮에는 농사지으며 밤에는 책을 읽는 집안인데, 단하나밖에 없는 자식이 사람의 도리는 지키지 않고 날마다 사냥질만 하니, 집안 꼴이 말이 아닙니다."

"이런 어지러운 세상에는 무술에 정통하면 공명도 취할 수 있는데, 뭘 그리 걱정하시오."

"무술이라도 익히면 그래도 사람 구실을 하겠는데, 순 건달인데다가 못하는 짓이 없이 놀아나니, 그래서 걱정이지요."

관운장도 그 말을 듣고는 탄식했다.

밤이 깊자 곽상은 편히 주무시라며 물러갔다. 관운장이 손건과 함께 잠을 청하려던 참이었다. 갑자기 뒤꼍에서 적토마가 날뛰는 소리와 떠들썩한 소리가 난다. 관운장은 웬일인가 하여 부하들을 불렀다. 그러나 아무도 대답이 없다. 급히 칼을 들고 손건과 함께 뒤꼍으로 돌아가보니, 곽상의 아들은 땅바닥에 쓰러져 소리를 지르고 부하들은 건달들과 싸우고 있었다.

관운장이 까닭을 물으니 부하들이 고한다.

"저 젊은이가 적토마를 훔치려다가 말 발굽에 걷어차여 저렇게 쓰러져 있습니다. 시끄럽기에 자다가 깨어 나와봤더니, 저희들에게 마구 덤벼들지 않습니까."

관운장이 노하여 꾸짖는다.

"쥐새끼 같은 도둑놈이 어찌 감히 나의 말을 훔친단 말이냐?"

이때 곽상이 달려 나온다.

"불초한 자식 놈이 몹쓸 짓을 했으니 죽어 마땅하나, 늙은 아내가 저걸 자식이라고 늘 걱정하고 사랑하니, 바라건대 장군은 인자한 마음으로 용서해주십시오."

"참으로 불초한 자식이구려. 자식을 아는 건 그 아버지만한 이가 없다더니, 노인 말씀 그대로요. 내 노인장을 보아 용서하겠소."

관운장은 부하들에게 말을 잘 지키라 하고, 건달패들을 꾸짖어 물리친 뒤, 손건과 함께 초당으로 돌아와서 잤다.

이튿날, 곽상은 늙은 아내와 함께 초당으로 나와서 관운장에게 절하며 감사해한다.

"못난 자식이 장군의 위엄을 거슬렸건만, 살려주셨으니 그 은혜를 잊지 못하겠습니다."

관운장은 말한다.

"그 아이를 이리로 데려오시오. 내가 바른말로 교훈을 하겠소."

곽상이 대답한다.

"죄송합니다. 그 자식이 4경 때쯤 또 건달패를 거느리고 어디론지 가버렸습니다."

관운장은 곽상에게 하룻밤 신세진 일을 감사한 뒤에 두 형수를 수레에 모시고 장원을 떠나갔다.

관운장이 손건과 말을 나란히 하여 수레를 호위하며 산길로 접어들어 30리쯤 갔을 때였다.

홀연, 산 뒤에서 백여 명 가량의 사람들이 나타난다. 두 사람이 말을 타고 졸개들을 거느리고 앞서 오는데, 보니 한 사람은 황건에 전포를 입었다. 또 한 사람은 바로 곽상의 자식 놈이었다.

황건을 쓴 자가 큰소리로 말한다.

"나는 지난날 천공장군天公將軍 장각張角의 부장으로 활약했던 사람이다. 거기 오는 자는 속히 적토마를 바쳐야 살 수 있을 것이다."

관운장은 껄껄 웃는다.

"참으로 미친 놈이로다. 네가 옛날에 장각 밑에서 도둑질을 했다면 유현덕, 관운장, 장비 삼형제 이름을 들어서 알겠구나."

황건을 쓴 자가 대답한다.

"나는 얼굴이 붉고 수염이 긴 자가 관운장이라는 말만 들었을 뿐, 아직 보지는 못했다. 그렇게 말하는 너는 누구냐?"

관운장은 청룡도를 세우고 말을 멈춘 뒤에 턱에 맨 비단주머니를 끌러 그 아름다운 긴 수염을 내보인다.

황건을 쓴 자는 순간 말에서 굴러 떨어지듯이 내리더니 즉시 곽상의 자식을 말에서 끌어내려 덜미를 잡아 꿇어앉힌다. 그는 관운장의 말 앞에서 너부시 절한다.

관운장이 묻는다.

"네 이름이 무엇이냐?"

황건을 쓴 자가 고한다.

"저의 성명은 배원소裵元紹라 합니다. 장각이 죽은 뒤로 주인이 없어 산속과 숲 속을 달리며 부하들을 거느리고 잠시 이곳에 웅거하였는데, 새벽에 바로 이놈이 와서 말하기를 '저의 집에 천리마를 탄 나그네가 투숙하였으니 그 말을 뺏자'고 권하기에, 장군이신 줄은 미처 생각도 못했습니다."

곽상의 자식이 무수히 머리를 조아리며 살려달라고 애걸한다.

관운장이 호령한다.

"네 부친의 안면을 봐서 살려주니 앞으로는 정신을 차려라."

곽상의 아들은 머리를 감싸고 쥐구멍을 찾듯 달아나버렸다.

관운장이 배원소에게 묻는다.

"나를 본 일이 없다면서, 내 이름은 어찌 알았느냐?"

배원소가 대답한다.

"이곳에서 30리 되는 곳에 와우산臥牛山이란 산이 있는데, 그 산 위에 관서關西 사람이 살고 있으니 성명을 주창周倉이라 합니다. 그는 능히 천근 무게를 들어올리며, 가슴은 담벽 같고 수염은 이무기처럼 휘어 올라서 보기에도 풍신이 매우 씩씩합니다. 그는 원래 황건당 장보張寶 밑에서 장수 노릇을 했는데, 장보가 죽은 뒤로는 산속과 숲 속에서 부하들을 모으며 지내고 있습니다. 그가 늘 저에게 장군의 높은 이름을 들려주었으나 그럴 때마다 장군을 뵐 길이 없다면서 탄식하곤 했습니다."

관운장은 타이른다.

"자고로 호걸은 산속에서 부하를 모아 길 가는 사람을 노략질하는 법이 아니다. 그대들은 각기 손을 씻고 바른길로 돌아가서 스스로 신세를 망치는 일이 없게 하라."

배원소가 감사하는데, 저편에서 말 탄 사람들 한 떼가 온다.

배원소가 고한다.

"저기 맨 앞에 오는 사람이 필시 주창일 것입니다."

관운장이 말을 세워 기다리는 동안에, 과연 검은 얼굴에 키 큰 사람이 창을 들고 부하들을 거느리고 가까이 오더니, 놀라움과 기쁨을 나타내며,

"바로 이 어른이 관운장이시다!"

외치고 황망히 말에서 내려 길가에 엎드린다.

"주창이 장군께 절합니다."

관운장이 묻는다.

"장사는 어디서 나를 본 일이 있었던가?"

주창이 대답한다.

"옛날에 제가 황건적 장보를 따라다녔을 때, 장군을 뵌 적이 있습니다. 그때 저는 적당賊黨에 있었기 때문에 장군을 따르지 못한 것이 한이었습니다. 오늘날 다행히 우러러뵙게 되었으니, 장군은 저를 버리지 마십시오. 하다못해 졸개라도 시켜주시면 말고삐를 잡고 따라다니겠으며, 죽어도 여한이 없겠습니다."

관운장은 주창의 말이 진정임을 알았다.

"그대가 나를 따르겠다면, 그대의 부하들은 장차 어찌할 테냐?"

"따라가겠다는 자는 데려가고, 마다하는 자에겐 맘대로 하라 하겠습니다."

그러자 모든 무리들이 일제히 따라가겠다며 나선다. 관운장은 말에서 내려 수레 앞으로 걸어가, 두 형수께 이 일을 아뢴다.

감부인이 대답한다.

"아주버님은 허도를 떠난 뒤로, 혼자서 이곳까지 오는 동안에 갖은 위험을 무릅썼지만, 한 번도 군사가 필요하다는 말씀을 하지 않았습니다. 더구나 전번에 요화가 따라오겠다는 것도 거절했는데, 이제 주창의 일당을 다 데리고 가겠다는 건 무슨 까닭인지요? 저희는 여자들이라 소견이 좁으니 스스로 알아서 처리하시오."

관운장은

"형수씨 말씀이 옳습니다."

하고 모든 도둑들에게 타이른다.

"내가 박정한 것이 아니라 두 부인 말씀을 따르지 않을 수 없으니, 너희들은 잠시 산속에 돌아가서 기다려라. 내가 형님을 찾아뵙게 되면, 곧 너희들을 부르마."

"주창이 한낱 거친 사나이로서, 잘못하여 도둑이 됐으나 이제 장군을 만난 것은 다시 하늘의 해를 본 거나 진배없거늘, 어찌 그냥 있으라 하십니까. 모든 사람이 다 따라가는 것이 불편하다면 배원소에게 떠맡기고, 저는 걸어서라도 장군을 따라 천만리라도 가겠습니다."

관운장이 주창의 뜻을 다시 두 형수께 고한다.

감부인이 대답한다.

"한두 사람이라면 데려가는 것도 무방하리다."

관운장은 주창에게 분부한다.

"그럼 부하들을 배원소에게 우선 맡기고 떠나도록 하라."

그러자 배원소가 나선다.

"나도 관장군을 따라가겠습니다."

주창이 타이른다.

"너까지 따라간다면 부하들은 흩어질 수밖에 없다. 그러니 우선 저들을 거느리고 있게. 관장군을 따라가서 있을 자리를 정하면, 내가 즉시 너희들을 데리러 오겠다."

배원소는 우울한 표정으로 작별하더니 모든 부하들을 거느리고 산속으로 들어갔다.

주창이 관운장을 따라 여남 방향으로 며칠을 가다가 한 곳에 이르러 바라보니, 저편에 산성이 하나 있다.

주창이 그 지방 사람에게 묻는다.

"저기가 어디냐?"

지방 백성이 대답한다.

"고성古城이라고 합니다. 몇 달 전에 장비張飛라는 한 장수가 기병 수십 명을 거느리고 와서 이 고을 관리들을 모조리 내쫓고 고성을 점령한 뒤에 군사를 모집하고 말을 사들이며 마초를 쌓아 곡식을 거두어 저장하는데, 지금은 한 5천 명 가량의 군사가 득실거립니다. 그 장수가 어찌나 사납던지 이 일대에서 아무도 대적할 자가 없답니다."

관운장은 크게 기뻐하며,

"내 아우가 서주에서 패하여 흩어진 뒤로 간 곳을 몰라 궁금했는데, 여기에 와 있을 줄이야 뉘 알았겠느냐."

하고 손건에게,

"어서 저 성에 가서 내가 왔다는 걸 알리고, 속히 나와서 두 형수씨를 영접하도록 이르시오."

하고 분부했다.

한편, 장비는 그 동안 어떤 경로를 밟아 여기까지 오게 되었는가. 장비는 서주에서 패하자 망탕산에 들어가 한 달 남짓 있다가 다시 나와, 유현덕과 관운장의 소식을 알아보려 떠돌아다니다가, 우연히 이곳 고성을 지나가게 되었다. 장비는 관가에 들어가서 곡식을 빌려달라고 윽박질러도 고을 원이 들어주지 않자, 잔뜩 화가 치밀어 원을 두들겨 내쫓고 관인官印을 빼앗아 고성을 점령하였던 것이다.

이날 손건은 관운장의 분부를 받아 성안으로 들어가서 장비에게 인사하고, 유현덕이 원소를 떠나 여남 땅으로 갔다는 소식을 알린 뒤에,

"관운장이 허도를 떠난 이래로 두 부인을 모시고 지금 이곳에 왔으니, 장군은 속히 나가서 영접하시오."

하고 일렀다.

장비는 대답도 없이 즉시 갑옷을 입고 장팔사모丈八蛇矛를 들더니, 말에 뛰어올라 부하 천여 명을 거느리고 북문 바깥으로 달려 나온다.

손건은 놀라고 의아했으나 감히 묻기도 뭣해서, 그냥 장비를 뒤따라 성문을 나왔다.

관운장은 달려오는 장비를 바라보자 기쁨을 참을 수 없어, 주창에게 청룡도를 맡기고 말을 가벼이 달려나간다.

그러나 장비의 표정은 너무나 뜻밖이었다. 장비는 고리 같은 두 눈을 딱 부릅뜨더니, 범 같은 수염을 곤추세우고 우레와 같이 소리지르며 관운장을 곧장 찌른다.

관운장은 크게 놀라 장비의 장팔사모를 이리저리 피하면서 황망히 외친다.

"아우는 어째서 이러느냐? 옛날에 도원에서 우리가 결의한 일을 잊었는가?"

장비는 벼락같이 꾸짖는다.

"의리 없는 자가 무슨 면목으로 나를 보러 왔느냐!"

"나에게 왜 의리가 없다 하느냐?"

"잔말 말라. 너는 형님을 배반하고 조조에게 들러붙어 높은 벼슬을 하더니, 이제는 나까지 유인하러 왔구나. 나는 오늘 너와 함께 사생결단을 내리라."

"네가 몰라서 그런 소릴 하는 것이다. 변명할 수도 없는 일이니, 여기 두 형수씨에게 아우는 직접 여쭈어보라."

두 부인은 그 소리를 듣자 수레에 드리워진 발을 걷어 올리고, 장비를 부른다.

"셋째 아주버님은 왜 이러시오!"

장비가 대답한다.

"두 형수씨는 가만히 계십시오. 내가 의리 없는 자를 죽일 테니 구경이나 하십시오. 그 후에 성안으로 모시겠습니다."

감부인이 말한다.

"둘째 아주버님은 두 분의 행방을 몰라서 잠시 조조에게 의탁하였다가, 이번에 형님이 여남에 가 계시다는 걸 알자 온갖 위험을 무릅쓰고 여기까지 우리를 데려왔으니, 셋째 아주버님은 오해하지 마시오."

미부인도 말한다.

"둘째 아주버님은 어쩔 도리가 없어서 허도에 잠시 머물러 있던 것뿐이오."

그러나 장비는 막무가내다.

"형수씨들은 저런 자에게 속지 마십시오. 충신은 죽을지언정 두 주인을 섬기지 않는 법입니다."

관운장이 사정한다.

"아우는 나를 오해 말라."

손건도 옆에서 말린다.

"관운장은 특별히 장군을 찾아온 겁니다."

장비는 버럭 소리를 지른다.

"너는 나서지 말라. 저런 환장한 자가 나를 만나러 올 리 있느냐. 분명히 나를 잡으려고 온 것이다."

관운장이 대신 대답한다.

"너를 잡으러 왔다면 군사를 데려오지, 이렇게 올 리 있느냐."

장비는 손을 들어 저편을 가리킨다.

"음 그래, 그럼 저기 말을 달려오는 것들은 군사가 아니고 뭐냐!"

관운장이 돌아보니 과연 한 떼의 기병이 달려오는데, 바람에 나부끼는 기는 바로 조조의 군기였다.

장비는 분을 이기지 못하여,

"그래도 나를 속일 작정이냐!"

하고 달려들어 관운장을 장팔사모로 찌른다.

관운장은 급히 창을 피하며 외친다.

"아우는 잠깐만 참으라. 내 저기 오는 장수를 참하여, 나의 진정을 보여주마."

"오냐, 네가 진정 그렇다면, 내가 북을 세 차례 칠 때까지 적장의 목을 베어오너라."

관운장은 응낙한다.

잠깐 사이에 조조의 군사가 닥쳐오니, 그들의 장수는 바로 채양이었다. 관운장은 말없이 채양에게로 달려들어 청룡도를 번쩍 드니, 장비는 친히 북채를 들어 북을 치기 시작한다.

장비가 치는 북소리가 한 차례 끝나기도 전에 관운장이 번개같이 쳐올리는 청룡도에 채양의 머리는 날아 떨어져 땅바닥에 구른다. 이를 본

威風震地鼓聲響處斷人頭

氣壓齊天旗影開時橫血刃

雲長播鼓斬蔡陽

장비(오른쪽 위)의 의심을 풀고자 채양을 참하는 관우

조조의 군사들은 일제히 달아난다.

관운장은 채양이라고 쓴 장수將帥 기旗를 가진 졸병을 사로잡아다가, 장비가 보는 데서 취조한다.

"너희들은 어째서 나를 추격해왔느냐?"

그 졸병이 고한다.

"채양은 장군이 외조카인 진기를 죽였다는 말을 듣고 십분 분노하여 당장 하북으로 가서 장군과 싸우겠다며 나섰지만, 승상께서는 허락하지 않으시고, 그 대신 여남 땅에 가서 유벽을 무찌르고 오라고 분부하셨습니다. 그래서 여남 땅으로 가는 도중이었는데, 여기서 장군을 만날 줄은 미처 몰랐습니다."

관운장은 그 졸병을 장비 앞으로 보냈다.

장비는 관운장이 허도에 있었을 때의 일을 자세히 캐물었다. 졸병은 처음부터 끝까지, 관운장의 지난 일을 그대로 대답했다.

그제야 장비는 겨우 믿게 됐는데, 홀연 성 쪽에서 군사 한 명이 말을 달려와 보고한다.

"성 남문 밖에서 10여 명의 기병이 달려오니, 그들이 누군지 모르겠습니다."

장비는 여러 가지로 의심하며 곧 성으로 돌아가, 남문 바깥으로 나가 보니, 과연 말 탄 사람 10여 명이 가벼운 활과 짧은 전통箭筒을 메고 달려온다. 그들은 장비를 보자 일제히 말에서 뛰어내리며 반가이 소리를 지른다. 장비가 보니 바로 미축糜竺과 미방糜芳 두 형제였다. 장비도 말에서 뛰어내려 그들과 손을 잡고 반긴다.

미축이 말한다.

"서주에서 패하여 흩어진 뒤로 우리 형제 두 사람은 고향으로 돌아가서 사람을 여러 곳으로 보내어 소식을 알아보았더니, 관운장은 조조에게 항복했다 하고 주공은 하북에 가 계시다 하고 간옹도 하북으로 갔다 하던데, 어제 우연히 만난 한 떼의 나그네들이 말하기를 성이 장씨인 장군이 지금 고성을 점령하고 있는데, 그 모양은 이러이러하다고 하는지라, 우리 형제는 그 말을 듣고 혹시 장장군이 아닌가 하여 찾아왔는데, 다행히 서로 만나게 됐구려."

"관운장 형님이 손건과 함께 두 형수를 모시고 이곳에 방금 도착했기 때문에, 나도 유황숙 형님이 계시는 곳을 알게 되었소."

미축 형제는 크게 기뻐하며 함께 관운장을 만나고 아울러 두 부인도 뵈었다. 장비는 마침내 두 형수를 모시고 성으로 들어와, 관가에 이르러 처소를 정해드렸다. 두 부인은 그 동안 관운장이 겪어온 자초지종을 여러 사람에게 소상히 얘기한다. 장비는 그제야 방성통곡하며 관운장에게 절하고 사과하니, 곁에 있던 미축 형제도 자연 눈시울이 뜨거워진다. 장비도 그 동안 자기가 겪어온 일을 얘기하고 크게 잔치를 베풀어 서로 만나게 된 것을 축하했다.

이튿날, 장비는 자기도 함께 여남으로 가서 유현덕을 뵙겠다며 나섰다. 그러자 관운장이

"아우는 두 형수씨를 모시고 이 성을 지키면서, 나와 손건이 형님 소식을 알아올 때까지 기다려라."

하고 타일러 주저앉혔다.

관운장은 손건과 함께 기병 몇 명만 거느리고 여남으로 달려가서, 먼저 유벽과 공도를 만났다.

"유황숙은 어디 계시오?"

유벽이 대답한다.

"유황숙이 오셔서 며칠 쉬시는 동안에 이곳 군사의 수효가 적은 것을 보시고는 다시 하북의 원소에게 의논하러 가셨습니다."

관운장은 이곳까지 와서도 형님을 만나뵙지 못해서 우울해하는데, 손건이 위로한다.

"너무 근심할 것 없습니다. 수고스럽지만 다시 말을 달려 하북에 가서 유황숙을 만나뵙고 함께 고성으로 모셔오면 되지 않습니까."

관운장은 손건의 말대로 유벽, 공도와 작별하고 일단 고성으로 돌아가서 장비에게 이 일을 알렸다. 장비도 하북으로 함께 가겠다며 나선다. 관운장이 타이른다.

"우리가 장차 몸을 의지할 곳은 이 성 하나밖에 없다. 그러니 어찌 경솔히 버리고 갈 수 있겠는가. 나와 손건이 원소에게 가서 형님을 찾아뵙고 함께 모셔올 테니 아우는 이 성을 굳게 지켜줘야 하네."

장비가 묻는다.

"형님은 지난날에 원소의 장수 안양과 문추를 죽였다면서, 어쩌자고 그리로 가려 하시오?"

관운장은 장비에게,

"그건 염려할 것 없다. 내 그곳에 가서 형편을 보아 적당히 대책을 세울 것이다."

하고 주창을 불러 묻는다.

"와우산 배원소에게 지금 부하들이 얼마나 있는가?"

"약 4,5백 명은 있을 것입니다."

"내 지금부터 가까운 사잇길로 형님을 찾아갈 작정이다. 너는 와우산으로 가서 배원소의 부하들을 거느리고 나중에 큰길을 따라서 나를 영접하도록 하라."

주창은 분부를 받고 와우산으로 떠나갔다. 관운장은 손건과 함께 말탄 부하 20여 명만 거느리고 하북으로 달려간다. 하북 접경 가까이 이르렀을 때였다.

손건이 말한다.

"장군은 경솔히 하북 땅으로 들어가지 마시오. 이곳에서 잠시 쉬면서 기다리십시오. 내가 먼저 가서 유황숙을 뵌 다음에 서로 상의하겠소."

관운장은 응낙하고 먼저 손건을 하북 경내로 들여보낸 뒤에 사방을 둘러보니 아득한 저편에 한 마을이 있는데 그곳에 장원이 있었다. 관운장은 데려온 부하들을 거느리고 그 장원으로 가서 수일 동안 유숙하기를 청했다. 장원 안에서 한 노인이 지팡이를 짚고 나와 관운장을 영접하여 방으로 안내한다. 관운장은 자기 형편을 사실대로 고한다.

노인이 자기 소개를 하는데,

"나의 성 또한 관關이며 이름은 정定이라 하오. 장군의 높은 이름을 오래 전부터 익히 들었는데 다행히 뵙게 됐습니다."

하고 두 아들을 나오라고 하여 관운장에게 절을 시킨 다음에,

"그럼 장군은 부하들을 데리고 언제까지라도 좋으니 편히 머무십시오."
하고 쾌히 승낙했다.

한편, 손건은 혼자 기주冀州에 이르러 유현덕을 만나 그간의 일을 말
했다. 유현덕이 말한다.

"간옹도 여기 와 있으니, 조용히 불러다가 함께 상의합시다."

잠시 후 간옹이 왔다. 손건은 간옹과 만나 인사를 마치자, 어떻게 하
면 이곳을 무사히 빠져 나갈 수 있는지에 대해서 유현덕과 함께 상의
한다.

간옹이 계책을 말한다.

"주공은 내일 원소를 만나 '함께 조조를 치기 위해서 형주 유표에게
교섭하러 가야겠다'고 하십시오. 그 기회를 타서 이곳을 떠나는 수밖에
없습니다."

유현덕이 묻는다.

"그러는 것이 참으로 묘한 계책이나, 그럼 그대도 나와 함께 가겠소?"

"저는 제 나름대로 이곳을 벗어날 계책이 있으니 염려 마십시오."

이튿날, 유현덕은 원소에게 가서 고한다.

"유표는 형 · 양 일대의 아홉 개 군을 거느리고 있을 뿐만 아니라 군사
는 용맹하고 곡식은 풍족합니다. 우리는 마땅히 유표와 손잡고 함께 조
조를 쳐야 합니다."

원소가 대답한다.

"지난날 사람을 보내어 함께 동맹하자고 교섭했으나, 그가 나를 따르
려 하지 않아 어쩔 수 없었소."

"유표는 나와 동족간이니, 내가 직접 가서 잘 타이르면 반드시 거절
하지는 않을 것입니다."

원소는 은근히 기뻐하며,

"그야 유표가 우리 편이 되어준다면, 여남의 유벽보다야 낫소. 그럼 곧 떠나도록 하시오."

하고 허락하고 계속 말한다.

"요즈음 소문에 의하면 관운장이 조조에게서 이미 떠나 우리 하북으로 오고 싶어한다던데, 오기만 하면 즉시 그를 죽여 안양과 문추의 원수를 갚겠소."

유현덕이 말한다.

"명철하신 귀공께서 전번에 관운장을 등용해서 쓰겠다기에 내게로 오라고 기별을 한 것인데, 이제 와서 또 죽이겠다고 하시니 웬일입니까? 안양과 문추를 두 마리 사슴에 비유한다면 관운장은 한 마리 범입니다. 사슴 두 마리를 잃은 대신 범 한 마리를 얻는데 무슨 한이 되겠습니까."

원소는 껄껄 웃는다.

"그러기에 내가 관운장을 사랑합니다. 아까 한 말은 농담이니, 귀공은 언짢게 생각 말고, 다시 사람을 관운장에게로 보내어 속히 오라 하시오."

"손건을 보내면 곧 데려올 수 있습니다."

원소는 크게 기뻐한다.

"그럼 곧 그렇게 하도록 하시오."

유현덕이 나간 뒤 조금 지나자, 이번에는 간옹이 들어온다.

"유현덕은 이번에 가면 반드시 돌아오지 않을 것입니다. 그러니 제가 함께 가서 첫째는 유표를 설득시키고, 둘째는 유현덕을 감시하겠습니다."

원소는 그 말에 머리를 끄덕이며,

"유현덕과 함께 떠나도록 하라."

하고 허락했다.

간옹이 나간 뒤에 이번에는 곽도가 들어온다.

"유현덕은 전번에 유벽을 설득시키려 여남에 가서도 아무 성과를 얻지 못한 채 돌아왔는데, 이제 간옹과 함께 형주로 보내면 반드시 돌아오지 않을 것입니다."

원소는 버럭 소리를 지른다.

"너는 사람을 너무 의심하지 말라. 간옹이 알아서 감시할 것이다."

곽도는 길게 탄식하면서 밖으로 나갔다.

한편, 유현덕은 먼저 가서 관운장에게 기별하도록 손건을 보내고 간옹과 함께 다시 원소에게 가서 하직 인사를 드린 후에 기주성에 당도하였다. 먼저 와서 기다리던 손건은 그들을 영접하고 곧 관정關定의 장원으로 안내했다.

관운장은 문밖에 나와서 유현덕을 영접하자 땅바닥에 엎드려 흐느껴 운다. 유현덕은 관운장의 손을 잡아 일으키더니, 서로 얼싸안고 통곡한다.

관정은 두 아들을 거느리고 나와 초당 앞에서 유현덕에게 절한다. 유현덕이 성명을 묻자, 관운장이 대신 대답한다.

"이 노인장은 저와 성이 같으며 저 아들 둘 중에서 큰아들 관영關寧은 학문을 배우고, 둘째 아들 관평關平은 무술을 배운답니다."

관정은 청한다.

"이 어리석은 사람의 생각으로는, 관장군께 둘째 아들을 딸려보낼까 하는데 허락해주시겠는지요?"

이번에는 유현덕이 관운장을 대신해서 말한다.

"둘째 아이가 몇 살인지요?"

"18세입니다."

"이미 노인장께 신세도 졌거니와 또 내 아우는 아직 아들이 없으니, 기왕이면, 둘째 아들을 내 아우의 아들로 정해줄 순 없겠소?"

관정은 크게 기뻐하며 즉시 관평에게 관운장 앞에 나아가 절하도록 한다. 이리하여 관평은 관운장을 아버지로 삼고, 유현덕을 큰아버지로 삼게 되었다.

유현덕은 혹 원소가 추격해오지나 않을까 걱정되어 즉시 떠날 준비를 하니, 이에 관평은 관운장을 따라 일제히 출발한다. 관정은 노인이라 한 마장 가량 그들을 전송하고 돌아갔다.

관운장이 앞을 달려 와우산을 향해 가는데, 저쪽에서 주창이 부하 수십 명을 거느리고 피를 흘리며 허둥지둥 달려온다. 관운장은 주창에게 유현덕께 절하여 뵙도록 하고 묻는다.

"어쩌다 그렇게 상처를 입었느냐?"

주창이 대답한다.

"제가 가기 전에 난데없이 한 장수가 와우산에 와서 이미 배원소를 한 번에 찔러 죽이고, 모든 부하들의 항복을 받아 산채를 차지할 줄이야 누가 알았습니까. 제가 와우산에 이르러 지난날의 부하들에게 나를 따르라 했더니, 겨우 몇 놈만 오고 나머지 놈들은 그 장수가 무섭다면서 따라오려 하지 않았습니다. 그러니 어찌 화가 나지 않겠습니까. 제가 그 장수를 나오라고 하여 한바탕 싸웠습니다만, 그 장수의 창 쓰는 솜씨가 어찌나 날카로운지 이렇듯 세 곳이나 상처를 입고 겨우 도망쳐 알려드리러 오는 길입니다."

유현덕이 묻는다.

"그 장수는 어떻게 생겼으며 성명은 뭐라고 하더냐?"

주창이 대답한다.

"매우 우람하게 생겼는데, 성명은 알아보지 못했습니다."

이에 관운장은 주창과 먼저 와우산으로 달려간다. 유현덕은 그 뒤를 따랐다. 주창이 와우산 아래에 이르러, 그 장수가 나오도록 온갖 욕설을 퍼붓는다. 드디어 한 장수가 온몸을 무장하고 창을 들고 말을 몰아 산 위에 나타나더니, 즉시 부하들을 거느리고 쏜살같이 달려 내려온다.

유현덕은 말에 채찍질하여 앞으로 썩 나서며 크게 외친다.

"거기 오는 자는 자룡子龍(조운趙雲의 자)이 아니냐!"

그 장수는 유현덕을 보더니 말에서 황급히 뛰어내려 길에 엎드린다. 과연 그 장수는 조자룡趙子龍이었다.

유현덕과 관운장도 곧 말에서 내려 조자룡의 손을 덥석 잡으며 묻는다.

"어쩌다가 이곳에 왔소?"

조자룡이 고한다.

"저는 귀공과 이별한 뒤로 공손찬을 따라갔으나, 공손찬이 남의 말을 듣지 않다가 결국 싸움에 패하자 스스로 불을 지르고 그 불길 속에서 타 죽었다는 사실을 들어서 아실 줄로 압니다. 그 뒤에 하북의 원소가 자기 수하로 와 있으라는 초청을 여러 번 했으나, 제 생각에 원소도 믿을 만한 인물이 못 되기에 거절하고, 귀공께 몸을 맡기러 서주로 갔습니다. 그런데 알고 보니 서주는 이미 함락되어 관운장은 조조에게로 갔다 하고 귀공은 원소에게 가서 계신다 하기에 저는 몇 번이나 귀공에게 가려 했으나, 지난날 그처럼 누차 오라는 것을 거절한 일이 있었으니만큼 새삼 원소를 대하기도 뭣해서, 결국 천지간에 용납할 곳 없는 떠돌이 신세 가 되었습니다. 구름처럼 돌아다니던 중 이번에 우연히 이곳을 지나는 데, 마침 배원소라는 산도둑이 산에서 내려와 나의 말을 빼앗으려 하기 에 그를 죽이고 산채를 차지하고 있는 중입니다. 소문에 들으니 장비가 고성에 와 있다기에 찾아가볼 생각을 하면서도, 사실인지 아닌지를 몰라서 이러고 있다가 이제 다행히 귀공과 만나게 되었습니다."

유현덕은 크게 기뻐하며, 그간 겪은 일들을 일장 설화한다. 관운장도 그간 겪은 바를 말한다.

유현덕은 간곡히 말한다.

"자룡을 맨 처음에 봤을 때부터 정이 들었는데, 이제부터는 다행히 괴로움과 기쁨을 함께하게 됐도다."

조자룡도 간곡히 고한다.

"저는 사방으로 분주히 돌아다니며 주인을 골라 섬겼으나, 귀공만한 분을 만나지 못했습니다. 이제 참다운 주인을 만나 섬기게 되었으니 소원을 이루었습니다. 비록 오장육부를 땅에 뿌려 죽는 한이 있을지라도 아무 여한이 없겠습니다."

그날로 조자룡은 와우산 산채에 불을 지른 뒤 산적들을 거느리고 유현덕을 따라 고성으로 가서, 장비·미축·미방의 영접을 받으며 성으로 들어갔다.

모든 사람들이 서로 만나 반가이 인사하고 제각기 그간 겪은 바를 말하는데, 두 부인은 관운장이 겪었던 그 어려운 고비들을 일장 설화한다. 유현덕이 두 부인의 말을 듣고, 관운장에 대해 깊이 감탄하여 마지않았다.

이에 고성 안에서 소와 말을 잡아 천지신명께 바치고 모두가 무사히 살아 모인 데 대해 감축하는 절을 한 후에, 음식을 나눠주어 군사들을 위로한다.

유현덕은 형제가 다시 모인데다가 장차 일할 인재들을 갖추었다. 더구나 새로이 조자룡을 얻었으며 또 관운장이 관평과 주창 두 사람을 얻었는지라 무한히 기뻐서 며칠 동안 잔치를 베풀고 함께 술을 마셨다.

후세 사람이 이 일을 찬탄한 시가 있다.

고성에서 재회한 유비 형제. 앉아 있는 사람 중 왼쪽에서 세 번째부터 관우, 유비, 장비

지난날은 손과 발이 오이처럼 산지사방으로 흩어져
서신은 끊어지고 소식이 감감하여 서로 그립기만 하더라.
이제 임금과 신하가 거듭 대의를 위해 모였으니
이야말로 용과 범이 풍운을 만난 격이로다.

當時手足似瓜分
信斷音稀杳不聞
今日君臣重聚義
正如龍虎會風雲

이때 유현덕, 관운장, 장비, 조자룡, 손건, 간옹, 미축, 미방, 관평, 주창의 군사는 도합 4, 5천 정도 되었다.

유현덕은 고성 땅을 떠나 여남 땅에 가서 자리를 잡을 작정인데, 마침 여남에서 유벽, 공도의 수하 사람이 모시러 왔다. 이에 유현덕은 모든 군사를 일제히 일으켜 여남 땅으로 가서 자리를 잡고, 연일 군사를 모집하고 말을 사들여 장차 천하를 도모할 준비를 했다.

한편, 하북의 원소는 어떠했던가. 그는 유현덕이 형주 유표를 끌어들이기 위하여 교섭하러 간다 하고 결국 달아난 것을 알자 매우 분노한다.

"내 즉시 군사를 일으켜 이놈 유현덕부터 처치하리라!"

곽도가 간한다.

"유비 따위는 걱정할 것 없습니다. 당장 시급하기는 우리의 무서운 강적 조조를 없애버리는 일입니다. 유표는 비록 형주를 차지하고 있으나 족히 두려울 것이 없습니다. 하지만 강동의 손책孫策은 그 위엄이 삼강三江을 누르고 영토는 6군에 뻗었으며 총명한 신하와 용감한 장수가 매우 많으니, 즉시 사람을 보내어 동맹하고 함께 조조를 치도록 하십시오."

원소는 그 말을 옳게 여기고 서신을 써서 진진에게 주며 강동에 가서 손책과 교섭하라 하니,

영웅이 하북을 떠났기 때문에
강동에서 호걸을 끌어낸다.
只因河北英雄去
引出江東豪傑來

앞으로 천하는 어찌 될 것인가.

제29회

소패왕은 노하여 우길을 참하고
벽안아碧眼兒는 앉아서 강동을 통솔하다

한편, 손책孫策은 강동에서 패권을 잡은 이래로 군사들은 사기 충천하고, 곡식은 풍족했다.

건안建安 4년(195)에는 유훈劉勳을 쳐서 여강廬江을 빼앗고, 또 우번虞翻을 시켜 격문檄文을 예장군豫章郡으로 보내어 태수 화흠華歆의 항복을 받은 뒤부터 손책의 위엄은 크게 떨쳤다.

이에 손책은 장굉張紘을 허창許昌(허도)으로 보내어 천자께 승전을 고하는 표문을 바쳤다.

조조는 손책이 크게 일어난 것을 알자,

"사자 새끼와 겨루기 어렵게 됐구나."

탄식하고 조인의 딸을 손책의 막내동생 손광孫匡과 결혼시켜 양가의 우호를 텄다. 동시에 손책의 사자인 장굉을 허도에 머물러 있게 했다.

그러나 손책은 천자께 대사마大司馬 벼슬을 시켜달라고 청했지만 조조가 허락하지 않자, 이때부터 조조를 원망하고 늘 허도를 칠 생각을 품게 되었다.

그러던 중에 오군吳郡 태수 허공許貢은 사자를 몰래 허도로 보낼 작정으로 조조에게 서신을 썼다.

　손책은 사납기가 옛 항우項羽와 같으니, 조정은 그에게 높은 벼슬을 주고 도읍으로 끌어들이십시오. 지방에 그런 사나운 사람을 두면 장차 큰일을 저지를 것입니다.

그러나 허공의 사자는 그 서신을 가지고 강을 건너려다가 강변을 지키는 군사들에게 붙들려 손책에게로 끌려왔다.

　손책이 서신을 읽고 격분하여 사자를 참한 다음에 사람을 오군으로 보내어 다른 일을 핑계로 의논할 일이 있으니 잠깐 다녀가도록 허공을 불렀다.

　허공은 멋모르고 손책에게로 왔다. 손책은 서신을 내보이며 호령한다.

　"네 이놈, 네가 나를 죽을 곳으로 보낼 작정이었구나!"

　손책은 무사에게 명하여 그 자리에서 허공의 목을 졸라 죽였다.

　이 소식을 듣자 허공의 가족은 다 흩어져 달아나버렸다.

　원래 허공에게는 세 사람의 식객이 있었다. 평소 허공에게 많은 은혜를 입은 그들은 주인 허공의 원수를 갚기로 결심했으나, 기회를 얻지 못해 한이었다.

　어느 날, 손책은 군사를 거느리고 단도현丹徒縣 서산西山에 가서 대대적으로 사냥을 했다. 큰 사슴 한 마리를 발견한 손책이 즉시 그 뒤를 쫓아 산 위로 올라가다가 보니, 숲 속에 세 사람이 창을 들고 활을 메고 서 있었다.

　손책은 말을 멈추며 묻는다.

　"너희들은 누구냐?"

그들이 대답한다.

"저희들은 한당韓當 장수의 부하들로 여기서 사슴 사냥을 합니다."

손책은 그런 줄로만 알고 말고삐를 잡고 가려는데, 그들 중 한 사람이 창으로 손책의 왼쪽 넓적다리를 냅다 찔렀다. 크게 놀란 손책은 급히 허리에 찬 칼을 뽑아 말 위에서 그자를 치려 하는데, 어느새 칼은 땅바닥에 떨어지고 손에 남은 것은 칼집뿐이었다.

그들 중 한 사람이 이번에는 잽싸게 활을 당겨 쏘니, 화살은 날아와 바로 손책의 뺨에 들어박혔다. 손책은 뺨에 박힌 화살을 뽑아 그 화살로 그자를 쏘아 죽였다. 그제서야 남은 두 사람은 양쪽에서 창으로 손책을 찌르며 크게 외친다.

"우리는 바로 허공의 식객이다. 주인의 원수를 갚으러 왔다!"

손책은 별다른 무기가 없어서 겨우 활로 창을 막으며 달아나는데, 두 사람이 한사코 달려들며 물러서지 않는다. 결국 손책은 창에 마구 찔려 여러 곳에 상처를 입었다. 말도 상처를 입어 매우 위급했을 때였다.

마침 정보程普가 군사 몇 명을 거느리고 오자, 손책이 크게 외친다.

"이놈들을 속히 죽여라!"

정보는 군사를 거느리고 일제히 달려와서 두 사람을 난도질하여 육회를 만들어버렸다.

손책의 얼굴은 피가 흘러 범벅이 되었는데, 여러 곳에 상처를 입어 중태였다. 정보는 칼로 전포를 찢어 손책의 상처를 비끄러맨 뒤 떠메고 오회吳會 땅으로 갔다.

후세 사람이 허공의 식객 세 사람을 찬탄한 시가 있다.

손책의 지혜와 용기는 강동의 으뜸이더니
산속에서 사냥을 하다가 위기에 빠졌도다.

허공의 세 식객은 능히 주인에 대한 의리로써 죽었으니
옛날 예양[1]이 목숨을 던진 것보다 훌륭했도다.

孫郞智勇冠江湄

射獵山中受困危

許家三客能死義

殺身豫讓未爲奇

　중상을 입고 돌아온 손책은 사람을 시켜 명의 화타華陀를 찾아오도록
했다. 그러나 화타는 이미 중원으로 가버린 지 오래였다. 그 대신 화타
의 제자 한 사람이 오군에 있어 손책의 치료를 맡게 되었다.

　그 제자는 주의를 준다.

　"맞은 화살 끝에 독이 있었으므로 독기가 이미 뼈까지 들어갔으니,
백일 동안은 절대 안정해야만 안심할 수 있습니다. 만일 화를 낸다든지
충격을 받는다든지 하면 상처는 고칠 수가 없습니다."

　그러나 손책은 원래 성미가 급한 사람이라, 그날로 깨끗이 고치지 못
한다고 역정을 냈다.

　한 20여 일 동안 손책은 안정을 취하며 치료를 받았다.

　어느 날, 수하 사람이 고한다.

　"허도에 있는 장굉이 사자를 보내왔습니다."

　손책은 그 사자를 불러들이고 허도의 그간 일을 여러 가지로 물었다.

　사자는 대답한다.

　"조조는 주공을 매우 두려워하고 있습니다. 뿐만 아니라 모든 모사들
도 주공을 존경하며 탄복하는데, 유독 곽가만이 대수롭지 않게 여기고
있습니다."

1　예양은 전국 시대 때 사람으로, 주인의 원수를 갚으려다가 죽었다.

"그래 그 곽가가 뭐라 말한다더냐?"

사자는 감히 말을 못하며 주저하는데, 손책이 노하여 물으니 대답하지 않을 수도 없다.

"곽가는 조조에게 '강동의 손책은 두려울 것이 없습니다. 그는 경솔해서 준비가 없고 성미가 급해서 꾀가 모자라니, 한갓 보잘것없는 용기라 하겠습니다. 다음날 그는 반드시 소인의 손에 죽을 테니 두고 보십시오'라고 말하더랍니다."

손책은 이 말을 듣고 분이 치밀어,

"그놈이 어찌 감히 나를 얕볼 수 있느냐. 내 맹세코 허도를 쳐서 빼앗으리라."

하고 상처도 낫지 않았는데, 군사 일으킬 일을 상의하려 든다.

장소가 간한다.

"의원이 백일 동안은 몸을 움직이지 말라 했는데, 주공은 어찌하여 한때의 분노로 귀중하신 몸을 돌보지 않으십니까?"

이렇게 말하는데, 수하 사람이 들어와서 고한다.

"하북의 원소가 사자 진진을 보내왔습니다."

손책은 곧 진진과 접견하고 온 뜻을 물었다.

진진은 오늘날의 형세를 자세히 말한 다음에,

"우리 주공 원소께서는 강동의 귀공과 동맹하여 함께 조조를 치기를 원하십니다."

하고 온 뜻을 고한다.

손책은 크게 기뻐하며, 그날 모든 장수를 성루로 불러모으고 잔치를 베풀어 진진을 대접한다.

잔치 자리에서 술을 마시는데, 모든 장수들이 갑자기 서로 속삭이며 말을 주고받더니 성루를 분분히 내려간다.

손책이 이상하게 생각하고 묻는다.

"웬일이냐?"

좌우 사람이 고한다.

"우신선于神仙이 지금 성루 밑을 지나갑니다. 그래서 모든 장수가 절하러 내려간 것입니다."

손책이 일어나 난간에 기대어 굽어본다.

한 도인이 학창의鶴氅衣 차림으로 여장黎杖을 짚고 길에 서 있는데, 백성들이 모여들어 향을 피우며 길바닥에 엎드려 절한다.

손책이 노하여 분부한다.

"저게 웬 요물이냐? 속히 잡아 이리로 데려오너라."

좌우 사람들이 고한다.

"저 사람의 성명은 우길于吉로, 동방東方에 거처하면서 이곳 오회 땅을 내왕하며 부적符籍을 태운 물로 많은 사람의 병을 고치는데, 어찌나 영험이 대단한지 사람들이 그를 신선이라 부르고 있습니다. 그러니 함부로 건드리지 마십시오."

손책은 더욱 노하여 호령한다.

"속히 잡아오라면 잡아올 것이지 무슨 잔소리냐! 명령을 어기는 자는 즉시 참하리라."

좌우 사람들은 하는 수 없이 성루를 내려가, 우길을 부축하여 올라온다. 손책이 꾸짖는다.

"너같이 미친 놈이 어찌 감히 인심을 현혹하느냐?"

우길이 대답한다.

"빈도貧道는 바로 낭야궁瑯揶宮 도인道人입니다. 빈도가 순제順帝 (126~144) 때 약초를 캐러 산속에 들어갔다가 곡양천曲陽泉 샘물 가에서 백여 권의 신서神書를 얻었는데, 그 책 이름은 『태평청령도太平靑領道』

였습니다. 내용인즉 사람의 모든 병을 고치는 의술이어서, 빈도는 그 뒤로 오직 하늘을 대신하여 덕화德化하는 데 힘쓰고 널리 사람 목숨을 건졌습니다마는 일찍이 추호도 남의 재물을 받은 일은 없습니다. 그런데 어째서 인심을 현혹한다 하십니까?"

"네가 추호도 남의 물건을 받은 일이 없다면 의복과 음식은 어디서 생겼느냐? 너는 틀림없는 황건적 장각의 무리일 것이다. 이제 너를 죽이지 않으면 반드시 뒷날에 우환 거리가 되리라."

손책은 좌우를 돌아보며 호령한다.

"이 요물을 참하여라."

장소가 간한다.

"우길은 우리 강동에 와 계신 지 수십 년이로되, 한 번도 법을 어긴 적이 없으니 공연히 죽이지 마십시오."

"이런 요물을 죽이는 일은 개, 돼지를 잡는 거나 다를 것이 없다."

모든 관원들이 적극 간하고 진진도 말렸으나 손책은 좀체 노기가 가라앉지 않아서,

"그럼 우선 옥에 가두어라."

하고 분부했다.

모든 관원들은 각기 흩어져 돌아갔다. 진진도 관역에 돌아가서 쉬었다. 이 일은 내시들에 의해서 즉시 손책의 모친 오태부인吳太夫人에게 알려졌다. 손책이 부중으로 돌아오자, 오태부인은 아들을 후당으로 불러들인다.

"내가 들으니 오늘 네가 우길을 옥에 가두었다더구나. 그 도인은 의술로써 병든 사람을 많이 고쳤기 때문에 군사와 백성들이 다 공경하는 분이다. 그러니 즉시 풀어드려라."

손책이 대답한다.

"그것은 요물입니다. 요술로써 백성을 현혹하니 없애버려야 합니다."

오태부인은 거듭 우길을 놓아주도록 권한다.

"어머니께서는 바깥 사람들의 근거 없는 말을 믿지 마십시오. 제가 알아서 조처하겠습니다."

하고 손책은 물러나왔다.

손책은 옥리를 불러 우길을 끌어내오도록 분부했다. 옥리도 평소 우길을 공경하고 믿는 사람이었다. 그래서 옥 속에 있는 우길의 쇠고랑과 목에 씌운 칼을 모두 벗겨놓고 있었다.

옥리는 손책의 명령을 받자 옥에 가서 황급히 우길에게 쇠고랑을 채우고 목에 칼을 씌운 뒤에 모시다시피 데리고 나왔다. 눈치 빠른 손책이 그 사실을 캐어서 알아내자 더욱 분노하여 옥리를 모질게 꾸짖었다. 그리고 우길에게 더 무거운 칼을 씌우고 손발에 굵은 쇠고랑을 채워 다시 감금했다. 이에 장소 등 수십 명은 각기 자기 이름을 서명한 상소문을 손책에게 바치며 간청한다.

"우길을 풀어주십시오."

손책이 말한다.

"너희들은 다 학문을 한 사람들인데, 어찌 이리도 이치를 모르느냐. 옛날에 교주交州 자사刺史 장진張津은 사교를 믿어 비파를 탄주하고 향불을 피우고 늘 붉은 두건을 쓰고 자기 군사에게 승리를 줄 수 있다고 장담하더니, 결국은 적군의 손에 죽었다. 이런 일이란 다 백해무익하거늘, 그래도 그대들은 깨닫지 못하는가. 내가 우길을 죽이려는 것은 사교를 금지하고 어리석은 사람들을 깨우쳐주기 위함이다."

여범呂範은 고한다.

"우길이 기도만 하면 능히 비와 바람도 부른다는 사실을 저도 압니다. 요즈음 날씨도 한참 가문데, 기왕이면 우길을 시켜 비를 오게 하고 그 대신 죄를 용서해주십시오."

손책이 분부한다.

"내 그 요물이 어쩌나 한번 구경하리라. 우길을 끌어내어 칼과 쇠고랑을 벗겨주되, 단 위에 올라가서 비를 빌라 하여라."

이에 우길은 목욕하고 옷을 갈아입고 햇볕이 쨍쨍 쬐는 단 위에 서서 새끼줄로 자기 몸을 결박하니, 구경하러 몰려든 백성들이 거리를 가득 메웠다.

우길은 백성들에게 말한다.

"내가 3척의 좋은 비를 빌어 만백성의 근심을 풀어줄지라도, 나는 결국 죽음을 면치 못하리라."

모든 사람들이 대답한다.

"만일 신선께서 영험만 보이시면, 주공께서도 반드시 공경하시리다."

우길은 머리를 조용히 흔든다.

"나의 운수가 되었으니, 죽음을 면하기는 어려우리라."

조금 지나자, 손책은 친히 단에 이르러 명령을 내린다.

"만일 오시午時(정오)까지 비가 오지 않으면, 우길을 불태워 죽이겠다. 미리 마른 섶과 장작더미를 쌓아두어라."

오시 가까이 되었을 때였다. 문득 광풍이 일어나더니 바람이 지나가는 곳마다 사방에서 시커먼 구름이 모여들었다.

손책은 좌우 사람들에게 호령한다.

"오시가 가까웠는데도 공연히 검은 구름만 일며 비는 오지 않으니, 저놈이야말로 요물이 아니면 무엇이냐. 어서 끌어내려 장작더미 위에 올려놓고 불을 질러라."

무사들은 하는 수 없이 우길을 모시고 내려와 장작더미 위에 올려놓고 사방에서 불을 질렀다.

격분하여 우길을 참하는 손책

　바람을 따라 시뻘건 불길이 일어난다. 문득 한가닥 검은 연기가 공중으로 치솟는가 싶더니, 별안간 천지를 찢는 듯한 뇌성벽력이 동시에 일어나면서 대쪽 같은 큰비가 퍼붓는다. 금세 거리와 시정은 냇물이 되었다. 도랑과 계곡은 가득 차서 3척의 단비[甘雨]라 하기에 넉넉했다. 우길은 장작더미 위에 누워 크게 외마디소리를 지른다. 순간 구름이 걷히고 비가 그치더니, 다시 태양이 중천에 나타난다.

　모든 관리와 백성들이 달려들어 장작더미 위의 우길을 모셔 내리고 결박을 풀어드린 뒤에 일제히 꿇어 엎드려 절하며 칭송한다. 손책은 모든 관리와 백성들이 의복도 돌보지 않고 물 속에 엎드려 우길에게 절하는 것을 보자, 참을 수 없이 화가 나서,

　"날이 개고 비가 오는 것은 하늘이 정한바 이치인데, 요물이 우연히

비 오는 기회를 틈타서 제가 비를 내린 것처럼 꾸민 것을 너희들은 어째서 이다지도 정신을 못 차리느냐!"

하고 허리에 찬 보검을 빼어, 좌우 무사들에게 호령한다.

"속히 우길을 참하여라!"

모든 관리들이 다투어 간하나 소용이 없었다.

손책은 실성한 사람처럼 제 분을 못 이겨 소리를 지른다.

"오오, 너희들이 우길을 따라 내게 반역할 생각이로구나!"

이 말에 관리들은 기가 막혔다. 입을 다무는 수밖에 없었다.

무사들은 손책의 호령에 따라 칼을 번쩍 쳐들었다. 순간 우길의 머리는 한칼에 떨어져 구른다. 이때 한 가닥 푸른 기운이 동북쪽을 향하여 사라져갔다.

손책은 거리에다 우길의 시체를 전시하고 요망한 사교에 대한 본보기로 삼았다. 그날 밤에 비바람이 크게 일어났다. 새벽에 보니 우길의 목과 시체는 온데간데없었다.

시체를 지키던 군사가 달려가서 이 사실을 아뢰자, 손책이 노하여 그 군사를 죽이려 드는데, 문득 안에서 한 사람이 천천히 걸어 나온다. 자세히 보니 바로 우길이었다. 손책은 노여움에 어쩔 줄 몰라 하며 칼을 뽑아 우길을 치려다가 나자빠져서 기절했다. 좌우 사람들이 급히 손책을 안아서 안에 눕힌 지 한참 만에야 깨어났다.

기별을 받은 오태부인이 황급히 나와서 보고 깨어난 아들에게 말한다.

"너는 죄 없는 신선을 죽이고서 이런 화를 당하는구나."

손책이 웃으며 대답한다.

"소자는 어려서부터 부친을 따라 전쟁에 나가 사람을 무수히 죽였지만, 한 번도 화를 입은 일이 없습니다. 이번에 요물을 죽여 큰 화를 미연에 막았는데, 어찌 소자가 도리어 화를 입었다고 하십니까?"

"네가 믿는 마음이 없어서 이 꼴이 됐으니, 지금부터라도 좋은 일을 하여 살풀이를 해야겠다."

"사람의 목숨은 하늘이 정하는 바인데, 어찌 요물이 나를 해치겠습니까?"

오태부인은 극력 권해도 아들이 믿지 않을 것을 알자 몰래 좌우 사람을 시켜 살풀이를 했다.

그날 밤 2경 때였다. 손책이 안에서 자는데 갑자기 음습한 바람이 불면서 등불이 저절로 켜졌다. 보니 우길이 바로 침상 앞에 서 있다.

손책이 크게 소리를 지른다.

"내 평생 맹세한 바가 요망한 무리를 죽이고 천하를 바로잡는 데 있음이라. 너는 저승의 귀신이 되었거늘, 어찌 감히 나를 범접하느냐?"

손책이 침상 머리에 놓인 칼을 던지는 순간 우길이 없어졌다.

오태부인은 이 사실을 듣자 더욱 근심하는데, 손책은 어머니를 안심시키기 위해서 병든 몸을 억지로 일으켜 문안하러 들어갔다.

어머니가 아들에게 말한다.

"성인도 말씀하시기를 '귀신의 덕이여, 그 성盛하구나' 하셨다. 또 말씀하시기를 '상하上下의 신에게 너를 빌어라' 하셨으니, 귀신을 깔봐서는 안 된다. 네가 죄 없는 우길을 죽였으니 어찌 앙갚음이 없겠느냐. 내이미 사람을 시켜 옥청관玉淸觀(도교의 절 이름)에 가서 치성을 드리게 했으니, 너도 가서 절하고 빌면 자연히 편안해질 것이다."

손책은 어머니의 말씀을 어길 수 없어, 억지로 가마를 타고 옥천관으로 갔다. 도사(도교의 승려)들이 영접해 모시고 들어가서 청한다.

"향불을 사르십시오."

손책은 마다할 수 없어 분향한다. 향로에서 피어 오르는 향 연기가 흩어지지 않고 곧장 오르더니 설설 어리어 화개華蓋(화려한 덮개 또는 이불 모양)로 변하는데, 그 위에 우길이 단정히 앉아 있지 않는가.

분노한 손책이 우길을 향해 침을 뱉고 저주하며 전각을 급히 나오는데, 바로 문 앞에 우길이 서서 자신을 잔뜩 노려보고 있다.

손책이 좌우를 돌아보며 묻는다.

"너희들에겐 저 요귀가 보이지 않느냐?"

좌우 시종들이 대답한다.

"보이지 않습니다."

손책은 더욱 노하여 칼을 뽑아 우길을 향해 냅다 던졌다. 한 사람이 그 칼에 맞아 쓰러진다. 모든 사람이 보니 그는 다른 사람이 아니라 전번에 칼로 우길의 목을 친 군사였다. 뇌수에 칼이 꽂힌 그 군사는 일곱 구멍(양안兩眼, 양이兩耳, 두 비공鼻孔과 입)에서 피를 흘리며 처참히 죽어 있었다.

손책이 군사를 장사지내주도록 하고 막 옥청관을 나가는데, 바깥에서 우길이 도관道觀 문안으로 달려 들어온다.

손책은 도관 앞에 앉아,

"알고 보니 이 도관이 요물의 소굴이로구나."

하고 마침내 무사 5백 명에게 분부한다.

"이 도관을 헐어버려라."

무사들이 전각 위로 올라가서 기왓장을 들어내는데, 우길이 지붕 위에 서서 기왓장을 아래로 던진다.

손책이 격분하여 외친다.

"무사들을 내보내고 이 도관에 불을 질러라."

이윽고 도관 전체가 불덩어리로 타오른다. 우길은 불 속에 우뚝 서 있다.

손책은 분노하여 부중으로 돌아간다. 이번에는 부중 문 앞에 우길이 서 있다. 손책은 부중으로 들어가지 않고 삼군을 일으켜 성밖에 나가서 영채를 세웠다. 그리고 모든 장수들을 불러 원소를 도와 조조를 협공할 일을 상의하게 했다.

모든 장수들이 다 같이,

"주공께서는 옥체가 불편하시니 경솔히 움직이면 안 됩니다. 병이 낫기를 기다렸다가, 그때 군사를 출동시켜도 늦지 않습니다."

하고 겨우 말렸다.

그날 밤에 손책이 영채 안에서 자는데, 우길이 머리를 풀어헤치고 들어온다. 밤새도록 우길을 꾸짖으며 욕하고 외치는 소리가 손책의 영채 안에서 그치지 않았다.

이튿날, 오태부인은 사람을 보내어 손책에게 부중으로 돌아오라고 하였다. 손책이 부중으로 돌아와서 어머니를 뵙자, 오태부인은 너무나 수척한 아들의 얼굴을 보고 운다.

"네 얼굴이 말이 아니구나."

손책은 그제야 거울을 끌어당겨 자기 얼굴을 비춰보니 과연 수척한지라, 깜짝 놀라 좌우 사람을 돌아보며 묻는다.

"내가 어쩌다가 이 지경이 됐느냐?"

다시 얼굴을 거울에 비춰보니, 거울 속에 우길이 서 있다.

손책은 거울을 던지며,

"으아악!"

하고 외마디소리를 지른다. 순간 그는 온몸의 상처가 일제히 터져 기절했다. 오태부인이 황급히 좌우 사람에게 분부하여 안에 눕힌 지 얼마 안 되어 손책은 겨우 깨어났다.

손책은 한숨을 몰아쉬며,

"나는 다시 살아나지 못하리라."

탄식하고 장소 등 모든 사람들과 동생 손권孫權을 침상 곁으로 불러들인 뒤에,

"오늘날 천하가 바야흐로 소란하니, 우리는 오월吳越 땅의 많은 군사와 삼강三江의 천연 요새로써 크게 뜻을 펼 수 있을 것이다. 그대들은 내 동생 손권을 잘 보필하라."

부탁하고 인수印綬를 손권에게 전한다.

"강동의 군사를 일으켜 적군과 싸워서 기회를 결정하고, 천하와 다투어 대세를 잡는 일은 네가 나만 못하다. 하지만 어진 사람을 등용하고 유능한 사람에게 책임을 맡겨, 그들을 잘 통솔해서 우리 강동을 튼튼히 지키는 일은 내가 너만 못하다. 그러니 너는 부모께서 창업하신 그 고생을 잊지 말라. 이 형의 뜻을 이어서 잘 도모하여라."

손권은 목놓아 울면서 절하고 인수를 받았다.

손책은 어머니에게 고한다.

"소자는 이제 타고난 목숨이 다하여, 능히 어머님을 봉양할 수가 없어 아우에게 인수를 전했습니다. 어머님은 아침저녁으로 아우에게, 아버지와 형과 오랜 신하의 뜻을 존중하는 데 태만함이 없도록 교훈하소서."

어머니는 흐느껴 운다.

"네 아우는 아직 어려서 큰일을 맡길 수 없는데 장차 어찌하면 좋단 말이냐."

"아우는 소자보다 열 배나 뛰어난 인물입니다. 만일 안으로 어려운 일이 있거든 장소에게 묻고, 바깥으로 어려운 일이 있거든 주유周瑜에게 물어서 결정하십시오. 주유가 여기 없어서 직접 부탁하지 못하는 것이 한입니다."

손책은 또 모든 아우를 불러 일일이 타이른다.

"내가 죽은 뒤에 너희들은 중모仲謀(손권의 자字)를 적극 도와라. 만일 일가 친척 중에 딴마음을 품는 자가 있거든 다 함께 죽여라. 형제간에 반역하는 자를 조상 선영에 묻을 수는 없느니라."

동생들은 울면서 분부를 받았다.

손책은 또 아내 교喬씨를 불러 유언한다.

"내 그대와 도중에서 작별하는 것이 한이나, 그대는 어머님께 효도하시오. 조만간에 그대 친정 여동생이 올 것이니, 주유에게 내 동생을 잘 도와서 평생 지기知己인 나의 부탁을 저버리지 말라고 하더라고 전하시오."

원래 손책과 주유는 동서간同壻間으로 교씨의 친정 동생이 바로 주유의 아내였던 것이다.

손책은 말을 마치자 눈을 감더니, 이내 세상을 떠났다. 이때 손책의 나이 26세였다.

후세 사람이 손책을 찬탄한 시가 있다.

홀로 동남 땅에서 싸워

사람들로부터 소패왕이라는 칭호를 들었도다.

그의 작전은 범이 웅크린 듯

그의 과감한 계책은 매가 하늘로 오르는 듯했도다.

그의 위엄은 삼강을 눌러 바로잡았으며

그의 이름은 사해에 떨쳐 향기로웠다.

큰일을 남겨둔 채 세상을 떠나니

못다 한 한을 주유에게 부탁했더라.

獨戰東南地

人稱小覇王

運籌如虎踞

決策似鷹揚

威鎭三江靖

名聞四海香

臨終遺大事

專意囑周郎

　손책이 죽자 손권은 침상 앞에 쓰러져 통곡한다. 장소가 고한다.

　"지금 장군은 울고 있을 때가 아닙니다. 상사喪事를 다스리는 동시에 군국 대사軍國大事를 다스려야 합니다."

　손권은 그제야 눈물을 거두었다.

　장소는 손정孫靜에게 초상 절차를 법도에 맞추어 치르도록 지시한 다음에 손권을 모시고 나가서 문신과 무장들의 하례를 받게 했다.

　손권은 그 생김새가 턱이 모나고, 입이 크고, 눈은 푸르고, 수염이 붉었다.

　지난날에 한나라 사신 유완劉琬이 오군에 왔다가, 손씨 집안의 모든 형제를 보고 나서,

　"내 손씨 형제들을 보니 다 재주와 기상이 청수하나, 오래 복록을 누릴 팔자가 아니다. 중모(손권)만이 얼굴이 기이하고 골격이 비상하여 매우 귀하고 장수할 상이로다. 형제가 많긴 하나 다 중모만 못하다."

하고 말한 적이 있었다.

　과연 이때가 되어 손권은 형 손책이 남긴 뜻을 이어받아 강동의 운명을 맡았으나, 아직 일의 갈피를 잡지 못하는데 수하 사람이 들어와서 고한다.

　"파북巴北에서 주유가 군사를 거느리고 돌아왔습니다."

　"공근公瑾(주유의 자字)이 돌아왔으니, 이젠 걱정을 잊겠구나."

　손권은 반색을 했다.

　원래 주유는 군사를 거느리고 파북 땅을 지키다가 손책이 화살에 맞

아 부상했다는 기별을 받고, 문안을 드리러 오던 도중에 오군 가까이 이르러 부고를 받고서, 밤낮없이 달려온 것이었다.

주유는 손책의 영구 앞에 절하며 통곡한다.

오태부인이 나와서 고인이 남긴 부탁을 전하니, 주유는 땅에 엎드려 절하고 고한다.

"견마지성(충성)을 다하여 죽기로써 남기신 뜻을 계승하리다."

이윽고 손권이 들어오자 주유는 절한다.

손권이 말한다.

"공은 형님이 남기신 뜻을 잊지 마시오."

주유는 머리를 조아린다.

"원컨대 간과 뇌수를 땅에 뿌릴지라도, 저를 알아주신 은혜에 보답하리다."

"이제 부형父兄이 남기신 뜻을 이었으니, 어떤 계책으로 강동을 지켜야 합니까?"

"자고로 훌륭한 인물을 얻는 자는 번영하며 훌륭한 인물을 잃는 자는 망하노니, 오늘날 당면 문제는 식견이 높고 지혜가 밝은 인재를 구해서 보필을 삼은 후라야 강동을 튼튼히 할 수 있습니다."

"형님은 안의 일은 장소에게, 바깥일은 그대에게 물어서 하라고 유언하셨소."

주유는 대답한다.

"장소는 어질고 통달한 선비니 족히 큰일을 맡길 만하지만, 주유는 재주가 없어 능히 감당하지 못할까 두렵습니다. 그러니 한 사람을 천거하여 장군을 도와드리리다."

"그 사람이 누구요?"

주유가 소개한다.

"그의 성명은 노숙魯肅이요 자는 자경子敬이니 임회군臨淮郡 동천현東 川縣 사람입니다. 그는 전략에 통달하고 기회를 내다보는 지혜가 출중 하며 일찍이 부친을 잃었으나 어머니께 효성이 지극한데, 집안이 또한 큰 부자라, 항상 재물을 흩어 가난한 사람을 돕습니다. 언젠가 제가 소 장巢長 땅을 다스렸을 때 수백 명의 사람을 거느리고 임회臨淮 땅을 지나 가다가 마침 양식이 떨어졌는데, 노숙의 집에 곡식 3천 석을 쌓아둔 창 고가 둘이나 있다는 소문을 듣고 가서 원조를 청했습니다. 노숙은 그 중 창고 하나를 손으로 가리키며 마음대로 갖다 쓰라 했으니, 그 인품을 가 히 짐작할 수 있을 것입니다. 뿐만 아니라, 평생 검술과 기마와 활 쏘기 를 즐겨합니다. 요즘 그가 곡아曲阿 땅에 가 있는 중에 마침 조모가 세상 을 떠났기에, 동성東城 땅으로 운구하여 장사를 지낼 작정인데, 그의 친 구 유자양劉子揚이 그에게 소호巢湖 땅 정실鄭實을 섬겨보라고 권한다는 소문이 있습니다. 그러나 노숙은 별로 생각이 내키지 않아서 주저하고 있다니, 주공은 속히 그를 초청하십시오."

　손권은 매우 기뻐하며 분부했다.

　"그럼 다른 사람 보낼 것 없이 그대가 직접 가서 노숙을 초빙해오시오."

　주유는 분부를 받자 친히 곡아 땅으로 가서, 노숙에게 '우리 주공 손 권께서 귀공을 매우 존경하며 사모한다'는 뜻을 간곡히 말했다.

　노숙이 대답한다.

　"근자에 유자양이 나에게 소호 땅에 가서 벼슬을 살아보라고 권하기 에 그리로 갈까 하오."

　"옛날에 마원馬援이 광무황제光武皇帝에게 '오늘날 세상은 임금이 신 하를 뽑아 쓰는 것으로 끝나지 않으며, 신하도 자기 마음에 맞는 임금을 골라서 섬기게 됐습니다' 하고 대답한 일이 있소. 우리 손장군은 어진 인물을 존경하시며, 특출한 일이면 받아들이시고 비범한 일이면 기억

하시는 세상에 보기 드문 영걸이시오. 귀공은 딴생각 말고 나와 함께 우리 동오東吳로 가는 것이 옳을 것입니다."

노숙은 그 말을 좇아 마침내 주유와 함께 오회로 가서 손권을 뵈었다. 손권은 노숙을 극진히 공경하고 함께 종일토록 담론했으나 피곤함을 몰랐다.

어느 날, 모든 대관이 돌아가는데, 손권이 노숙에게 남아 있도록 하고 함께 술을 마시다가 밤이 깊자 한 침상에서 발을 서로 얹고 함께 누웠다.

한밤중에 손권이 묻는다.

"한나라 황실이 점점 기울어 천하가 소란한 이때, 이 몸이 선친과 형님이 남긴 업적을 이어받아 항상 옛 제齊 환공桓公(천하의 패권을 잡아 주周 왕실을 도왔던 춘추 시대의 제후)과 진晉 문공文公의 일을 생각하는데 공은 앞으로 나를 어떻게 지도하려는가?"

노숙은 대답한다.

"옛날 한나라 고조께서 초楚나라 의제義帝(항우가 세웠다가 나중에 죽인 임금)를 도우려다가 실패한 것은 항우가 방해했기 때문입니다. 그러니 오늘날의 조조는 바로 항우와 같은 자입니다. 그러므로 장군은 옛 제 환공이나 진 문공처럼 될 수는 없습니다. 제가 생각하기에는 한나라 황실은 다시 일어나지 못할 것이고, 그렇다고 조조를 또한 졸지에 없애 버릴 수도 없습니다. 제가 장군을 위한 계책을 말씀 드리자면, 우선 우리는 강동에 더욱 튼튼한 기반을 닦고 소란한 천하대세를 세밀히 관찰해야 합니다. 장차 북쪽이 시끄러운 틈을 타서 우리는 먼저 황조부터 쳐 없애고, 나아가서 형주의 유표를 무찌른 후에 장강이 끝나는 지역까지 영토를 확장하고 장군은 스스로 제왕이 되었음을 선포하십시오. 그런 다음에 차차 천하를 도모한다면 이는 한나라 고조의 창업과 비교해서 다를 것이 없습니다."

손권은 크게 기뻐하며 벌떡 일어나 옷깃을 여미고 노숙에게 감사했다.

이튿날 손권은 노숙에게 많은 물건을 하사했다. 노숙의 어머니에게도 의복과 방장房帳 등 여러 가지 물건을 하사했다.

이에 노숙이 한 사람을 천거한다. 손권이 그 사람을 만나보니, 학문과 재주가 뛰어나고 어머니에게 극진한 효자로서 성은 제갈諸葛이요 이름은 근瑾으로 낭야군瑯琊郡 남양南陽 땅 출신이었다.

손권은 제갈근諸葛瑾을 귀빈으로 대우하여 모셨다.

제갈근이 손권에게 권한다.

"하북의 원소와 동맹하지 말고 당분간 조조에게 순종하는 체하면서, 차차 기회를 보아 도모하십시오."

손권은 그 말을 좇아 원소의 사자로 왔던 진진을 돌려보낼 때 서신으로 원소의 청을 거절하였다.

한편, 허도의 조조는 손책이 죽었다는 소문을 듣자, 즉시 군사를 일으켜 강남을 치려 했다.

지난날 손책의 사자로 허도에 왔다가 조조가 시어사侍御司 벼슬을 주고 남아 있게 했던 장굉이 간한다.

"남이 초상을 당했는데, 그것을 기회로 삼아 친다는 것은 옳지 못한 일입니다. 만일 강동을 쳤다가 이기지 못하면 공연히 원수만 사게 되니 차라리 이 기회에 서로 친선하십시오."

조조는 그 말을 옳게 여기고, 즉시 천자께 아뢰어 손권을 장군으로 봉하는 동시에 회계會稽 태수로 임명했다. 그런 후에 장굉을 회계 도위都尉로 발령하고, 직접 태수인太守印을 받아가서 손권에게 전하도록 분부했다.

강동의 주인이 된 손권. 오른쪽 아래는 장평

 손권은 오랜만에 장굉이 돌아왔으며 또 태수의 인을 받은지라, 크게 기뻐서,

 "장굉은 장소와 함께 정사를 돌보라."

하고 분부하였다. 이에 장굉은 손권에게 한 사람을 천거한다. 그 사람의 성명은 고옹顧雍이요 자는 원탄元嘆으로, 죽은 중랑장中郎將 채옹蔡邕의 제자였다. 고옹은 말을 잘 안 하고 술은 입에도 대지 않고 항상 엄격하고 씩씩하며 정대正大한 인물이었다. 손권은 고옹을 승丞[長]으로 삼고 자기 대신 회계 태수의 일을 맡아보게 하였다.

 이리하여 손권의 위엄은 강동에 크게 떨치어 백성들의 깊은 신임을 얻게 되었다.

한편, 강동을 떠나 하북으로 돌아간 진진은 원소에게 자초지종을 보고한다.

"손책은 이미 죽고 손권이 뒤를 이었는데, 조조가 그에게 장군을 봉하고 서로 손을 잡았습니다."

이 보고를 듣자 원소는 분노가 치밀어 올라 손권보다도 우선 조조를 쳐 없애야겠다는 생각이 불처럼 일어났다.

마침내 원소는 기주冀州, 청주靑州, 유주幽州, 병주幷州 군사 70여만을 일제히 일으켜 다시 허도를 치려 하니,

강남의 풍파가 겨우 쉬자
북쪽 기주에서 또다시 들고 일어난다.
江南兵革方休息
冀北干戈又復興

장차 승부는 어떻게 날 것인가.

제30회

원소는 관도 땅에서 싸우다 패하고
조조는 오소 땅을 습격하여 곡식을 불지르다

원소는 대군을 일으켜 관도 땅으로 일제히 출발 준비를 서둘렀다.

한편 조조의 장수 하후돈은 첩자로부터 보고를 받자, 이 급한 사태를 즉시 허도로 통지했다. 이에 조조는 군사 7만을 일으키고 순욱에게 허도를 맡긴 후에 일제히 떠나갔다.

한편 원소의 군사가 출발하려는데, 옥에 갇혀 있는 전풍이 간하는 글을 올렸다.

지금은 조용히 지키면서 하늘이 기회를 주실 때까지 기다려야지, 섣불리 군사를 일으켰다가는 이롭지 못합니다.

봉기逢紀가 원소에게 모략한다.

"주공께서 인의를 위해 군사를 일으키셨는데, 전풍이 왜 이런 불길한 말을 하는지 모르겠습니다."

원소는 노하여 전풍을 죽이려 하는데, 관리들이 말린다.

원소는 저주한다.

"내 조조를 격파하고 돌아와서 전풍의 죄를 밝히리라."

드디어 원소의 군사가 일제히 출발하니, 정기旌旗는 들을 덮고 칼과 창은 움직이는 숲과 같았다.

원소의 군사는 양무陽武 땅에 이르러 일단 영채를 세웠다.

저수가 고한다.

"우리 군사의 수는 비록 많기는 하나 조조의 군사만큼 용맹하지 못하며, 조조의 군사는 용맹하나 그 대신 군량과 마초가 우리만큼 많지 않습니다. 그들은 군량이 부족하니 급히 싸워야 이롭고 우리는 곡식이 넉넉하니 천천히 싸워야 이롭습니다. 우리가 슬슬 골리며 시간만 끌면 군량이 부족한 적군은 저절로 패할 것입니다."

원소는 노하여,

"떠날 때 전풍이 군사들의 사기를 꺾으려 하기에 내 돌아가는 날에 반드시 죽이기로 했는데, 이제 너마저 이러느냐."

하고 좌우에 분부한다.

"저수를 군중軍中에 감금하여라. 내 돌아가는 날에 전풍과 함께 처치하리라."

이에 70만 대군이 동서남북으로 진영을 세우니 그 주위만도 90여 리였다. 조조의 첩자가 관도 땅에 돌아가서 보고하자, 마침 당도한 조조의 군사들은 그 말만 듣고도 두려워하는 기색이 완연했다.

조조는 모든 모사들과 함께 상의한다.

순유가 말한다.

"원소의 군사가 많긴 하지만, 족히 두려울 것은 없습니다. 우리 군사는 다 용맹하니 하나가 열을 대적할 수 있으나, 급히 싸워야만 이롭습니다. 시간을 오래 끌면 우리는 군량과 마초가 넉넉지 못한 만큼 낭패하기

쉽습니다."

조조는 거듭 머리를 끄덕이며,

"바로 내가 생각하던 바와 같다."

하고 드디어 명령을 내린다.

"진군하라!"

조조의 군사가 북을 울리고 징을 치며 떠들썩하게 나아간다.

원소의 군사는 조조의 군사가 오는 것을 보자 양쪽에 진영을 벌였다. 심배는 발노수發弩手 5천을 문기 안에 매복시키고 명령을 내렸다.

"포 소리가 나거든 일제히 사격을 개시하라."

우렁찬 북소리가 세 차례 울린다. 황금 투구와 황금 갑옷과 금포 옥대 錦袍玉帶로 차려 입은 원소가 말을 타고 나와 진 앞에 서자, 장합張慶, 고남高藍, 한맹韓猛, 순우경淳于瓊 등 모든 장수들이 좌우로 늘어서니, 정기와 절월節鉞(장군이 출정할 때 위신을 세워주기 위해 천자가 내린 부절符節과 큰 도끼)이 매우 엄숙하고 정연하였다.

이윽고 조조 진영에서 문기門旗가 열린다. 조조가 말을 타고 나오는데, 허저 · 장요 · 서황 · 이전 등 장수들이 각기 무기를 들고 앞뒤로 호위한다.

조조는 말채찍으로 원소를 가리키며 외친다.

"내가 천자께 아뢰어 너에게 대장군을 시켜주었거늘, 이제 무슨 연고로 반역하느냐?"

원소가 노하여 꾸짖는다.

"너는 한나라 승상이라 자처하지만, 실은 한나라를 엿보는 국가의 도둑놈이다. 하늘에 가득 찬 너의 죄는 왕망王莽과 동탁보다도 심한데, 도리어 나에게 반역했다며 무고하느냐!"

조조는 대꾸한다.

관도에서 원소와 싸우는 조조

"나는 천자의 어명을 받들어 너를 치러 왔노라."

원소도 지지 않고 비꼰다.

"오오, 그래! 나는 천자가 보낸 의복과 옥대玉帶 속의 비밀 조서를 받고, 역적을 치러 왔다."

조조는 노하여 장요에게 나가서 싸우도록 명한다. 장요가 달려나가자 원소의 진영에서는 장합이 달려 나와 서로 싸운 지 4, 50합에 승부가나지 않는다.

조조는 그들의 싸움을 바라보며 속으로 감탄하는데, 허저가 장요를도우러 칼을 휘두르며 말을 달려 나가니, 원소의 진영에서는 고남이 달려 나와 앞을 가로막는다.

이리하여 네 장수가 두 패로 나뉘어 서로 싸우는데, 조조는 하후돈과 조홍에게 명령하여 각기 군사 3천씩을 거느리고 일제히 원소의 진영으로 쳐들어간다. 심배는 조조의 군사가 쳐들어오는 것을 보고 즉시 포를 쏘아 신호를 올리자, 양쪽에서 1만의 노수弩手가 일제히 쇠노[鐵弩]를 쏘고 중군中軍 안의 궁전수가 진영 앞으로 쏟아져 나와 활을 마구 쏴대니, 조조의 군사가 어찌 대적할 수 있으리오.

조조의 군사는 쳐들어가다가 말고 남쪽으로 방향을 바꾸어 달아난다. 원소가 군사를 휘몰아 추격하여 무찌르니, 조조의 군사는 크게 패하여 관도 땅까지 달아났다. 이에 원소는 군사를 관도 땅 가까운 곳으로 이동시키고 진지를 구축했다.

심배가 원소에게 계책을 말한다.

"이제 군사 10만을 풀어 조조의 진영 앞에 흙으로 산을 쌓아 올리게 하고, 그 위에서 굽어보며 조조의 진영 안으로 활을 쏘게 하십시오. 조조가 관도 땅을 버리고 달아난 다음에 우리가 이곳을 차지하게 되면 허창(허도)도 쉽게 격파할 수 있습니다."

원소는 심배의 말을 좇아 각 진영에서 씩씩한 군사들을 뽑고 괭이와 삽으로 흙을 파서 져 나르게 하여, 조조의 진영 앞에 산을 만든다. 조조의 진영 안에서는 원소의 군사가 와서 흙산을 쌓는 것을 보자 나가서 무찌르고 싶으나, 심배가 중요한 출입구를 향해 궁노수를 잔뜩 배치하였기 때문에 나갈 수가 없었다.

원소의 군사는 열흘이 채 못 되어 흙산 50여 개를 만들고, 그 위마다 높은 망루를 세웠다. 배치된 궁노수들이 조조의 영채를 굽어보며 화살을 쏴대니, 조조의 군사는 모두 머리에 차전패遮箭牌를 쓰고 몸을 도사린다. 신호하는 포 소리가 날 때마다 화살이 더욱 빗발친다. 조조의 군사들은 방패를 뒤집어쓴 채 땅에 납작 엎드려 꼼짝을 못한다. 그럴 때마다 원소의 군사들은 그 꼴들을 보고 함성을 지르며 크게 웃었다.

조조는 어쩔 줄을 모르는 군사들을 보고, 모사들에게 대책을 물었다.
유엽이 말한다.

"발석거發石車를 만들어 격파하는 수밖에 없습니다."

이리하여 유엽의 설계대로 밤낮없이 발석거 수백 대를 만들어, 진영
안 주위에 배치했다.

원소의 궁노수들이 활을 쏴댈 때, 발석거는 바로 흙산의 구름 사다리
[雲梯]를 향하여 일제히 사격하여 응수한다.

수많은 포석이 공중을 날아와 망루를 마구 치니, 원소의 궁전수들은
피할 겨를도 없이 떨어져 죽고 깔려 죽고 맞아 죽고 치여 죽는다.

원소의 군사들은 어찌나 혼이 났던지, 그 발석거를 벽력거霹靂車라 불
렀다. 이때부터 원소의 군사는 감히 흙산에 오르지 못했다.

이에 심배는 새로운 계책을 원소에게 고했다. 그날부터 원소의 군사
들은 조조의 진영을 향해 지하도를 파기 시작했다. 그들을 굴자군掘子軍
이라 불렀다.

조조의 군사들은 원소의 군사들이 흙산 뒤에 숨어서 땅굴을 파는 것
을 보고 조조에게 보고했다.

조조는 유엽에게 묻는다.

"웬일일까?"

"그건 원소의 군사가 정정당당히 나와서 싸우지는 못하고 몰래 땅굴
을 파서 우리 진영 안으로 들어오려는 수작입니다."

"그럼 어떻게 막아야 하겠소?"

"우리 진영의 주위에 참호塹壕를 파두면, 그들이 더 이상 뚫고 들어오
지 못할 것입니다."

조조의 군사는 밤마다 바깥에 나가서 진영 주위에 깊은 참호를 팠다.
과연 원소의 군사는 땅굴을 파고 들어가다가, 참호에 이르러 정체가 드

러나고야 말았다. 원소는 결국 군사들의 힘만 소비한 셈이다.

조조가 진영을 세우고 관도 땅을 지킨 것이 8월이었는데, 어느덧 9월 하순이 되었다. 근 두 달에 이르는 동안 조조의 군사는 점점 힘이 빠진 데다가 곡식과 마초도 얼마 남지 않았다.

조조는 관도 땅을 버리고 물러갈 생각을 했으나 결정을 내리지 못하고 주저하다가, 서신을 써서 허도로 보냈다. 그 내용은 순욱에게 상황이 이러하니 어찌하면 좋겠느냐는 문의 편지였다. 순욱의 답장이 왔다. 조조가 급히 뜯어보니,

진퇴 문제에 관해서 문의하신 주공의 서신은 잘 받았습니다. 저의 어리석은 생각으로 원소가 모든 군력을 관도 땅으로 기울이고 있는 것은, 주공과 승부를 내기 위해서입니다. 주공께선 약한 군사로써 강한 적군과 대결하고 계시니, 그럴수록 적군을 제압하지 못하는 날에는 원소에게 결정적인 기회를 주는 것으로, 이는 천하를 좌우하는 일대사―大事라고 하겠습니다. 원소의 군사가 비록 많기는 하지만 다 쓸모 없는 것들이니, 주공의 명철하신 신무神武로써 어찌 그만한 것을 처리하지 못하시겠습니까. 비록 우리 군사가 수효는 적지만, 그 옛날 한 고조가 형양滎陽, 성고成皐 땅에서 항우와 싸우던 때와 비교한다면 그래도 훨씬 나은 편입니다. 주공께서 한 계를 긋고 지키면서 적의 숨통을 움켜잡고 물러서지 않으면 형세가 급박할수록 반드시 변통이 생기는 법이니, 그때야말로 기이한 계책을 쓸 때입니다. 결코 관도 땅을 잃어서는 안 됩니다. 주공은 깊이 살피소서.

조조는 순욱의 답장을 읽자 크게 고무되어 모든 장수와 군사들에게

죽을 각오로 굳게 지키도록 명령한다. 이에 원소의 군사는 30여 리를 물러갔다.

조조는 장수를 내보내어 진영 바깥 적의 동정을 살피도록 했다. 마침 서황의 부장副將 사환史渙이 순찰을 돌다가, 원소의 첩자를 사로잡아 끌고 왔다.

서황이 심문하니, 원소의 첩자는 고한다.

"조만간에 대장 한맹이 곡식을 운반해오기로 되어 있어서, 저희들은 그 오는 길을 미리 알아보러 나왔다가 붙잡혔습니다."

서황이 곧 이 사실을 조조에게 보고하자, 곁에서 순유가 말한다.

"한맹은 보잘것없는 장수니, 우리 편 장수 한 사람이 기병 수천 명만 거느리고 가서 도중에서 맞아 무찌르고 곡식과 마초를 빼앗으면 원소의 군사는 저절로 혼란스러워할 것입니다."

조조가 묻는다.

"그럼 누구를 보내야 할까?"

"서황을 보내십시오."

"서황은 부장 사환과 함께 자기 군사를 거느리고 앞서 떠나라. 장요와 허저는 군사를 거느리고 뒤에서 후원하라."

그날 밤, 한맹이 곡식과 마초를 가득 실은 수천 대의 수레를 몰고 원소의 진영으로 오다가, 산골 길로 접어들었을 때였다. 서황과 사환이 군사를 거느리고 나타나 앞을 가로막는다.

한맹이 즉시 말을 달려 서황과 싸우는데, 그 동안에 사환은 달려가서 수레를 몰아온 군사들을 마구 무찔러 흩어버리고, 거느리고 온 군사들과 함께 곡식과 마초에 일일이 불을 질렀다.

한맹은 서황을 대적할 수 없게 되자 수레가 모두 타는데도 말 머리를 돌려 달아난다. 이에 서황은 군사를 독촉하여 치중에다 더 크게 불을 지른다. 수천 대의 수레에서 곡식과 마초가 타는 불길이 밤 하늘을 찌른다.

한편, 원소가 진영에서 바라보니, 서북쪽 밤 하늘에 불빛이 충천한다. 원소가 깜짝 놀라며 의아해하는데, 도망쳐온 패잔병이 고한다.

"군량과 마초를 싣고 오다가, 조조의 군사들에게 다 빼앗겼습니다."

원소는 즉시 장수 장합과 고남을 현장으로 보냈다. 그들이 급히 달려가는데, 곡식과 마초를 다 불지르고 돌아오는 서황, 사환과 도중에서 만나 한바탕 접전이 벌어졌다. 이때 등뒤에서 허저, 장요의 군사가 달려와서 덤벼든다. 이에 조조의 네 장수는 원소의 두 장수를 가운데 몰아넣은 다음에 협공하여 마구 무찔러 쫓아버린 뒤, 군사를 한데 합쳐 거느리고서 관도 땅 진영으로 기세 좋게 돌아왔다.

조조는 매우 기뻐하면서 돌아온 네 장수에게 많은 상을 내리고, 다시 군사를 나누어 진영 밖에다 새로이 진영을 벌이고 서로 대치하게 했다.

한편, 한맹은 곡식과 마초를 모조리 잃고 겨우 도망쳐 원소의 진영에 이르렀다. 원소가 분개하여 한맹을 죽이려는데 주위 사람들이 말려서 겨우 죽음은 면했으나, 그 대신 계급이 떨어졌다.

심배가 원소에게 고한다.

"군사를 쓰는 데는 곡식이 얼마나 중요한지를 잊어서는 안 됩니다. 오소五巢 땅은 우리의 곡식이 쌓여 있는 가장 중요한 곳이니 반드시 굳게 지켜야 합니다."

원소는 연방 머리를 끄덕이며 분부한다.

"내가 조조와 대결할 계책이 이미 섰으니, 너는 곧 업군鄴郡으로 돌아가서 곡식과 마초를 감독하라."

심배는 분부를 받고 업군으로 떠나갔다. 원소는 대장 순우경에게 명령을 내린다.

"너는 목원진睦元進, 한거자韓莒子, 여위황呂威璜, 조예趙叡 등 부장과 함께 군사 2만을 거느리고 가서 오소 땅을 지켜라."

순우경은 원래 성격이 거칠며 술을 지나치게 좋아해서 군사들은 평소에도 그를 두려워했다. 아니나다를까. 순우경은 오소 땅에 도착하자마자 부장들과 함께 밤낮없이 술만 마셨다.

한편, 조조는 군량미가 얼마 남지 않았다는 말을 듣자,

"급히 허도에 가서 순욱에게 곡식과 마초를 마련해서 밤낮없이 보내도록 일러라."

하고 사자를 급히 허도로 보냈다.

그러나 사자는 조조의 서신을 가지고 허도로 가다가 겨우 30리도 못 가서, 원소의 군사에게 붙들려 결박을 당한 채 허유許攸 앞으로 끌려갔다.

허유의 자字는 자원子遠으로 그는 젊었을 때 조조와 친구간이었는데, 지금은 원소의 막하에서 모사 노릇을 하고 있었다. 허유는 그 사자의 몸을 수색하여 속히 곡식을 보내라는 조조의 서신을 발견하고는 바로 원소에게 갔다.

"조조가 관도 땅에 군사를 주둔하고 우리와 겨룬 지도 오래됐으니, 지금쯤 허도는 텅 비었을 것입니다. 주공은 즉시 군사를 나누어 밤낮없이 가서 비어 있는 허도를 엄습하십시오. 그러면 허도도 함락할 수 있으며 따라서 조조도 사로잡을 수 있습니다. 지금 조조의 군사는 양식도 마초도 다 떨어졌다고 하니, 바로 이 기회에 양쪽을 함께 쳐야 합니다."

원소가 대답한다.

"조조는 원래 속임수를 잘 쓰기로 이름난 놈이다. 이 편지가 우리를 끌어들이려는 계책이라는 걸 알아야 한다."

허유는 극력 주장한다.

"지금 제 말씀대로 하지 않으면, 뒷날 우리는 도리어 그들에게 낭패

를 당합니다."

한참을 이렇게 계책을 말하는데 마침 업군에서 사자가 왔다. 그 사자는 원소에게 심배의 서신을 바친다.

그 서신에는 먼저 곡식을 보내는 데에 관한 의견이 적혀 있었다. 그 다음은 지난날 허유가 기주에 있을 때 백성들에게서 많은 뇌물을 받아먹었다는 사실과, 또 아들과 조카들을 시켜 많은 세전과 곡식을 거둬들여 가로챘던 사실이 이번에 드러났기 때문에, 허유의 아들과 조카들을 잡아서 이미 옥에 가뒀다는 보고였다.

원소는 대로하여 허유를 꾸짖는다.

"이 서신을 보아라. 너 같은 협잡꾼이 무슨 면목으로 내게 계책을 말하느냐. 오오라, 네가 젊었을 때 조조와 친한 사이였다더니, 필시 이번에도 뇌물을 받아먹고 그놈의 거간꾼이 되어 우리 군사를 망치려는 것이로구나. 당장에 목을 벨 것이나 잠시 네 머리를 네 목에 맡겨두니 썩 물러가되 다신 내 앞에 나타나지 말라!"

허유는 바깥으로 나와 하늘을 우러러 길게 탄식하다가,

"옳은 말은 귀에 거슬린다더니 참이로구나! 보잘것없는 원소 따위와 큰일을 도모할 수는 없다. 장차 심배가 내 아들과 조카들을 죽일 것이니, 내 무슨 낯으로 다시 기주 사람들을 대하리요."

하고 드디어 자살하려 하는데, 좌우 사람들이 칼을 빼앗으면서 권한다.

"귀공은 어째서 목숨을 이렇듯 경솔히 버리려 하십니까? 원소는 바른말을 받아들이지 않으니 결국 조조에게 사로잡히고야 말 것입니다. 귀공은 조조와 친분이 있는데, 어째서 어리석은 자를 버리고 현명한 분에게로 가지 않습니까?"

이 몇 마디 말을 듣자, 허유는 비로소 깊은 잠에서 깨어난 듯 조조에게 귀순하기로 결심했다.

후세 사람이 이 일을 탄식한 시가 있다.

　원소의 큰 기상은 천하를 덮었건만
　관도 땅에서 서로 겨루며 공연히 탄식만 했도다.
　만일 허유의 계책대로 실천했던들
　강산이 어찌 조조의 것이 되었으리요.
　本初豪氣蓋中華
　官渡相持枉歎嗟
　若使許攸謀見用
　山河豈得屬曹家

　허유는 원소의 진영에서 몰래 벗어나 조조의 진영으로 가다가 매복한 조조의 군사에게 붙잡혔다.
　허유는 조조의 군사에게 말한다.
　"나는 조승상의 옛 친구니, 속히 가서 남양南陽 땅 허유가 뵈러 왔다고 전하여라."
　군사는 즉시 진영으로 가서 보고했다.
　이때 조조는 옷을 풀고 쉬다가, 허유가 몰래 찾아왔다는 말을 듣자 크게 반기며 신도 신지 않은 채 맨발로 뛰어나갔다. 조조는 허유를 보자마자 나아가 손을 덥석 잡아 쓰다듬으며 큰소리로 웃으면서 함께 들어와 먼저 땅바닥에 무릎을 꿇고 절한다. 허유는 황망히 조조를 부축해 일으킨다.
　"귀공은 한나라의 승상이요, 나는 한낱 초야의 선비인데, 어찌 이렇듯 과도히 겸손하시오?"
　조조는 대답한다.

"귀공은 나의 옛 친구인데, 어찌 벼슬로 상하를 따지겠소."

"나는 주인을 잘못 골라 원소 밑에서 몸을 굽혔는데, 계책을 일러줘도 듣지 않기에 이제 버리고 옛 친분을 찾아왔소이다. 바라건대 거두어주시오."

"자원子遠(허유의 자)이 기꺼이 와줬으니, 이제 나는 아무 근심이 없소. 바라건대 나에게 원소를 쳐부술 계책을 가르쳐주시오."

"나는 원소에게 관도와 허도를 동시에 공격하도록 일러줬소."

조조는 깜짝 놀란다.

"원소가 그대 계책대로 했더라면, 나는 정말 큰일날 뻔했소."

허유가 묻는다.

"귀공에게는 지금 곡식이 얼마나 남아 있소?"

"한 1년은 버텨 나갈 만하오."

허유는 웃는다.

"아마 그렇지도 못할 텐데!"

"반년분은 있소."

허유는 소매를 떨치고 벌떡 일어나 장막을 나가면서 소리친다.

"내 진심으로 귀순해왔는데 귀공은 이렇듯 거짓말만 하니, 이 어찌 나의 바라던 바리요!"

조조는 허유의 소매를 붙든다.

"그대는 성내지 마시오. 내 솔직히 말하리라. 실은 3개월 동안 먹을 곡식밖에 없소."

허유가 껄껄 웃는다.

"세상 사람이 말하기를 조맹덕曹孟德(조조의 자)은 간사한 영웅이라 하더니 과연 그 말이 옳고녀."

조조도 또한 껄껄 웃으며,

"그대는 모르는가? 원래 싸움은 속임수를 쓰기 마련이라."

하고 허유의 귀에다 입을 대고 속삭인다.

"실은 지금 진영 안에 한 달 먹을 곡식밖에 없소."

허유는 크게 소리를 지른다.

"더 이상 거짓말 말라! 곡식은 이미 없지 않은가!"

조조는 깜짝 놀라 묻는다.

"어찌 아는가?"

허유는 품속에서 서신 한 장을 내보이며,

"이 서신은 누가 쓴 것인가?"

하고 묻는다.

조조가 보니, 자기가 허도의 순욱에게 곡식을 보내도록 독촉한 서신
이었다.

"이걸 어디서 구했나?"

허유는 사실대로 말한다. 조조는 허유의 손을 잡는다.

"그대가 옛 친구를 버리지 않고 왔으니, 내가 할 바를 가르쳐주시오."

"귀공이 적은 군사를 거느리고 대군과 겨루면서도 짧은 시일 안에 급
속히 이길 방도를 강구하지 않으니, 이는 스스로 죽음을 택하는 길이오.
나에게 계책이 있으니, 불과 3일 안에 싸우지 않고도 원소의 백만 대군
을 저절로 무너지게 할 것이오. 귀공은 내 말을 듣겠소?"

조조는 아주 기뻐한다.

"그 좋은 계책을 듣고 싶소."

"원소의 군량과 치중은 다 오소 땅에 쌓여 있는데, 지금 순우경이 그
곳을 지키지만 그는 워낙 술을 좋아하기 때문에 별로 방비를 않고 있을
것이오. 귀공은 날쌘 군사를 거느리고 가서 도중마다 '원소의 장수 장기
蔣奇의 부하로, 오소 땅 곡식을 지키러 간다'며 속임수를 쓰고 그곳에 가

서 쌓여 있는 곡식과 마초와 치중을 불살라버리기만 하면, 원소의 대군은 3일 내에 저절로 무너질 것이오."

조조는 기분이 좋아서 허유를 진영에 모셔놓고 극진히 대접했다.

이튿날 조조는 친히 기병과 보병 5천을 뽑고, 오소 땅으로 갈 만반의 준비를 서둘렀다.

장요가 걱정한다.

"원소가 곡식을 쌓아둔 곳에 어찌 튼튼한 방비를 하지 않았겠습니까. 승상은 경솔히 가지 마십시오. 허유가 와서 속임수를 쓰는 것인지도 모릅니다."

조조는 대답한다.

"그렇지 않다. 허유가 내게로 온 것은 하늘이 원소를 망치려는 것이다. 이제 우리는 곡식을 공급받지 못하여 오래 지탱할 수 없으니, 이럴 때 허유의 계책을 쓰지 않는다면 가만히 앉아서 낭패를 당하는 거나 다름없다. 허유가 속임수를 쓴 것이라면 저렇게 우리 진영에 머물러 있을리가 없다. 뿐만 아니라, 나도 오소 땅을 습격할 생각을 전부터 하던 참이다. 오늘날 해야 할 일은 이 계책을 실천하는 데 있으니, 그대는 의심하지 말라."

"우리 진영이 빈 틈을 타서 원소가 습격해올지도 모르니, 방비를 소홀히 할 수는 없습니다."

조조는 껄껄 웃으며,

"나의 생각은 완전 무결하다."

하고 지시한다.

"순유와 가후는 허유와 함께 진영을 지켜라. 하후돈과 하후연은 일지군을 거느리고 저 왼쪽 기슭에 매복하여라. 조인과 이전은 일지군을 거느리고 오른쪽 언덕에 매복하되 뜻하지 않은 습격에 대비하여라."

그리고 장요와 허저를 선봉으로, 서황과 우금을 후대로 삼고 조조는 친히 중군을 거느리니, 모두가 5천 명이었다.

그들은 원소의 군기軍旗로 위장하고, 모두 마른풀과 장작을 짊어진 채로 함매銜枚(말 못하게 입을 막는 도구)하여 말 입을 비끄러매고 황혼 녘에 오소 땅을 향하여 일제히 출발한다. 이때가 건안 5년 10월 23일로 그날 밤은 하늘의 별들이 유난히도 반짝였다.

이제 원소의 진영 안에 감금당하고 있는 저수에게로 이야기를 돌려야겠다.

이날 밤에 저수는 찬란히 흩어져 있는 별들을 보다가 감시하는 자에게 말한다.

"나를 밖으로 좀 내보내다오."

밖으로 나온 저수는 우러러 하늘의 천문을 본다. 태백太白(금성)이 거슬러가서 북두성北斗星과 견우성牽牛星 사이의 영역을 침범하고 있었다.

저수는 깜짝 놀라며,

"큰 불행이 닥쳐오는구나."

하고 원소에게 뵙기를 청했다.

이때 원소는 술에 취해서 누워 있다가, 저수가 비밀히 아뢸 말이 있다는 말을 듣고 즉시 불러들였다.

"웬일이냐?"

저수가 고한다.

"방금 천문을 보니, 태백성이 거슬러 유성柳星과 귀성鬼星 사이에 가서 그 빛을 북두성과 견우성의 영역 안으로 쏘아 보내고 있습니다. 적군이 불의의 습격을 할 우려가 있습니다. 특히 우리의 모든 곡식이 저장되어 있는 오소 땅을 소홀히 할 수는 없습니다. 속히 용맹한 장수와 군사들을 사잇길로 보내어 산길을 순찰시키십시오. 그렇게 하지 않으면 조조가 무슨 짓을 할지 모릅니다."

원소는 대뜸 화를 내며,

"너는 죄인이 아니냐! 어찌 또 망령된 말로 군사들의 마음을 현혹시키느냐."

꾸짖고 감시하던 자에게,

"너는 어째서 죄인을 함부로 내놨느냐!"

호령한 뒤에 무사를 시켜 즉석에서 그자를 베어 죽였다. 원소는 감시할 자를 새로 뽑고 저수를 단단히 감금하도록 분부한다.

저수는 끌려 나가면서도,

"우리 군사가 머지않아 망하리니, 내 시체가 어느 곳에 구를지 모르겠구나!"

하고 눈물을 씻으며 탄식했다.

후세 사람이 이 일을 탄식한 시가 있다.

귀에 거슬리는 충언을 원수로 대하니
혼자 잘난 체하는 원소는 기실 지혜가 없었도다.
오소 땅 곡식을 잃어 기반이 뽑히면
그러고도 구구히 기주를 지킬 줄 알았더냐.
逆耳忠言反見仇
獨夫袁紹少機謀
烏巢糧盡根基拔
猶欲區區守冀州

한편, 조조는 군사를 거느리고 밤길을 가다가 적군의 별채別寨 앞을 지나는데, 그곳의 적병이 검문한다.

"어느 소속 군사들이냐?"

조조는 사람을 시켜 대답한다.

"우리는 장기 장군의 분부를 받아 오소 땅 곡식을 지키러 가는 길이다."

적군은 그들이 자기네 군기를 들고 있으므로 조금도 의심하지 않고 통과시켰다.

조조의 군사는 이런 식으로 원소의 별채를 세 곳이나 무사히 통과했다. 드디어 오소 땅에 당도한 때는 4경이 끝날 무렵이었다. 조조의 군사들은 등에 지고 온 마른풀을 다발로 묶어, 저장소 주위에 일제히 불을 질렀다. 동시에 조조의 장수들은 북을 치고 함성을 지르며 쳐들어간다.

이때 순우경은 모든 장수와 술을 마시고 장중에 곯아떨어져 자다가, 요란한 북소리와 함성에 놀라 깨어 황망히 뛰어나와 묻는다.

"왜 이리들 시끄러우냐!"

말이 끝나기도 전에, 순우경은 난데없이 나타난 쇠갈고리에 찍혀 벌렁 나자빠졌다. 정신이 번쩍 나서 쳐다보니, 낯 모를 군사들이 이미 둘러서 있었다.

이때 원소의 장수 목원진과 조예는 곡식을 운반하여 돌아오다가, 오소 땅 저장소에서 충천하는 불길을 보자 황급히 달려온다.

조조의 군사가 먼저 달려와서 고한다.

"원소의 군사가 뒤에서 쫓아오니, 군사를 두 패로 나누어 막으십시오."

조조는 소리를 지른다.

"모든 장수는 힘을 분발하여 쳐들어가라. 적군이 등뒤까지 오면 그때 돌아서서 싸워도 된다."

이에 모든 장수와 군사들은 앞을 다투어 쳐들어가 무찌르니, 삽시에 불이 사방에서 일어나며 검은 연기가 하늘에 가득하다.

오소 땅을 습격하여 곡식을 불지르는 조조

목원진과 조예 두 장수가 군사를 휘몰아 순우경을 도우러 들이닥치자, 그제야 조조는 말 머리를 돌려 그들을 맞아 싸운다. 목원진과 조예두 장수가 어찌 조조를 대적할 수 있으리요. 그들은 조조의 군사와 싸우다가 끝내 전사하고 마니, 마침내 오소 땅에 저장된 곡식과 마초와 치중은 모조리 잿더미로 변했다.

사로잡힌 순우경이 끌려 들어왔다. 조조는 군사들에게 분부하여 당장 순우경의 귀와 코와 손가락을 모조리 자른 뒤에, 말 위에 비끄러매고원소의 진영으로 놓아 보냈다. 이는 원소를 모욕하기 위한 것이었다.

한편, 원소는 장막 속에 있다가,

"북쪽 하늘에 불빛이 가득합니다."

하는 보고를 듣고 아연 실색한다.

"오소 땅이 탈났구나!"

원소는 황급히 장막을 나와, 모사들과 장수들을 모아 구원할 일을 상의한다.

장합이 말한다.

"제가 고남과 함께 가서 구원하겠습니다."

곽도는 딴 의견을 말한다.

"그러면 안 됩니다. 조조는 친히 오소를 습격하러 갔을 것이니, 지금 적의 진영은 비어 있습니다. 그러니 직접 적의 진영을 치십시오. 조조가 알면 즉시 돌아오지 않고는 못 배길 것이니, 이는 손빈孫臏(전국 시대의 유명한 병가兵家)이 위나라를 쳐서 한나라를 구조한 수법입니다."

장합이 반대한다.

"아니올시다. 조조는 꾀가 많아서 반드시 튼튼한 방비를 해두고 떠났을 것입니다. 만일 적의 진영을 쳤다가 함락하지 못하고, 오소 땅의 순우경마저 사로잡히면, 우린 결국 일망타진됩니다."

곽도는 끝내,

"조조가 노리는 건 오로지 우리의 곡식인데, 어찌 자기 진영에 군사를 남겨두고 갔겠습니까."

하고 직접 조조의 진영을 치도록 재삼 권한다.

이에 원소는 장합과 고남에게 군사 5천을 줘서 관도 땅으로 가서 조조의 진영을 치도록 떠나 보내고 장기에게는 군사 1만을 주어 오소 땅을 구조하도록 떠나 보냈다.

한편, 순우경의 군사를 깡그리 무찔러버린 조조는 적의 복장과 갑옷과 기치를 모조리 빼앗아 자기 군사들에게 입히고, 적의 패잔병처럼 꾸민 다음에 진영으로 돌아가다가, 달려오는 장기의 군사와 산골 소로에서 만났다.

장기의 군사가 묻는 말에 순우경의 군사로 가장한 조조의 군사들은,

"조조의 습격을 받고 패하여 가는 길이다."

라고만 대답했다.

장기는 의심하지 않고 그들을 통과시키고서 군사를 휘몰아 오소 땅으로 급히 달려가는데, 홀연 앞에서 조조의 장수 장요와 허저가 내달아오며 크게 외친다.

"장기는 꼼짝 말라. 게 섰거라!"

장기는 미처 손쓸 틈도 없이 장요가 내리치는 칼에 맞아 말 아래로 떨어져 죽는다.

장요와 허저는 장기의 군사를 모조리 죽이고 자기 수하 한 사람을 적군으로 가장시켜,

"'장기가 오소 땅에 온 조조의 군사를 완전히 무찔러버렸으니 안심하십시오' 하고 원소에게 가서 보고하여라."

하고 적군의 진영으로 보냈다.

과연 원소는 그 가짜 군사가 보고하는 말에 속아, 더 이상 구원군을 보내지 않고 관도 땅으로만 응원군을 보냈다.

한편, 장합과 고남은 관도 땅에 가서 조조의 진영을 공격하는데, 왼쪽에서 하후돈, 오른쪽에서 조인, 중로中路의 조홍이 삼면에서 일제히 내달아 나와 무찌른다.

원소의 군사가 크게 패하는 참에 원소의 응원군이 와서 겨우 전세를 바로잡으려는데, 그들 뒤로 조조가 군사를 거느리고 돌아온다. 이에 진영에서 나와 싸우던 조조의 장수들과 조조가 거느리고 돌아온 군사들이 원소의 군사를 한가운데로 몰아넣고 사방에서 무찌르니, 장합과 고남은 겨우 혈로를 열어 구사일생으로 달아났다.

한편, 오소 땅에서 패한 진짜 패잔병들과 관도 땅에서 패한 패잔병들

이 속속 원소의 진영으로 돌아왔다.

원소는 귀, 코, 손가락, 발가락이 몽땅 잘린 순우경이 말에 실려 돌아온 모습을 보고 묻는다.

"어쩌다가 오소 땅을 잃었느냐!"

패잔병이 대신 대답한다.

"장군이 술에 취해 자는데, 조조의 군사가 갑자기 밀어닥쳤기 때문에 낭패를 봤습니다."

원소는 격노하여 그 자리에서 순우경을 베어 죽였다.

곽도는 관도 땅의 조조 진영을 치러 간 장합과 고남이 불원간에 돌아와서 '우리의 말을 듣지 않고 곽도의 계책대로 했기 때문에 오소 땅을 완전히 상실한 것이 아닙니까' 하며 대들 것이 두려워서, 원소에게 그들을 모함한다.

"장합과 고남은 주공의 군사가 싸움에 진 일을 속으로 퍽 기뻐할 것입니다."

원소는 급히 묻는다.

"그게 무슨 소리냐?"

곽도는 천연스레 대답한다.

"원래 장합과 고남은 조조에게 항복할 뜻이 간절했습니다. 이번에 관도 땅으로 조조의 진영을 습격하러 가서 많은 군사를 잃은 것은, 그들이 힘써 싸우지 않았기 때문입니다."

원소는 더욱 격분한다.

"장합과 고남을 속히 불러오너라. 내 결코 용서하지 않으리라."

이에 곽도는 원소의 사자가 장합과 고남이 돌아오는 길목으로 떠나기 전에, '주공은 그대들이 돌아오는 즉시로 죽이려 하니 속히 몸을 피하라'고 말할 것까지 일러주어 자기 심복 부하를 먼저 보냈다.

이리하여 장합과 고남은 곽도가 보낸 사람에게서 그 말을 듣고 당황하는데, 원소의 사자가 뒤늦게 와서 고한다.

"주공은 두 분을 속히 돌아오라고 하셨습니다."

고남이 묻는다.

"주공이 무슨 일로 우리를 부르시느냐?"

고남은 칼을 뽑아 원소의 사자를 한칼에 베어 죽였다.

장합은 깜짝 놀라는데, 고남이 단호히 말한다.

"원소는 중상모략하는 말만 믿으니, 반드시 조조에게 사로잡히고야 말 시시한 인물이다. 죽으러 돌아가느니 차라리 조조에게 가서 항복하는 편이 낫겠다."

그제야 장합이 말한다.

"나도 오래 전부터 그런 생각을 했노라."

이리하여 장합과 고남은 자기 소속 군사들을 거느리고 조조의 진영으로 가서 항복했다.

하후돈은 의심한다.

"장합과 고남 두 사람은 딴생각을 품고 투항해왔는지도 모릅니다."

"내가 그들을 성의껏 대하면, 비록 딴마음을 품고 왔을지라도 나를 저버리지는 않을 것이다."

조조는 마침내 영문을 열게 하고 장합과 고남을 들도록 하였다. 장합과 고남은 들어와서 창과 갑옷을 버리더니 땅에 엎드려 조조에게 절한다.

조조는 두 사람에게,

"만일 원소가 두 장군의 말만 잘 들었더라도 패하지는 않았을 것이다. 이제 두 장군이 나를 찾아왔으니, 이는 미자微子(주왕紂王의 형으로 간諫하다 못해 은나라 도읍을 떠났다)가 은나라를 떠나고 한신韓信(원

래는 항우 밑에 있다가 한 고조에게로 간 명장)이 한漢으로 돌아온 옛일
과 같도다."

하고 장합에게는 편장군偏將軍 도정후都亭侯를, 고남에게는 편장군 동래
후東來侯를 봉했다. 두 사람은 크게 기뻐했다.

한편, 원소는 가만히 생각하니 기가 막혔다. 허유도 가고, 장합과 고
남도 가버렸으며 더구나 오소 땅 곡식마저 잃었으니, 군사들의 마음도
동요하기 시작한다.

한편 허유는 조조에게 속히 공격해야 한다고 권하고, 장합과 고남은
선봉이 되겠노라 자원해 나섰다. 이에 조조는 장합과 고남에게 군사를
주고, 원소의 진영으로 가서 공격하게 했다.

그날 밤 3경에 조조의 군사는 세 길로 나뉘어 쳐들어가서, 원소의 군
사와 일대 혼전을 벌이다가 새벽녘에야 각기 군사를 거두었다. 이 하룻
밤 싸움에서 원소는 군사의 반을 잃었다.

순유는 조조에게 계책을 고한다.

"이젠 헛소문을 퍼뜨려야 합니다. 장차 우리가 산조酸棗 땅을 취하는
동시에 업군을 공격하면서 여양 땅으로 나아가 원소가 돌아갈 길을 끊
을 작정이라고, 소문을 퍼뜨리십시오. 원소가 이 소문을 듣기만 하면 반
드시 놀라서 군사를 나누어 보낼 것이니, 그 틈에 우리가 일제히 쳐들어
가면 원소를 격파할 수 있습니다."

조조는 그 계책대로 대소大小 삼군三軍을 시켜 사방으로 널리 소문을
퍼뜨렸다.

원소의 군사가 그 파다한 소문을 듣고 진영에 돌아가서 보고한다.

"조조가 군사를 두 길로 나누어 업군을 치는 동시에 여양 땅을 공격
할 것이라 합니다."

원소는 크게 놀라서 원상袁尙에게 군사 5만을 주고 업군 땅을 돕게 하

는 한편, 신명辛明에게는 군사 5만을 주고 여양 땅을 돕도록 그날 밤에 일제히 떠나 보냈다.

조조는 돌아온 첩자의 보고로 원소의 군사 일부가 두 곳으로 출동한 사실을 알자, 즉시 군사를 대대로 나누어 여덟 길로 일제히 나아가 원소의 진영을 팔방으로 에워싸고 볶아치니, 원소의 군사는 싸울 생각을 잃고 산지사방으로 무너져 달아난다. 원소는 미처 갑옷도 입지 못하고 홑옷 바람에 겨우 두건만 쓰고 말을 달려 달아나는데, 그의 아들 원담이 뒤를 따른다. 이에 장요, 허저, 서황, 우금 네 장수는 즉시 군사를 거느리고 원소의 뒤를 추격한다.

원소는 어찌나 혼이 났는지 모든 문서와 의장 기구儀仗機具와 수레와 황금과 비단까지도 다 버리고, 겨우 기병 8백여 명만 대동하고 황하를 건너간다.

조조의 군사는 황하 언덕에 이르러 더 뒤쫓지 못하고 버려진 물건들을 모조리 거두는 한편, 달아나는 적군을 닥치는 대로 무찌른다. 실로 끔찍한 일이었다. 원소의 군사 중에 죽은 자가 8만여 명이요, 피는 흘러 내를 이루고, 황하 물에 빠져 죽은 군사만도 그 수효를 헤아릴 수 없을 정도였다.

조조는 완전 승리를 거두자 노획한 황금과 보배, 비단을 모든 장수와 군사들에게 상으로 내주었다. 그리고 주워온 원소의 문서 속에서 서신 한 다발을 발견했다. 그 서신은 허도에 있는 자기 부하와 또 이번에 거느리고 온 군중 부하들 중에서 몇몇 사람이 그간 몰래 원소와 내통하고 기밀을 누설한 내용들이었다.

좌우 사람이 고한다.

"내통한 자들의 이름과 증거가 명백히 드러났으니, 잡아내어 모조리 죽여버리십시오."

조조는 머리를 흔들며,

"원소가 한참 강했을 때는 나도 생명의 위협을 느꼈으며, 세상이 어떻게 될 것인지를 몰라서 여러 번 망설였다. 그러니 다른 사람이야 더 말할 것 있느냐."

하고, 그 서신을 몽땅 불태워버린 뒤에 다시 거론하지 않았다.

한편, 원소는 싸움에 패하여 달아났으나, 영창에 갇혀 있는 저수는 도망치지도 못하고 있다가 조조의 군사에게 붙들려 조조에게로 끌려왔다. 조조는 저수와 서로 잘 아는 터였다.

저수는 조조를 보고 크게 외친다.

"나는 항복하지 않을 테니 그런 줄 알게!"

"원소는 지혜가 없어서 자네 말을 듣지 않은 걸세. 그런데 이제 와서 뭘 그리 고집하는가? 내가 그대를 일찍 얻었더라면 천하를 이렇듯 걱정하지 않아도 됐을 걸세."

조조는 저수를 극진히 대접하며 군중에 두었다.

어느 날, 저수는 진영에서 말을 훔쳐 타고 원소에게로 탈주하다가 다시 붙들렸다. 조조가 성내면서 죽이라고 하니, 저수는 죽으면서도 안색이 변하지 않았다.

조조는 탄식한다.

"은혜와 의리를 아는 선비를 내가 잘못 죽였구나!"

조조는 저수를 극진히 염殮하도록 하고, 황하 나루터에다 성대히 묻어주었다. 그 무덤의 비석에다 '충렬저군지묘忠烈沮君之墓'라고 썼다.

옛사람이 저수를 찬탄한 시가 있다.

하북 땅에 명사가 많지만
충정한 이로는 저수를 밀 수밖에 없도다.

생각에 잠긴 눈동자는 진법을 알며
하늘을 우러르면 능히 천문을 보았도다.
죽임을 당하는 자리에서도 그 마음은 철석 같아
위기를 직면하고도 그 기상은 구름 같았도다.
조조는 그 매운 의기를 존경하여
특히 외로운 무덤을 세워줬도다.

河北多名士
忠貞推沮君
凝眸知陣法
仰面識天文
至死心如鐵
臨危氣似雲
曹公欽義烈
特與建孤墳

조조의 입에서 마침내 명령이 내려진다.
"기주 땅을 총공격하라!"

군사가 적어도 승산은 있으며
군사가 많아도 꾀가 없으면 망한다.

弱勢只因多算勝
兵强却爲寡謀亡

앞으로 승부는 어떻게 날 것인지.

제31회

조조는 창정에서 원소를 격파하고
유현덕은 형주 유표에게 몸을 의탁하다

조조는 원소가 패하여 달아나자, 군사를 거느리고 그 뒤를 쫓는다.

원소는 두건과 홑옷 차림으로 겨우 기병 8백여 명을 거느리고 황하를 건너 여양 땅 북쪽 언덕에 오르자, 대장 장의거蔣義渠가 영채에서 나와 영접해 들인다. 원소가 패하여 돌아온 경위를 말하니, 장의거는 흩어진 군사들을 불러모았다. 군사들은 원소가 무사하다는 말을 듣고, 개미떼처럼 속속 모여들어 다시 형세를 떨쳤다.

원소는 기주로 돌아갈 것을 의논한 뒤에 모든 군사를 거느리고 가다가, 해가 저물어 어느 산속에서 노숙한다. 장막 안에서 원소는 잠을 이루지 못한다. 멀리서 울음 소리가 들려온다. 원소는 가만히 밖으로 나가 소리 나는 곳에 이르러 숨어서 엿듣는다.

패잔병들은 서로 모여 앉아 이번 싸움에 죽은 형이며 동생이며 어버이에 관한 슬픈 심정을 호소하고 각기 가슴을 치며 통곡한다.

그들의 원망하는 소리는 한결같다.

"전풍의 말만 들었더라도, 우리가 이렇듯 비참한 꼴은 당하지 않았을 것이다."

원소는 크게 뉘우친다.

"내 전풍의 말을 듣지 않았다가 군사는 패하고 장수를 잃었으니, 이 번에 돌아가서 무슨 면목으로 그를 대할까?"

원소는 고민했다.

이튿날, 말을 타고 군사를 거느리고 가는데, 기주에서 원소는 마중 나온 봉기를 보고 탄식한다.

"전풍의 말을 듣지 않았다가 이렇듯 패했으니, 이제 돌아가서 그를 대하기가 부끄럽게 되었구나."

봉기는 모략한다.

"주공께서는 그런 말씀 마십시오. 이번에 전풍은 주공께서 싸움에 패했다는 소문을 듣자, 옥 안에서 손뼉을 치며 '그럼 그렇지, 과연 내 말대로 되었구나' 하고 크게 웃었답니다."

원소는 대뜸 분개하여,

"그 썩은 선비가 어찌 감히 나를 비웃는단 말인가. 내 반드시 그놈을 죽이리라."

하고 사자에게 자기 칼을 내주며,

"너는 먼저 기주 옥에 가서 전풍을 죽여라."

하고 명령했다.

한편, 옥 안에 갇혀 있는 전풍에게 어느 날 옥리가 와서 고한다.

"특별히 별가別駕(자사刺史의 보좌관으로 전풍을 일컫는 말) 어른을 축하하오며, 또한 기쁜 소식을 알려드립니다."

전풍이 묻는다.

"내게 무슨 기쁜 소식이 있으며, 또 축하할 일이 있겠느냐?"

"원소 장군이 크게 패하여 돌아온다 하니, 앞으로는 별가 어른을 꼭

찍이 위하실 것입니다."

전풍은 껄껄 웃는다.

"이제 내가 죽는구나."

"사람들은 다 별가 어른을 위해 기뻐하는데, 그게 무슨 말씀입니까?"

전풍이 조용히 대답한다.

"원소 장군은 겉으로는 관대하지만, 속마음은 편협해서 충성하는 사
람을 알아볼 줄 모른다. 만일 이번 싸움에 이겼다면 기뻐서 나를 살려줄
지 모르나, 싸움에 패했으니 오죽 부끄럽겠느냐. 그러므로 나는 살기를
바랄 수 없다."

옥리는 그 말을 믿지 않는데, 홀연 사자가 원소의 칼을 가지고 달려
왔다.

"주공의 명령으로 전풍의 목을 베러 왔노라."

옥리는 그제야 깜짝 놀라는데, 전풍은 태연히 말한다.

"나는 죽을 줄 알고 있었다."

모든 옥리가 눈물을 흘리는데, 전풍은

"사내대장부가 천지간에 태어나서 주인을 잘못 섬겼으니, 이는 내가
무지한 때문이다. 오늘 죽는들 애석할 것이 없다."

하고, 옥 안에서 칼로 자기 목을 찔러 자살했다.

후세 사람이 전풍을 탄식한 시가 있다.

　　며칠 전에는 저수가 군중에서 죽더니
　　오늘은 전풍이 옥 속에서 숨졌다.
　　하북의 인재는 다 꺾여 세상을 떠났으니
　　원소가 어찌 망하지 않을 수 있느냐.
　　昨朝沮受軍中死

今日田豊獄內亡
河北棟樑皆折斷
本初焉不喪家邦

전풍이 죽었다는 소식을 듣자, 사람들은 탄식하며 애석해했다.

원소는 기주에 돌아온 뒤로 심사가 산란해서, 정사도 돌보지 않았다. 아내 유劉씨는 원소에게 어서 세자를 세우도록 권한다.

원래 원소에게는 아들 셋이 있었다. 장자 원담의 자는 현사顯思로, 이 때 다시 청주에 가서 그 지방을 다스렸다. 차자 원희袁熙의 자는 현혁顯奕으로, 이때 유주에 가서 그 지방을 다스렸다. 셋째 아들 원상袁尙의 자는 현보顯甫로, 바로 후처인 유씨의 소생이었다.

원상은 나면서부터 그 용모와 체격이 준수했기 때문에, 원소가 몹시 사랑하여 늘 곁에 두었다.

관도 땅에서 조조와 싸워 패하고 돌아온 원소에게 후처 유씨는 자기 소생인 원상을 세자로 세우도록 졸랐다. 이에 원소는 심배, 봉기, 신평辛評, 곽도 등 네 사람을 불러 이 일을 상의한다.

그런데 원래 심배와 봉기는 전부터 원상을 도왔지만 신평과 곽도는 원담을 존경하고 있으므로, 실은 네 사람이 두 패로 갈리어 제각기 앞날의 주인을 내정하고 있던 참이었다.

원소는 말한다.

"이제 바깥 근심이 그치지 않으니 나라 안 일을 속히 결정짓지 않을 수 없어, 세자를 봉하는 일을 상의하려 하노라. 내가 보기에 큰아들 담譚은 성미가 지나치게 강해서 죽이기를 좋아하고, 둘째 아들 희熙는 너무 성미가 나약해서 큰일을 담당할 위인이 못 되고, 셋째 아들 상尙만은 영웅의 기상이 있고 어진 인물을 예의로써 대접하며 훌륭한 선비를 공경할 줄 아는지라, 나는 상을 세자로 세우고 싶은데 그대들 뜻은 어떠하시오?"

곽도가 대답한다.

"세 아드님 중에 담은 맏이며 이제 외방에 가 있는데, 주공께서 만일 맏아드님을 버리고 어린 상을 세운다면 장차 집안이 어지러우리다. 바야흐로 군사들은 사기를 잃고 적군은 경계를 압박하는 이때에 아버지와 아들과 형제간이 서로 다툰다면 어찌 되겠습니까. 주공은 적군을 막을 대책이나 의논하십시오. 세자 세우는 일은 차차 다시 의논하도록 하십시오."

원소는 주저하며 결정을 내리지 못하는데, 때마침 원희가 군사 6만을 거느리고 유주에서 오고, 원담이 군사 5만을 거느리고 청주에서 왔다. 원소의 외생질인 고간高幹도 군사 5만을 거느리고 병주에서 왔다. 그들은 모두 원소를 도와 조조를 무찌르기 위해서 온 것이다.

이에 원소는 기뻐서 군사를 재편성하고 조조와 싸우기 위해 기주를 떠나갔다.

한편, 조조는 싸움에 이긴 군사를 거느리고 황하 언덕 일대에 진영을 벌였다. 지방 백성들은 음식을 가지고 와서 환영한다. 조조는 지방 백성들 중에서 백발 노인 몇 사람을 장중으로 청해 앉을 자리를 주고 묻는다.

"노인들의 연세가 어찌 되시오?"

노인들이 대답한다.

"우리는 근 백 살씩 됐습니다."

"우리 군사가 그대들 고향을 시끄럽게 해서 심히 미안하오."

노인들이 말한다.

"환제 때 황금빛 별이 초楚와 송宋 사이의 하늘에 나타난 일이 있었습니다. 그때 천문에 능통한 요동遼東 땅 은규殷馗란 사람이 마침 이곳 마을에 와서 하룻밤을 쉬다가, 우리에게 '황금빛 별이 하늘에 나타나 이 지방을 비치니, 앞으로 50년 뒤에 하늘의 뜻을 받은 어른이 양梁·패沛 땅 사이에서 일어날 것이다'라고 말하였습니다. 따져보니 금년이 바로 50년째 되는 해입니다. 원소는 평소 가혹하게 세금을 긁어들이기 때문에 백성들의 원성이 자자하지만, 승상께서는 인의를 위한 군사를 일으켜 백성을 위로하고 악독한 자의 죄를 치셨습니다. 관도 땅 싸움에서 원소의 백만 대군을 격파하셨으니, 50년 전에 말한 은규의 예언이 바로 들어맞았습니다. 이제부터 억조 창생은 태평 성세를 누리게 되려나 봅니다."

조조는 껄껄 웃으며,

"내가 어찌 감히 노인장들의 기대에 보답하리요."

겸사하고 술과 음식으로 대접하며, 비단까지 주어 보냈다.

조조는 삼군에게 명령을 내린다.

"이 지방 백성들의 닭이나 개를 잡는 자가 있으면 살인죄로 처벌할 것이니, 일절 백성에게 폐를 끼치는 일이 없게 하라."

군사들은 떨면서 복종하였다. 조조는 내심으로 은근히 기뻤다.

파발꾼이 와서 고한다.

"원소가 다시 청주·유주·병주·기주의 군사들을 모아 재편성하고, 창정倉亭 땅에 와서 진영을 세웠습니다."

조조는 즉시 군사를 거느리고 나아가서 진영을 세웠다.

이튿날, 양쪽 군사는 전투 태세를 끝냈다.

조조가 모든 장수들을 거느리고 진영 밖으로 나서자, 원소도 또한 세 아들과 외생질 및 문관과 무장들을 거느리고 앞으로 나왔다.

조조는 소리를 질러 꾸짖는다.

"원소야, 막다른 곳에 빠진 네가 어째서 속히 항복할 생각을 않느냐.

칼이 네 목에 떨어질 때 후회한들 무슨 소용이 있겠느냐."

원소는 분노하여 장수들을 돌아보며 묻는다.

"누가 나가서 적을 무찌를 테냐?"

원소가 사랑하는 아들 원상이 아버지에게 제 솜씨를 자랑하려고, 즉시 쌍칼을 춤추며 말을 달려 나간다.

조조는 장수들에게 묻는다.

"저게 누구냐?"

원상을 아는 자가 고한다.

"저건 원소의 셋째 아들 원상입니다."

그의 말이 끝나기도 전에 한 장수가 창을 높이 들고 벌써 달려나간다. 조조가 보니 바로 서황의 부장 사환史渙이었다.

두 장수가 서로 어울려 싸운 지 불과 3합에 원상이 말고삐를 당겨 비스듬히 달아나니, 사환이 뒤쫓는다. 달아나던 원상이 갑자기 몸을 홱 돌리면서 활을 쏘아 뒤쫓아오는 사환의 왼쪽 눈을 맞힌다. 사환은 비명을 지르며 말에서 떨어져 죽는다.

원소는 아들 원상이 이긴 것을 보자, 말채찍으로 군사를 지휘하여 총공격을 한다. 이에 쌍방 군사는 일대 혼전 속에서 크게 죽이다가, 서로 징을 치고 군사를 거두어 각각의 진영으로 돌아갔다.

조조는 모든 장수들과 함께 원소를 쳐부술 계책을 상의한다.

정욱은 십면 매복十面埋伏의 계책을 권한다.

"황하로 후퇴하되, 군사를 10대로 나누어 매복시키고 원소를 유인하면, 적은 반드시 황하까지 추격해올 것입니다. 우리 군사가 황하를 등지고 더 이상 물러설 수 없게 되면, 다 죽을 각오로 싸울 터이니, 가히 적군을 격파할 수 있습니다."

조조는 그 계책을 쓰기로 하고, 군사를 좌우로 각기 5대씩 나누었다.

왼쪽 1대는 하후돈, 2대는 장요, 3대는 이전, 4대는 악진, 5대는 하후연이 각각 군사를 거느렸다. 오른쪽 1대는 조홍, 2대는 장합, 3대는 서황, 4대는 우금, 5대는 고남이 각각 군사를 거느렸다. 중군에서는 허저가 선봉을 맡았다.

이튿날, 이들 10대는 먼저 나아가서 좌우로 각기 매복했다. 한밤중에 허저는 군사를 거느리고 바로 원소의 진영을 습격하는 체하면서 기세를 올린다. 이에 원소의 다섯 영채의 군사들이 모두 나와서, 조조의 군사와 싸움이 벌어졌다. 허저의 군사는 계속 싸우면서 달아나니, 원소의 군사들은 기를 쓰며 뒤쫓는다.

함성이 그치지 않다가, 날이 샐 무렵에야 조조의 군사는 황하까지 밀려서 더 달아날 수 없게 됐다.

조조가 크게 외친다.

"앞은 황하라 더 갈 수 없다. 모든 군사는 어째서 죽을 각오로 싸우지 않느냐!"

이에 조조의 군사들은 일제히 돌아서서 쫓아오는 원소의 군사에게로 돌격전을 벌인다.

허저는 나는 듯이 말을 달려 쳐들어가서 적의 장수 10여 명을 참하니, 원소의 군사는 일대 혼란에 빠진다. 원소는 급히 군사를 휘몰아 후퇴하니 이번에는 조조의 군사가 뒤쫓는다. 원소의 군사가 앞을 다투듯 쫓겨 달아나는데, 난데없는 북소리가 진동하더니, 왼쪽에 매복하고 기다리던 하후연과 오른쪽에 매복했던 고남이 군사를 거느리고 내달아 나와 양쪽에서 협공한다.

원소는 세 아들 및 외생질과 함께 죽음을 무릅쓰고 혈로를 열어 달아난다. 겨우 10리쯤 갔을 때 이번에는 왼편에서 악진이, 오른쪽에서 우금이 나타나 마구 무찌르며 쳐들어온다.

원소의 군사는 거의 죽어 자빠졌다. 피는 흘러서 내를 이루었다. 겨우 적진을 벗어나 다시 몇 리쯤 달아나는데, 별안간 왼편에서 이전이, 오른편에서 서황의 군사가 내달아 나와 한바탕 시살하니, 원소 부자는 담이 떨어지고 가슴이 떨려서 허둥지둥 자기 영채로 도망쳐 들어갔다.

원소의 군사들이 배가 고파 밥을 지어 막 먹으려 하는데, 이번에는 왼쪽에서 장요가, 오른쪽에서 장합이 군사를 거느리고 나타나 영채로 돌격해온다.

원소는 황망히 말을 타고 창정 땅을 향하여 달아난다. 사람과 말이 다 지칠 대로 지쳐서 좀 쉬어야만 하겠는데, 뒤에서 조조의 군사가 쫓아오니 어찌하리요. 원소는 정신없이 달아나는데, 이번에는 오른쪽에서 조홍이, 왼쪽에서 하후돈이 내달아 나와 길을 가로막는다. 원소는 자기 군사에게 크게 외친다.

"목숨을 걸고 싸우지 않으면, 우리는 다 사로잡히고 만다."

일제히 힘을 분발해서 충돌하여 겨우 포위망을 벗어났으나, 원희와 고간은 화살에 맞아 부상을 입었으며, 군사와 말도 거의 다 죽었다. 원소는 세 아들을 끌어안고 크게 통곡하다가 기절하여 쓰러진다.

모든 사람이 급히 부축하자, 원소는 계속 입에서 시뻘건 피를 쏟으며 겨우 눈을 뜨고 말한다.

"내 평생 전장에서 수십 번을 싸웠으나, 오늘날 이처럼 패할 줄은 몰랐다. 이는 하늘이 나를 버리는 것이니, 너희들은 각기 다스리던 고을로 돌아가서 다시 군사를 일으켜 맹세코 역적 조조와 사생결단을 내라."

이에 신평과 곽도는 원담을 따라 군사를 재편하러 청주로 가고, 원희는 조조가 경계를 침범해 들어오지 못하도록 유주로 돌아가고, 고간도 군사를 다시 일으키기 위해 병주로 돌아가고, 원소는 사랑하는 셋째 아들 원상과 함께 기주로 돌아와서 병을 조섭했다.

창정에서 원소(왼쪽)를 격파하는 조조(오른쪽 위)

　원소는 병상으로 원상을 불러,

　"내가 병이 나을 때까지 너는 심배, 봉기와 함께 잠시 군무를 돌보아라."
하고 분부한다.

　한편, 창정 싸움에서 크게 이긴 조조는 삼군에게 많은 상을 준 뒤에
첩자를 보내어 기주의 동태를 알아오도록 했다.

　기주에 갔던 첩자가 돌아와서 보고한다.

　"원소는 병들어 누워 있으며, 원상과 심배가 기주성을 굳게 지키고
있습니다. 원담, 원희, 고간은 각기 자기 고을로 돌아가고 없었습니다."

　모든 사람들이 조조에게 속히 공격할 것을 권한다. 조조가 대답한다.

　"기주는 저장한 곡식이 매우 많고, 심배 또한 지혜가 출중하니 갑자
기 쳐부술 수는 없다. 지금 논밭에 곡식이 한참 자라는 중이니, 백성들

의 농사를 망쳐서는 안 된다. 잠시 기다렸다가 가을 추수나 끝난 뒤에 공격해도 늦지 않으리라."

이렇게 서로 의논하는데, 허도에서 파발꾼이 왔다면서 순욱의 서신을 바친다.

그 내용은 유현덕이 여남 땅에서 유벽과 공도의 군사 수만 명을 거느리고 있는데, 승상께서 하북을 치러 가셨다는 소문을 듣고 유현덕은 유벽에게 여남 땅을 맡기고 친히 군사를 거느리고 허도가 빈 틈을 타서 쳐들어오는 중이라고 하니 승상은 속히 군사를 거느리고 돌아와 적을 막으라는 것이었다.

조조는 크게 놀라 황하 일대에다 군사를 주둔시키고 조홍에게 허장성세토록 했다. 그리고 조조는 즉시 대군을 돌려 유현덕의 군사를 막으려고 곧장 여남 땅으로 총총히 떠나갔다.

한편, 관운장·장비·조자룡과 함께 허도를 향해 출발한 유현덕의 군대는 양산穰山 땅까지 갔을 때, 급히 오는 조조의 군사를 만났다. 유현덕은 즉시 양산 아래에다 영채를 세우고 군사를 3대로 나눴다. 이에 관운장은 동남쪽 위에 주둔하고, 장비는 서남쪽 위에 주둔하고, 유현덕은 조자룡과 함께 바로 남쪽에 진영을 벌였다.

유현덕의 군사는, 조조의 군사가 이르자 요란스럽게 북을 울리며 나아간다.

조조가 진영을 세우고 유현덕에게 할말이 있다며 외치는지라, 유현덕은 말을 몰아 문기 아래로 나선다.

조조는 말채찍을 들어 유현덕을 가리키며 욕한다.

"내 너를 극진히 대우했는데, 어째서 배은망덕하느냐!"

"너는 한나라의 승상을 빙자하고 실은 역적질을 하지만, 나는 바로 황실의 종친으로서 천자의 비밀 조서를 받고 반역자를 치러 왔다."

유현덕은 지난날 천자가 옥대에 넣어 비밀리에 내린 조서를 줄줄 왼다.

조조는 노기 충천하여 허저를 내보내니, 유현덕의 등뒤에 있던 조자룡이 창을 들고 말을 달려 나와 싸운 지 30합에 승부가 나지 않는다. 이때 문득 함성이 크게 진동하며 동남쪽에서 관운장이 내달아오더니, 서남쪽에서 장비가 군사를 휘몰아 쳐들어오고, 유현덕 역시 거느린 군사와 함께 삼면에서 조조의 군사를 마구 무찌른다.

조조의 군사는 먼 길을 오느라 지쳤기 때문에 크게 패하여 달아나자, 유현덕은 승리하여 진영으로 돌아갔다.

이튿날, 조자룡이 싸움을 걸었으나 조조의 군사는 꼼짝도 않는다. 이렇게 10여 일이 지나도록 조조의 군사는 진영에서 나오지 않는다. 유현덕은 다시 장비를 시켜 싸움을 걸었으나, 역시 조조의 군사는 나오지 않는다.

유현덕이 의아해하는데, 파발꾼이 말을 달려와서 보고한다.

"공도가 이리로 곡식을 운반해오다가, 조조의 군사에게 포위당했습니다."

유현덕은 장비를 급히 현장으로 보낸다.

잇달아 파발꾼이 급보를 전한다.

"하후돈이 뒷길로 돌아가서 여남 땅을 공격하고 있습니다."

유현덕은 크게 놀라,

"앞뒤로 적의 공격을 받게 되니, 돌아갈 곳이 없구나!"

하고 여남 땅을 구원하도록 관운장을 급히 보낸다.

유현덕이 좌군과 우군을 모두 보내고 남아 있는데, 불과 하루 만에 또 파발꾼이 달려와서 고한다.

"하후돈이 여남성을 함락하자 유벽은 성을 버리고 달아났고, 현재 관운장이 포위당하였습니다."

유현덕이 크게 놀라는데, 또 파발꾼이 달려와서 고한다.

"장비가 공도를 구조하러 갔다가 또한 조조의 군사에게 포위당했습니다."

유현덕은 급히 군사를 돌려 떠나고 싶으나 조조의 군사가 뒤를 추격할까 두려워서 어쩔 줄을 몰라 하는데, 아니나다를까 진영 밖에 허저가 와서 싸움을 건다. 유현덕은 감히 나가서 싸우지 못하고 날이 새기를 기다리면서 군사를 배불리 먹이고 보병을 앞세우고 기병을 뒤따르게 해서 순찰 도는 북소리를 울려 적을 속이도록 했다. 그런 후에야 비로소 영채를 나섰다.

유현덕이 군사를 거느리고 몇 리쯤 가서 막 산밑을 지나는데, 산 위에서 수많은 횃불이 나타나더니 크게 외치는 소리가 들린다.

"유비는 달아나지 말라. 게 섰거라. 승상이 여기서 기다리신 지 오래다!"

유현덕이 황망히 달아날 길을 찾는데, 조자룡이

"주공은 염려 마십시오. 나만 따라오소서."

하고, 창을 꼬느어 들고 말을 달려 몰려드는 적군을 죽이며 길을 연다. 유현덕은 쌍칼을 뽑아 들고 그 뒤를 따른다.

한참을 싸우며 나아가는데, 허저가 뒤쫓아온다. 조자룡이 그를 맞아 싸우는데 뒤에서 또 우금과 이전이 와서 덤벼든다. 유현덕은 형세가 다급해지자 정신없이 허둥지둥 달아난다. 그의 등뒤로 함성이 점점 멀어진다. 유현덕은 필마단기로 도망쳐 깊은 산속 길을 재촉하는데, 먼동이 트기 시작하자 난데없는 한 떼의 군사가 내달아온다.

유현덕이 크게 놀라 보니, 바로 유벽이 패잔병 천여 명을 거느리고 현덕의 가족을 호위하여 오는데, 간옹과 미방도 함께 온다.

그들은 유현덕 앞에 이르러 고한다.

"강한 하후돈의 군사를 막다 못해 여남성을 버리고 달아났는데, 조조의 군사가 뒤쫓아오는지라. 실로 위기에 몰렸을 때, 마침 관운장이 와서 겨우 빠져 나왔습니다."

유현덕이 묻는다.

"그럼 관운장은 지금 어찌 됐단 말이냐?"

유벽이 대답한다.

"장군은 어서 이곳을 떠나십시오. 이후에 다시 생각할 문제입니다."

다시 몇 리쯤 갔을 때였다. 갑자기 전방에서 북소리가 들리더니 한 떼의 기병이 달려오는데, 맨 앞에 오는 장수는 바로 장합이었다.

장합은 크게 외친다.

"유비는 속히 말에서 내려 항복하라!"

유현덕이 급히 후퇴하려 하는데, 산 위에서 붉은 기가 쏟아져 나온다. 앞을 달려오는 장수는 고남이었다. 유현덕은 앞뒤로 길이 끊기자 하늘을 우러러 부르짖는다.

"하늘은 어찌 나를 이리 핍박하는가! 사태가 이럴 바에야 죽느니만 못하다!"

유현덕이 칼을 뽑아 자기 목을 찌르려 하는데, 유벽이 손을 잡더니,

"제가 죽을 각오로 싸워 벗어날 길을 열겠습니다."

하고, 달려나가 고남을 맞아 싸우는데, 불과 3합에 칼을 맞아 유벽은 말 아래로 떨어져 죽는다.

유현덕이 몹시 당황하여 몸소 싸우려 하는데, 고남의 군사가 갑자기 혼란에 빠진다. 이윽고 한 장수가 나타나 적을 무찌르며 달려와서 단번에 창으로 고남을 찔러 말 아래로 거꾸러뜨린다. 보니, 그는 바로 조자룡이었다.

유현덕은 너무나 기뻤다. 조자룡은 창을 휘두르며 고남의 군사들을 무찔러 쫓아버리고 반대쪽에서 오는 장합의 군사에게로 다시 달려가서 혼자 싸운다. 장합은 육박해오는 조자룡에게 달려들어, 30여 합을 싸우다가 말을 돌려 달아난다.

조자룡은 승세를 몰아 추격하다가 산속을 지키는 또 다른 조조의 군사를 만나 더 뒤쫓지 못하는데, 길이 좁아서 벗어날 수도 없다. 조자룡은 분발하여 적을 마구 죽이며 길을 열어 나가는데, 이때 마침 관운장이 관평·주창과 함께 군사 3백 명을 거느리고 들이닥친다. 그들은 조조의 군사를 협공하여 물리치고 산속에서 나와 험한 산밑을 골라 영채를 세웠다.

유현덕은 장비를 찾아오도록 다시 관운장을 보냈다.

한편, 공도를 구원하러 갔던 장비는 어찌 되었는가.

장비가 도착했을 때 이미 공도는 하후연의 손에 죽어 있었다. 장비는 노기 충천하여 하후연을 쳐 물리치고 달아나는 그들을 뒤쫓아가다가, 도리어 악진의 군사에게 포위당하여 싸우는 참이었다.

이때 관운장은 도망 오는 패잔병을 만나 이 소식을 듣고, 달려가서 악진을 물리치고 장비와 함께 유현덕에게 돌아왔다.

파발꾼이 와서 고한다.

"조조의 군사가 또 쳐들어옵니다."

이에 손건은 유현덕의 가족을 모시고 먼저 떠났다. 유현덕은 관운장, 장비, 조자룡과 함께 남아서 조조의 군사와 싸우다가 달아난다. 조조는 멀리 달아나는 유현덕을 보고는 군사를 거두고 쫓지 않았다.

유현덕의 패잔병은 불과 천 명도 남지 않았다. 그들은 패하여 서쪽으로 달아나다가 강가에 이르렀다. 그곳 백성에게 물으니, 한강漢江이라 한다.

유현덕은 강가에 영채를 세우고 쉰다. 그 지방 백성들은 유현덕을 알아보고 염소를 잡고 술을 바친다. 모두가 다 모래사장에 모여 앉아 술을 마신다.

유현덕은 잔을 놓더니 탄식한다.

"그대들은 다 임금을 보좌할 만한 당대의 인재들인데, 불행히도 나를 따르게 되었구나. 나의 기박한 팔자가 그대들에게까지 불행을 끼치게 됐구나. 내 이제 송곳 하나 세울 만한 땅도 없으니, 진실로 그대들의 장래를 그르칠까 두렵다. 그대들은 나를 버리고 훌륭한 주인을 찾아가서, 공명을 후세에 길이 남기라."

이 말을 듣자 모든 사람들은 얼굴을 가리며 통곡한다.

관운장이 말한다.

"형님 말씀은 옳지 못합니다. 옛날에 한 고조는 항우와 천하를 다투면서 번번이 패했으나, 결국 구리산九里山 결전에서 성공하여 마침내 4백년 기초를 열었으니, 승패는 싸움에 늘 따르는 일인데 어찌하여 큰 뜻을 버리려 하십니까?"

손건도 말한다.

"이기고 지는 것은 때에 따라서 있을 수 있는 일이니 큰 뜻을 잃지 마십시오. 여기서 형주 땅이 멀지 않습니다. 그곳 유표는 아홉 고을[州]을 거느리고 강한 군사와 또한 많은 곡식을 저장하고 있습니다. 더구나 주공은 한 황실의 종친이신데, 어찌하여 그곳으로 가지 않으십니까?"

유현덕이 대답한다.

"나를 용납하지 않을까 두려울 뿐이다."

손건이 고한다.

"그렇다면, 제가 먼저 가서 말하고 유표로 하여금 경계 밖까지 나와서 주공을 영접하게 하리다."

유현덕은 기뻐하며 손건을 형주로 보냈다. 손건은 밤낮없이 가서 형
주에 이르러 유표를 뵙고 절한다.

유표는 묻는다.

"그대는 유현덕을 따라다닌다던데, 어째서 이곳에 왔소?"

손건이 말한다.

"유사또(유현덕이 지난날 서주 목사를 지냈기 때문에 사또라 한 것
이다)는 천하의 영웅이시니, 비록 군사는 많지 않으며 장수는 몇 명 안
되지만, 그 뜻은 한나라 종묘 사직을 바로잡으려는 일념뿐이십니다. 그
러기에 여남 땅 유벽과 공도는 원래 친척도 연고도 아니건만 유사또를
위해서 목숨을 바쳤습니다. 그러나 명철하신 귀공은 우리 주공과는 같
은 한나라 종친이 아니십니까. 이번에 주공께서 싸움에 패하자 강동의
손권에게로 가려 하시기에, 제가 '친척을 버리고 생소한 곳으로 간다는
것은 말이 안 됩니다. 형주의 유장군劉將軍께서는 어진 사람을 공경하시
므로 오늘날 유능한 인물들이 물이 동쪽으로 흐르듯이 다 형주로 모여
드는데, 더욱이 같은 친척인 종친으로서 환영하지 않을 리가 있겠습니
까' 하고 간했습니다. 그랬더니 주공께서 특별히 이 사람을 보내며 '가
서 문안 드리되 말씀을 잘 드려보라'기에 온 것입니다. 그러니 명철하신
귀공께서는 분부를 내려주십시오."

유표는 매우 기뻐한다.

"유현덕은 바로 나의 동생뻘이라 오래 전부터 만나보고 싶었소. 그
동안 기회를 얻지 못했더니 이제 와준다면 실로 다행한 일이오."

곁에서 채모蔡瑁가 간한다.

"안 됩니다. 유비는 일찍이 여포呂布를 따랐다가 나중에는 조조를 섬
겼으며, 전번엔 원소에게 의지한 일도 있습니다. 어디에 가서 끝까지 배
겨나지를 못하는 그런 사람입니다. 이제 그를 받아들이면 조조가 반드

형주의 유표에게 몸을 의탁하러 가는 유비 일행

시 우리를 공격하러 올 것이니, 쓸데없이 싸울 필요가 있겠습니까. 차라리 손건의 목을 베어 조조에게 바치십시오. 조조는 반드시 주공에게 감사할 것입니다."

손건은 정색을 하며 반박한다.

"나는 죽음을 두려워하는 사람이 아니오. 우리 주공께서 나라를 사랑하는 충성은 조조, 원소, 여포 따위와 견줄 바가 아니오. 오늘날까지 정처 없이 여러 곳으로 떠돌아다니신 것은 사실이나, 그것은 부득이한 사정 때문이었소. 이제 그 어른이 한 황실의 후손으로서 같은 종친을 찾아 천리 먼 길을 오시려는데, 그대는 어째서 훼살을 놓아 이렇듯 어진 어른을 질투하시오?"

유표는 손건의 말을 듣자 채모를 꾸짖는다.

"내 이미 뜻을 정했으니, 너는 여러 말 말라."

채모는 앙심을 품고 물러나갔다.

마침내 유표는 자기 뜻을 알리도록 손건을 먼저 유현덕에게 보낸 다음에 친히 성밖 30리까지 나가서 영접했다. 유현덕은 유표와 대면하자 공손히 몸을 낮추어 예를 올린다. 유표도 또한 유현덕을 극진히 대한다. 유현덕은 관운장, 장비 등을 불러 차례로 유표에게 절을 시켰다. 마침내 유표는 유현덕 일행을 데리고 형주로 들어와서 거처할 집을 장만해주었다. 이때가 건안 6년 가을 9월이었다.

한편, 조조는 유현덕이 형주의 유표에게 몸을 의탁했다는 보고를 듣자, 곧 군사를 거느리고 공격하려 한다.

정욱이 간한다.

"아직 하북의 원소도 없애지 못했는데, 갑자기 형주를 치면 어찌 됩니까. 우리가 떠나고 없는 동안에 원소가 북쪽에서 내리밀면, 천하대세는 종잡을 수 없게 됩니다. 그러니 일단 허도로 돌아가서 군사의 사기를 기르다가, 내년 봄에 따뜻해지거든 그때 군사를 일으켜 우선 원소부터 격파하고, 이어 형·양(형주刑州와 양양襄陽) 일대를 무찌르면 남북의 이익을 한꺼번에 거둘 수 있습니다."

조조는 그 말을 옳게 여기고 마침내 군사를 돌려 허도로 돌아갔다.

이리하여 그 이듬해, 건안 7년 봄 정월에 조조는 다시 회의를 열고 군사를 일으켜, 먼저 하후돈과 만총을 여남 땅으로 보내어 형주 유표를 경계하게 하였다. 조조는 조인과 순욱에게 허도를 맡기고, 친히 대군을 통솔하여 곧장 관도 땅으로 나아가 진영을 세웠다.

한편, 원소는 지난해부터 피를 토하던 병세가 겨우 나아서, 허도를 칠 일을 상의하려고 모사들과 장수들을 불러들였다.

심배는 간한다.

"지난해에 관도와 창정 싸움에서 패하여 군사들이 아직 사기를 떨치지 못하니, 호를 깊이 파고 성을 높이 쌓아 당분간 더 힘을 기르도록 하십시오."

이렇게 한참을 의논하는데, 수하 사람이 파발꾼이 왔다면서 고한다.

"조조가 군사를 거느리고 관도 땅에 이르렀는데, 머지않아 기주로 쳐들어올 것이라 합니다."

원소는 단호히 말한다.

"적군이 성 밑의 호까지 온 뒤에는 막아도 소용없다. 내 친히 대군을 거느리고 가서 적군을 맞아 싸우리라."

원상이 고한다.

"아버님께서는 아직 병환이 완쾌되지 않으셨으니, 멀리 나아가 싸우실 수 없습니다. 바라건대 소자가 군사를 거느리고 가서 적과 대결하겠습니다."

원소는 이를 허락하고 청주의 원담, 유주의 원희, 병주의 고간에게로 각각 사람을 보내어, 함께 군사를 일으켜 4로에서 동시에 조조를 격파하도록 하니,

　　잠시 여남 땅에서 싸움의 북소리가 울려 퍼지더니
　　이번에는 황하 북쪽에서 싸움의 북소리가 요란하다.
　　藥向汝南鳴戰鼓
　　又從冀北動征鰕

결국 승부는 어떻게 날 것인가.

제32회

기주를 차지한 원상은 칼로 겨루고
허유는 장하를 끌어들이도록 계책을 바치다

원상은 조조의 장수 사환을 죽인 뒤로 자신의 용맹을 자부하고 있었다. 그래서 그는 형인 원담이 청주에서 군사를 거느리고 올 때까지 기다리지 않고 마침내 군사 수만 명을 거느리고 여양 땅에 이르러 조조의 전위 부대와 맞섰다.

조조의 진영에서 장요가 달려 나온다.

원상은 창을 들고 달려나가 서로 싸운 지 미처 3합이 못 되어 그만 크게 패하여 달아난다. 장요는 기회를 놓치지 않고 군사를 휘몰아 마구 무찌른다. 원상은 혼이 나서 급히 군사를 돌려 기주로 도망쳐갔다.

원소는 패하여 돌아온 원상을 보자 크게 놀랐다. 그는 지난날의 병이 재발하여 시뻘건 피를 몇 말이나 토하더니 까무라쳤다.

아내 유부인劉夫人이 원소를 황급히 안으로 옮겨 눕히고 간호하였으나, 병세는 점점 위독해졌다. 유부인은 급히 심배와 봉기를 원소의 병상으로 불러들이고 뒷일을 상의한다.

원소는 손으로만 가리킬 뿐 말도 못한다. 유부인은 애가 타서 묻는다.

"원상으로 뒤를 잇게 하리까?"

원소는 겨우 머리만 끄덕인다.

심배가 병상 앞에서 유언장을 만드는데, 원소는 몸을 뒤집으며 크게 외마디소리를 지르더니 한 말 남짓 피를 토하고 죽었다.

이때가 건안 7년 여름 5월이었다.

후세 사람이 원소를 탄식한 시가 있다.

대대로 크게 벼슬한 명문 집안으로서

그는 소년 시절부터 거칠 것이 없었다.

뛰어난 인물들이 모여든 것만도 3천 명이요

씩씩한 백만 군을 두었으나 무슨 소용이 있으랴.

겉은 범이나 성격이 염소 같아서 성공을 못했으며

남 보기엔 봉이로되 담력이 닭만하니 큰일을 이루기 어려웠도다.

다시 한스럽고 가엾은 일은

집안 우환이 끝내 그 아들 형제에까지 미쳤음이다.

累世公卿立大名

少年意氣自縱橫

空存俊傑三千客

漫有英雄百萬兵

羊質虎皮功不就

鳳毛鷄膽事難成

更憐一種傷心處

家難徒延兩弟兄

원소가 죽자, 심배 등은 초상을 치르는 일을 도맡았다.

유부인은 남편이 평소 사랑했던 첩 다섯 명을 모조리 죽였다. 뿐만 아니라 그들의 넋이 구천九泉에서 다시 원소와 만나 귀여움을 받아서는 안 된다 하여 다섯 시체의 머리털을 모조리 깎아버리고 그 얼굴마다 징그러운 자문刺文(칼로 파고 먹물을 넣어 지워지지 않게 하는 형벌)을 하고 국부를 모두 찢어발기니, 그 질투가 이렇듯 가혹했다.

또한 유부인의 아들 원상은 그 다섯 첩의 유족들이 자기를 해칠까 겁이 나서 모조리 잡아죽였다.

심배와 봉기는 원상을 대사마大司馬 대장군大將軍으로 삼아 기주·청주·유주·병주 땅을 다스리도록 하는 한편, 유서를 발표하고 각처로 사람을 보내어 상사喪事를 알렸다.

이때 맏아들 원담은 이미 군사를 거느리고 청주를 떠나 조조의 군사와 싸우러 오다가, 부친이 죽었음을 알고 곽도, 신평과 함께 앞일을 상의한다.

곽도가 말한다.

"주공이 청주 외방에 있었기 때문에, 기주에서는 심배와 봉기가 반드시 원상을 주공으로 섬길 것이니, 빨리 가서 바로잡아야 합니다."

신평이 말한다.

"심배와 봉기는 이미 음흉한 계책을 세웠을 것이니, 우리가 급히 가면 반드시 변을 당합니다."

원담이 묻는다.

"그럼 이 일을 어찌하면 좋겠소?"

곽도가 대답한다.

"성밖에 군사를 주둔시키고 저편에서 어떻게 나오나 동정을 보십시오. 제가 직접 성안에 들어가서 일단 살펴보고 오겠습니다."

원담이 응낙하자 곽도는 마침내 기주성 안으로 들어가서 원상을 뵙고 절한다.

원상이 묻는다.

"나의 형은 어째서 오지 않느냐?"

곽도는 둘러댄다.

"마침 병이 나서 군중에 계십니다."

"나는 부친이 남기신 뜻을 받아 하북의 주인이 되었다. 형을 거기장군車騎將軍으로 봉하노라. 그러나 지금 조조의 군사가 우리의 경계에 들어왔으니, 청컨대 형에게 전위가 되어 나아가서 싸우도록 일러라. 나도 군사를 거느리고 뒤를 돕겠다."

곽도가 청한다.

"청주 군사들 중에는 계책을 상의할 만한 좋은 모사가 없습니다. 바라건대 심배와 봉기 두 모사를 보내주시면 크게 도움이 되겠습니다."

원상이 대답한다.

"나도 심배와 봉기 두 사람이 있어야 계책을 세울 수 있다. 어찌 보낼 수 있겠느냐."

"그럼 두 사람 중에 한 사람만이라도 보내주시면 크게 도움이 되겠습니다."

원상은 더 거절하지 못하여, 심배와 봉기 두 사람에게 심지를 뽑아서 한 명만 가도록 정한다. 심지를 뽑은 결과 봉기가 가게 되었다.

원상은 거기장군의 인수를 전하도록 봉기에게 주고 곽도와 함께 보냈다. 이에 봉기가 곽도를 따라 군중에 가서 보니, 원담은 혈색이 매우 좋았다.

'암만해도 이거 잘못 온 거나 아닌가.'

봉기는 불안해하면서 원담에게 인수를 바쳤다. 원담은 크게 분개하여 봉기를 베어 죽일 작정이었다.

곽도가 은밀히 간한다.

"지금 조조의 군사가 싸우러 변경에 와 있으니, 이럴 때일수록 봉기를 살려두고 일단 원상을 안심시켜야 합니다. 조조의 군사를 격파한 뒤에 기주를 무찔러도 늦지는 않습니다."

원담은 그 말을 옳게 여기고 즉시 영채를 뽑고 출발했다. 그들은 여양 땅에 이르러 조조의 군사와 서로 맞대했다. 원담이 대장 왕소王昭를 출전시키니, 조조의 진영에서는 서황이 달려 나온다. 서로 싸운 지 불과 수합에 서황은 한칼에 왕소를 베어 말 아래로 거꾸러뜨린다.

조조의 군사가 승세를 타고 마구 시살하니, 원담의 군사는 대패하여 여양성 안으로 몰려들어가, 즉시 사람을 원상에게 보내어 구원을 청했다. 이에 원상은 심배와 의논하여 겨우 군사 5천을 여양으로 보냈다.

한편, 조조는 첩자에게서 원상의 군사 5천이 온다는 보고를 받고, 악진과 이전에게 군사를 주어 보냈다. 악진과 이전은 군사를 거느리고 가서 도중에서 원상의 군사 5천을 맞아 철통같이 에워싸고 모조리 무찔러 죽여버렸다.

원담은 겨우 군사 5천이 구원 오다가 그나마 도중에서 몰살당한 일을 알자, 격노하여 봉기를 불러내어 꾸짖는다.

봉기는 쩔쩔맨다.

"제가 서신을 기주로 보내어, 주공께서 직접 구원을 오시도록 하겠습니다."

이리하여 봉기는 기주의 원상에게 서신을 보냈다. 원상은 봉기의 서신을 받자 심배와 상의한다.

심배는 말한다.

"원담의 모사 곽도는 꾀가 많습니다. 전번에 그가 우리에게 시비를 걸지 않고 그냥 돌아간 것은, 조조의 군사가 경계에 와 있었기 때문입니다. 그들은 조조의 군사만 격파하면 반드시 기주성을 내놓으라며 싸움을 걸어올 것이니, 주공은 차라리 그들에게 구원군을 보내지 마십시오. 조조의 군사가 그들을 없애버리도록 내버려두십시오."

원상은 연방 머리를 끄덕이더니, 마침내 군사를 보내지 않았다.

기주로 심부름 갔던 사자가 여양성으로 돌아와서 원담에게 이 사실을 보고했다. 원담은 분기 탱천하여 즉시 봉기를 베어 죽였다.

"원상이란 놈이 이렇듯 간악하고 음흉하다면, 내 차라리 조조에게 항복하고 기주성을 무찌르리라."

이에 모든 모사들과 함께 항복할 일을 의논한다. 이 일은 첩자에 의해서 비밀히 기주성의 원상에게 알려졌다.

원상은 난처해한다.

"원담이 조조에게 항복하고 그들이 힘을 합쳐 쳐들어온다면 우리는 낭패다."

원상은 심배와 대장 소유蘇由에게 기주성을 잘 지키도록 맡기고 친히 대군을 거느리고 원담을 구원하러 여양 땅으로 출발했다.

도중에서 원상이 묻는다.

"누가 전위가 되겠느냐?"

대장 여광呂曠, 여상呂翔 형제가 자원해서 나선다. 원상은 그들에게 군사 3만을 주고 선봉을 삼아 먼저 여양 땅으로 보냈다. 원담은 동생 원상이 구원하러 온다는 보고를 받자 크게 기뻐하고 동시에 조조에게 항복할 뜻을 버렸다.

이리하여 원담은 여양성 안에서 군사를 거느리고, 원상은 여양성 밖에 와서 군사를 주둔하고 서로 호응하기로 했다.

하루가 채 지나기 전에 마침 유주의 원희와 병주의 고간이 각기 군사를 거느리고 와서 여양성 밖에 주둔했다. 원상 형제는 매일 조조의 군사와 싸웠다. 그러나 그들 형제는 번번이 패하기만 했다.

건안 8년(203) 봄 3월이었다.

조조는 마침내 군사를 여러 길로 나누어 일제히 총공격을 감행했다. 원담, 원희, 원상, 고간은 다 크게 패하여 여양성을 버리고 달아난다. 조조는 군사를 휘몰아 바로 기주 땅까지 추격해 들어갔다. 원담과 원상은 기주성을 굳게 지키고, 원희와 고간은 기주성 30리 밖에 영채를 세우고 공연히 기세만 올리면서 조조의 군사와 마주했다.

조조의 군사가 날마다 공격하나, 기주성은 좀체 함락되지 않는다.

곽가는 조조에게 계책을 고한다.

"원소씨는 맏아들 원담을 폐하고 막내아들 원상을 세웠기 때문에, 형제간에 알력이 생겨 서로 반목 질시하는 실정입니다. 이럴 때 우리가 급히 공격하면 그들은 서로 단결하게 되나, 우리가 버려두면 그들은 저희들끼리 서로 싸우게 됩니다. 그러니 승상께서는 이 참에 군사를 형주로 돌려 유표를 치면서, 원씨 형제가 서로 싸우기를 기다리십시오. 형제가 싸우면 변이 일어날 것이요, 변이 일어났을 때 치면 단번에 하북 일대를 평정할 수 있습니다."

조조는 연방 머리를 끄덕이며,

"가후는 태수가 되어 이번에 빼앗은 여양성을 지켜라. 조홍은 군사를 거느리고 돌아가서 관도 땅을 지켜라."

분부하고 드디어 대군을 돌려 일제히 형주 땅을 향하여 나아간다.

원담과 원상은 조조의 군사가 저절로 물러가는 것을 보자, 서로 환성을 올리며 축하했다. 이에 원희와 고간은 기주성을 하직하고 각기 유주와 병주로 돌아갔다.

원담은 곽도, 신평과 함께 상의한다.

"나는 맏아들이건만 부친이 남긴 업적을 계승하지 못했다. 도리어 계모 소생인 원상이 차지했으니, 화가 나서 못 견디겠다."

곽도가 속삭인다.

"주공은 성밖에 군사를 주둔시키고 원상과 심배를 초청해서 술을 대접하십시오. 그들이 취했을 때 도부수들을 시켜 죽여버리면, 만사는 끝납니다."

원담이 곽도의 말대로 군사를 성밖으로 옮겼을 때, 전날 별가別駕 직에 있었던 왕수王修가 청주에서 왔다. 원담은 왕수에게 자기 계책을 말한 다음에 협력해달라고 청했다.

왕수는 대답한다.

"형제란 것은 좌우 손과 같거늘, 장차 딴사람과 싸워야만 할 판국에 스스로 오른쪽 손을 잘라버리고 '나는 반드시 이길 것이다'라고 한다면, 과연 이길 수 있겠습니까. 대저 형제가 원수간이 된다면 천하의 그 누구와 친할 작정입니까. 형제간에 이간을 붙이고, 일조에 이익을 보려는 그런 못된 자들의 말은 아예 귀담아듣지 마십시오."

원담은 분노하여 왕수를 꾸짖어 물러가게 하고, 곧 사람을 성안으로 보내어 원상과 심배를 초청했다.

초청을 받은 원상과 심배는 서로 상의한다.

심배가 말한다.

"이는 반드시 곽도가 짜낸 계책입니다. 주공은 가기만 하면, 반드시 그들의 간특한 계책에 떨어집니다. 차라리 이 기회에 그들을 쳐부수는 것이 상책입니다."

원상이 그 말을 옳게 여기고 곧 갑옷과 투구 차림으로 말을 타고 군사 5천 명을 거느리고 기주성을 나왔다.

원담은 원상이 군사를 거느리고 나온 것을 보자, 자기 계책이 탄로난

기주성 부근에서 싸우는 원담(왼쪽), 원상 형제

것을 알고 즉시 갑옷과 투구 차림으로 말을 타고 싸우러 나갔다.

원상이 크게 욕을 하니, 원담도 마주보며 욕한다.

"너는 아버지를 독살하고 자리를 빼앗더니, 이제 형까지 죽이러 왔느냐?"

두 형제가 서로 달려들어 싸우는데 원담이 크게 패한다. 원상이 마구 무찌르니, 원담은 패잔병을 이끌고 평원 땅으로 달아난다. 원상은 뒤쫓지 않고 일단 군사를 거두어 돌아갔다.

싸움에 패한 원담은 곽도와 의논한 뒤 잠벽岑璧을 대장으로 삼아 군사를 거느리고 다시 원상을 치러 온다. 이에 원상도 군사를 거느리고 마주 나아가다가, 도중에서 원담의 군사를 만나자 각기 둥그렇게 진을 벌인 다음에 기를 들고 북을 울리며 서로 바라본다.

원담의 대장 잠벽이 달려오며 크게 꾸짖는다. 원상이 친히 나가 싸우려 하는데 대장 여광이 칼을 춤추듯 휘두르며 말을 달려 나가 잠벽과 서로 어우러져 싸운 지 수합에 이르렀을 때였다. 여광은 한칼에 잠벽을 베어 말 아래로 거꾸러뜨린다. 이에 원담은 또 패하여 다시 평원 땅으로 달아난다.

심배는 원상에게 끝까지 추격하도록 권한다. 그 말을 좇아 원상이 평원 땅까지 추격해가니, 원담은 마냥 쫓겨 평원성平原城 안으로 들어가서 굳게 지키기만 하고 나오지 않았다. 원상이 삼면으로 평원성을 포위하고 연일 공격하니, 성안의 원담은 곽도와 상의한다.

곽도가 말한다.

"우리 성안에는 곡식이 적은데, 저들의 사기는 충천하니 서로 겨루기 어렵습니다. 저의 어리석은 생각으로는 사람을 조조에게 보내어 항복하고, 조조로 하여금 기주 땅을 치게 하면 원상은 황급히 돌아갈 것입니다. 그때 조조와 함께 협공하면 원상을 가히 사로잡을 수 있습니다. 조조가 원상을 격파하거든, 원상의 패잔병을 모조리 거두어 실력으로 조조와 대결하십시오. 조조의 군사는 멀리 왔기 때문에 군량과 마초의 운반이 뜻대로 되지 않으면, 저절로 물러갈 것입니다. 그때 우리가 기주성을 차지한 다음에 천천히 천하를 도모해야 합니다."

원담은 그러기로 하고 묻는다.

"그럼 누구를 조조에게 보내면 좋을까?"

곽도가 대답한다.

"신평의 동생 신비辛毗의 자는 좌치左治로, 현재 평원령平原令으로 있습니다. 말 잘하기로 이름난 변사니, 그를 보내는 것이 좋겠습니다."

원담은 즉시 신비를 불러오게 했다. 신비는 흔연히 원담에게로 왔다. 원담은 신비에게 서신을 써주고, 군사 3천 명에게 분부하여 경계까지 호송하도록 했다. 신비는 원담의 서신을 받아 밤낮없이 조조에게로 달린다.

이때 조조는 서평西平 땅에 군사를 주둔하고, 유표를 치려 만반의 태세를 갖추고 있었다.

이에 형주 유표는 유현덕을 보내어 조조를 막게 했다. 유현덕은 군사를 거느리고 서평 땅에 왔으나, 아직 조조와 싸우지는 않고 역시 싸울 태세를 갖추고만 있던 참이었다.

신비는 조조의 영채에 당도하여 조조를 뵈었다. 조조가 온 뜻을 물으니, 신비는 원담이 항복할 뜻을 전한다는 말과 동시에 서신을 바친다.

조조는 서신을 읽고 신비를 영채에 머물도록 한 뒤에 모사들과 장수들을 불러들여 상의한다.

정욱이 먼저 말한다.

"원담은 원상의 공격에 견디다 못해 우리에게 항복하겠다는 것입니다. 그러니 그들의 말을 곧이곧대로 믿을 수는 없습니다."

여건과 만총도 말한다.

"승상이 여기까지 와서 유표를 치지 않고, 어찌 원담을 도우러 갈 수 있습니까."

순유는 말한다.

"세 분 말씀이 다 옳지 못합니다. 오늘날 천하가 시끄러운 판국에 형주의 유표가 장강과 한강 사이를 차지했으면서도 더 이상 발전하려고 애쓰지 않는 이유가 무엇입니까. 이는 그가 천하에 대한 야심이 없기 때문입니다. 이와 반대로 원씨는 사주四州(청주·유주·기주·병주)를 토대로 하여 수십 만의 군사를 거느리고 악착스레 발버둥쳐왔으니, 만일 그들 형제가 서로 일치 단결하여 함께 창업을 노린다면, 장차 천하가 어찌 될지 속단하기 어려운 형편입니다. 그러나 이제 다행히도 그들 형제가 서로 싸우다가 원담이 기진맥진하여 우리에게 항복하겠다고 청하니, 이런 좋은 기회를 놓쳐서는 안 됩니다. 우리는 곧 군사를 거느리고 가서 원상부터 없애버리고 다시 형편을 보아 원담마저 아울러 없애버리면 곧 천하를 평정할 수 있습니다. 기회를 잃지 마십시오."

조조는 크게 반색한다. 조조는 곧 신비를 불러들여 함께 술을 마시며 묻는다.

"원담이 항복하겠다는 뜻이 진정이오? 아니면 속임수요? 원상은 참으로 그 형 원담에게 이기고 있소?"

신비가 대답한다.

"승상께서는 진정이냐 속임수냐를 묻지 마시고, 그들의 사세를 논하는 것이 옳을 것입니다. 원씨는 해마다 싸워서 패했으며, 군사는 외방에서 지칠 대로 지쳤습니다. 모사는 내부에서 서로 중상모략으로 죽임을 당했습니다. 이제 형제간의 알력이 지나쳐서 나라는 두 조각이 났습니다. 게다가 흉년까지 들어서 비록 어리석은 자라도 망할 것을 짐작하니, 이야말로 하늘이 원씨를 망치려는 때입니다. 이제 승상은 군사를 거느리고 가서 업군業郡을 공격하십시오. 원상이 즉시 돌아와서 대항하지 않으면 그들은 소굴을 잃는 것이며, 원상이 즉시 돌아와서 만일 구한다 해도 바로 형인 원담이 뒤쫓아와서 서로 싸우게 될 것이니, 승상의 위엄으로 싸우다 지친 그들을 무찌른다면 빠른 바람이 가을 잎을 쓸어버리듯 쉬울 것입니다. 이런 좋은 계책을 버리고 하필이면 형주 유표를 치려 하십니까. 형주는 물자가 풍부한 낙토라, 나라는 평화롭고 백성은 복종하기 때문에 여간해서는 끄떡도 않을 것입니다. 더구나 오늘날 천하 사방의 근심 중에서 하북보다 더 큰 걱정거리는 없으니, 하북이 평정되면 패업을 성취할 수 있습니다. 바라건대 승상은 깊이 살피소서."

조조는 흡족해한다.

"내 그대와 일찍 만나지 못한 것이 한이로다."

조조는 그날로 군사를 독촉하여 기주를 치러 떠났다.

이에 유현덕은 물러가는 조조의 군사를 보고도 혹 유인하려는 속임수가 아닌가 의심하여 뒤쫓지 않다가 마침내 군사를 거느리고 형주로 돌아갔다.

한편 평원성을 공격하던 원상은 형주를 치러 갔던 조조의 군사가 다시 황하를 건너왔다는 보고를 받자, 군사를 거느리고 기주의 업군으로 황급히 돌아오면서 여광과 여상 형제에게 평원 땅 군사가 추격해오거든 뒤를 맡아 물리치도록 했다.

아니나다를까, 원담은 원상이 급히 물러가는 것을 보자 군사를 크게 일으켜, 그 뒤를 쫓아 수십 리쯤 달려간다. 갑자기 포 소리가 한 방 터지면서 양편에서 군사들이 달려 나온다. 원담이 보니 왼편 장수는 여광이요, 오른편 장수는 여상이었다. 그들 형제는 원담의 앞길을 가로막는다.

원담은 말을 멈추고 두 장수에게 말한다.

"부친이 살아 계실 때 내 그대들 형제에게 한 번도 푸대접한 일이 없었거늘, 어째서 내 동생을 도와 이렇듯 나를 핍박하느냐?"

여광과 여상 두 장수는 원담의 처량한 말을 듣자 말에서 내려 항복했다.

원담은 말한다.

"그대들은 나에게 항복하지 말고 조조에게 협력하여라."

이에 여광과 여상 두 장수는 원담을 따라갔다. 이윽고 조조의 군사가 당도하였다. 원담은 여광과 여상 두 장수를 조조에게 인사시키고 휘하에 두시라고 했다. 조조는 너무 기쁜 나머지 자기 딸을 원담에게 시집보내기로 하고, 여광과 여상 두 장수에게 중매를 서게 했다.

장차 조조의 사위가 되기로 승낙한 원담은 속히 기주를 치도록 권한다. 조조는 대답한다.

　　"아직 곡식과 마초가 도착하지 않았는데, 운반해오는 데에도 노고가 이만저만이 아니다. 내 황하를 건너가 기수淇水 물을 막고 물길을 백구白溝로 빼돌려 양식 운반에 편리하도록 한 뒤에 기주 땅을 치리라."

　　조조는 일단 원담을 평원 땅으로 돌려보내고 나서 여양 땅에 물러가 주둔하고 여광과 여상을 열후로 봉하여 휘하에 두었다.

　　한편, 평원성 안에서는 곽도가 원담에게 말한다.

　　"조조가 자기 딸을 주공에게 시집보내겠다는 말은 진정이 아닙니다. 더구나 조조가 여광과 여상을 데리고 가서 높은 벼슬을 준 것은, 하북 사람의 인심을 듬뿍 사서 후일 우리를 치게 하자는 속셈입니다. 그러니 주공은 장군인將軍印을 두 개만 새겨 몰래 여광과 여상에게 보내고, 우리에게 조조의 기밀을 내통하라 하십시오. 즉 조조가 원상을 격파할 그때를 기다렸다가 조조를 쳐야 합니다."

　　원담은 곽도의 말대로 장군인 두 개를 새겨 몰래 여광과 여상에게 보냈다. 여광과 여상 두 장수는 장군인 두 개를 받자, 그것을 조조에게 보이고 연유를 여쭸다.

　　조조는 크게 껄껄 웃는다.

　　"원담이 비밀리에 장군인을 보낸 것은, 내가 원상을 격파하는 동안에 너희들의 힘을 빌려 나를 치자는 속셈이다. 너희들은 모르는 체하고서 받아두어라. 내게도 따로 생각이 있다."

　　이때부터 조조는 원담을 죽이기로 결심했다.

　　한편, 원상은 모사 심배와 상의한다.

　　"이제 조조의 군사가 물길을 백구로 돌리고 연일 군량과 마초를 운반해오니, 이는 반드시 우리 기주로 쳐들어오겠다는 배포다. 이 일을 장차 어찌하면 좋겠소?"

심배는 계책을 말한다.

"주공은 무안武安 땅 현장縣長 윤해尹楷에게 격문을 보내어, 모성毛城 땅에 군사를 주둔시키되 상당上黨 땅으로부터 운반해오는 곡식을 호위하라 하고, 저수의 아들 저혹沮鵠에게는 한단邯鄲 땅을 지키면서 멀리 응원하라고 하십시오. 그리고 주공은 군사를 평원 땅으로 출동시켜 급히 원담을 치십시오. 원담부터 없애버린 이후에 조조를 격파해야 합니다."

원상은 이에 호응하여 심배와 진임陳琳에게 기주를 맡기고, 마연馬延과 장의張顗 두 장수를 선봉으로 삼아 그날로 군사를 일으켜 평원을 치러 떠나갔다. 한편, 원담은 원상이 군사를 거느리고 온다는 말을 듣고, 급히 조조에게 사람을 보내어 원조를 청했다.

조조는 말한다.

"내 이번에는 반드시 기주 땅을 차지하리라."

이때, 허도에서 온 허유가 원상이 제 형 원담을 친다는 소문을 듣고, 들어가 조조를 뵙고 야유한다.

"승상은 이곳만 가만히 지키고 있으니, 하늘이 원담과 원상 형제에게 벼락이라도 칠 때를 기다리십니까?"

조조는 껄껄 웃으며 대답한다.

"내 이미 계책이 섰노라."

조조는 마침내 조홍을 먼저 보내어 업군을 치도록 하고 친히 일지군을 거느리고 윤해를 치러 경계로 나갔다.

윤해는 말을 달려 싸우러 나온다.

조조는 좌우를 돌아보며 묻는다.

"허저는 어디 있느냐?"

그 말이 끝나기도 전에 허저가 나는 듯이 말을 달려 나가 바로 윤해에게 달려든다. 윤해가 미처 손 한 번 놀리지 못하고 허저의 칼에 맞아 말 아래로 떨어져 죽으니, 그 나머지 것들은 일제히 무너져 달아난다.

조조가 그 패잔병들을 포위하여 항복을 받아 거느리고 한단 땅으로 나아가는데, 저혹이 군사를 거느리고 싸우러 나온다.

이번에는 장요가 저혹을 취하여 싸운 지 불과 3합에, 저혹이 대패하여 달아난다. 장요가 뒤쫓아 점점 사이가 좁혀지자 활을 당겨 쏘니, 활시위 소리와 함께 저혹은 뒷덜미에 화살을 맞고 말에서 떨어져 죽는다.

조조가 군사를 지휘하여 마구 무찌르니, 장수를 잃은 군사들은 모두 흩어져 달아났다. 이에 조조는 대군을 거느리고 드디어 기주로 가보니 먼저 온 조홍이 성을 공격하는 중이었다.

조조는 삼군에게 명령을 내려 기주성 주위에 흙으로 산을 쌓아 올리는 한편 몰래 지하도를 판다.

기주성 안의 심배는 성을 굳게 지키는데, 법령이 몹시 엄했다. 하루는 동문을 지키던 장수 풍예馮禮가 술이 취해서 제때에 순찰을 돌지 않았기 때문에 심배는 그를 잡아들여 모질게 꾸짖었다. 꾸중을 들은 풍예는 원한을 품고 몰래 성을 빠져 나와 조조에게 항복했다.

조조는 어떻게 하면 성을 격파할 수 있느냐고 풍예에게 물었다.

풍예는 대답한다.

"돌문突門(군사들이 성밖으로 돌격할 수 있도록 만든 문) 안에는 참호가 없으므로 지하도를 내어서 들어갈 수 있습니다."

조조는 풍예에게 장사 3백 명을 주고 밤마다 지하도를 파도록 했다.

한편 성안의 심배는 풍예가 조조에게 항복한 뒤로, 밤이면 친히 성 위에 올라가 순시한다. 그날 밤 그는 돌문의 성루에 올라가서 성밖을 바라보니, 불빛이 없다. 심배는 의심이 났다.

"그놈이 조조에게 항복하더니, 필시 군사를 거느리고 지하도를 파는

게로구나."

심배는 급히 날쌘 군사들을 불러, 돌문의 바깥 밑을 파게 했다. 아니나다를까, 갑자기 구멍이 펑 뚫린다. 동시에 군사들은 일제히 큰 바위를 굴려 땅속 굴을 막아버리니, 풍예와 장사 3백 명은 다 갱 속에 갇혀 죽었다.

조조는 이 일이 실패하자 땅굴 파는 일을 단념하고, 군사를 거느리고 원수洹水로 물러가서 원상이 돌아올 길을 지킨다.

과연 원상은 원담을 공격하다가, 조조가 윤해와 저혹을 격파하고 대군을 거느리고 기주성을 친다는 보고를 받고는, 급히 군사를 돌려 돌아오는 중이었다.

부장 마연이 원상에게 말한다.

"큰길로 가면 반드시 조조의 복병이 있을 것이니, 소로로 가서 서산西山을 따라 부수漆水 어귀로 나가 조조 진영의 뒷덜미를 치면 기주성의 포위는 풀릴 것입니다."

원상은 그 말대로 친히 대군을 거느리고 소로를 따라 앞서 오면서, 마연과 장의에게 만일 평원 군사가 뒤쫓아오거든 물리치도록 분부했다.

그러나 이 일은 첩자에 의해서 즉시 조조에게 알려졌다.

조조는 말한다.

"원상이 큰길로 온다면 내 마땅히 피하겠지만, 서산 소로로 온다면 한 번 싸워 단번에 사로잡으리라. 내 짐작으로는 원상이 반드시 불을 올려 신호로 삼고 기주성과 서로 접촉할 것이니, 군사를 나누어 함께 치리라."

조조는 군사를 나누어 배치했다.

한편, 원상은 부수 어귀로 나와 동쪽 양평陽平 땅에 이르러 양평정陽平亭에 군사를 주둔하니, 거기서 기주성까지는 불과 17리요, 바로 부수가 흐르는 곳이었다. 원상은 군사들을 시켜 장작과 마른풀을 쌓고 밤이 되기를 기다렸다가 불을 질러 신호를 삼기로 하고, 주부主簿 이부李孚를 조조 군사의 도독으로 가장시켜 보냈다. 가장한 이부는 바로 기주성 아래에 이르러 크게 외친다.

"문을 열라!"

심배는 이부의 목소리를 알아듣고 곧 성문을 열었다. 이부는 들어와서 심배에게 말한다.

"주공이 이미 양평정에 군사를 주둔하고 성에서 응원해주기를 기다리시니, 성안에서 군사를 내보낼 때에는 미리 불을 올려 신호하라고 하십니다."

심배는 즉시 성안에 마른풀을 쌓고 불을 올려 신호를 보낸다.

이부는 말한다.

"성안에 양식도 없을 테니, 우선 늙고 약한 군사들과 아녀자들만 성밖으로 내보내어 항복하는 체하여 일단 조조의 군사를 안심시키고 백성들의 뒤를 따라서 우리 군사가 쏟아져 나가 공격하는 것이 좋을 것 같소."

심배는 이부의 계책을 쓰기로 작정했다.

이튿날, 기주성 위에는 흰 기가 나부낀다. 그 기에는 '기주 백성은 투항한다冀州百姓投降'는 글씨가 큼직하게 적혀 있었다.

조조는 그 기를 바라보더니,

"저건 성안에 양식이 없어서 늙고 병들고 약한 백성만 내보내어 항복시키려는 수작이지. 그 뒤에는 반드시 군사가 쏟아져 나와 우리를 습격할 것이다."

하고 장요와 서황에게 각각 군사 5천을 주고 양쪽에 매복시켰다. 그리고 조조는 친히 말을 타고 일산日傘을 들려서 성 아래로 간다.

과연 성문이 열리면서 백성들은 늙은이를 부축하고 또는 어린아이를 안고 제각기 흰 기를 흔들면서 나온다. 줄줄이 나오는 백성들의 행렬이 끝나자 갑자기 성안에서 군사들이 쏟아져 나온다.

조조가 군사를 시켜 붉은 기를 한 번 휘두르자, 양쪽에 매복했던 장요와 서황은 기다렸다는 듯이 군사를 거느리고 일제히 달려 나와 마구 무찌르니, 성안에서 나온 군사들은 다시 성으로 쫓겨 달아난다.

조조가 말을 달려 뒤쫓아 조교 가에 이르자 성안에서 화살이 빗발치듯 날아온다. 그 중 화살 한 대가 조조의 투구에 꽂힌다. 이를 본 모든 장수들은 크게 놀라 조조를 황급히 호위하고 진영으로 돌아왔다.

조조는 곧 옷을 바꿔 입고 말을 갈아타고는, 장수들을 거느리고 이번에는 양평정으로 가서 원상의 영채를 친다.

원상은 나와서 조조의 군사와 싸우는데, 각 방면에서 양쪽 군사들이 몰려들어 일대 혼전이 벌어진다. 원상은 마침내 크게 패하여 패잔병을 거느리고 서산으로 물러가 영채를 벌이고 마연과 장의를 급히 불러오도록 사람을 보냈다.

그러나 뉘 알았으리요. 조조는 이미 여광과 여상 형제를 보내어, 평원에서 뒤에 따라오던 마연과 장의 두 장수에게 항복을 권했다. 마연과 장의 두 장수는 여광, 여상 형제의 권유에 따라 마침내 조조에게 항복하였다.

조조는 즉시 두 장수를 열후로 봉하고, 서산을 치러 떠나면서,

"여광·여상·마연·장의 네 장수는 가서, 적군이 원상에게로 식량과 마초를 운반해오는 길을 끊으라."

하고 항복해온 장수들만 보냈다.

한편 원상은 더 이상 서산을 지킬 수 없음을 알고, 조조와 싸우지도 않고 한밤중에 달아나 미처 영채를 세울 곳도 정하지 못하고 있는데, 사방에서 수많은 횃불이 나타나며 조조의 복병들이 몰려든다. 원상의 군사들은 갑옷도 입지 못한 채 말에 안장을 얹을 새도 없이 크게 무너져

50리 밖으로 달아났다. 패잔병들은 다시 일어날 기력마저 잃었다.

원상은 하는 수 없이 예주豫州 자사 음기陰夔를 조조에게 보내어 항복할 뜻을 전하도록 했다. 예주 자사 음기가 원상의 뜻을 전하자, 조조는 빙그레 웃으면서 곧 싸움을 중지하겠노라 허락하였다. 그러나 그것은 진정한 허락이 아니라 속임수였다.

그날 밤에 조조가 장요와 서황을 보내어 공격하니, 원상은 자다가 벼락을 맞은 꼴이 되어 인수印綬, 절월節鉞, 갑옷 등과 치중輜重을 모조리 버리고 중산군中山郡으로 달아났다. 그제야 조조는 모든 군사를 거두어 기주성을 총공격했다.

허유는 계책을 말한다.

"왜 장하仰河 물을 끌어들여 기주성을 메우지 않습니까?"

조조는 그 계책을 쓰기로 하고, 군사를 보내어 40리 성 주위에 돌아가며 호를 팠다.

심배는 성 위에서 조조의 군사들이 파는 호가 깊지 못함을 바라보며,

"장하 물을 끌어들여 성을 메우겠다는 수작이지만, 호를 여간 깊이 파지 않고는 어림도 없다. 저렇게 얕게 파서야 무엇에 쓰리요."

비웃고는 결국 아무런 방비도 하지 않았다.

그날 밤 조조는 군사를 열 배나 더 늘려 호를 파는데, 날이 샐 무렵에는 넓이와 깊이가 두 길이나 되었다.

마침내 장하의 물길을 끌어들이니, 어느새 성안에는 물이 수척이나 고이고 더구나 양식마저 떨어져, 군사들 중에는 굶어 죽는 자가 속출했다.

하루는 신비가 성 아래에서 창 끝에다 원상이 버리고 간 인수와 옷을 걸고 휘두르며 성안 사람들에게 항복하도록 권한다. 성 위에서 이를 굽어본 심배는 격노하여 신비의 가족과 친척 80여 명을 잡아 올려 하나씩

장하 물을 끌여들여 기주성 공격을 도모하는 조조

목을 벤다. 부모와 형제, 처자, 친척 등 남녀노소의 머리가 성 위에서 하나씩 하나씩 떨어지는 것을 보자, 신비는 땅을 치며 통곡한다.

심배의 조카 심영審榮은 원래 신비와 매우 친한 사이였다. 그는 신비의 가족이 참혹한 죽음을 당하는 광경을 보자 격분한 나머지, 성문을 열어주겠다는 내용을 써서 그 쪽지를 화살 끝에 매어 그날 밤중에 성밖으로 쏘아 보냈다. 조조의 군사가 그 화살을 주워 곧 조조에게 바쳤다.

조조는 머리를 끄덕이며 명령한다.

"만일 기주성 안으로 들어가게 되거든, 원씨 일가의 남녀노소를 잘 보호하여라. 그리고 항복하는 군사는 결코 죽이지 말라."

이튿날 새벽에 심영은 드디어 서쪽 성문을 크게 열고 조조의 군사를 끌어들였다. 일가 친척을 모조리 잃고 철천지한이 사무친 신비가 제일 먼저 말을 달려 들어갔다. 그 뒤로 조조의 장수와 군사들이 성난 파도처럼 성안으로 들어갔다.

이때 심배는 동남쪽 성루에 있었는데, 이미 성안에 들어온 조조의 군사를 보고는 기병을 거느리고 죽을 각오로 싸우다가, 서황을 만나 접전이 벌어졌다. 그러나 어찌 서황을 대적할 수 있으리요. 싸운 지 불과 수합에 서황은 가벼이 심배를 사로잡아 결박지어 성밖을 향하여 나가다가 신비를 만났다.

신비는 이를 갈며 말채찍을 들어 심배의 목을 겨누고 저주한다.

"네 이놈, 오늘 내 손에 죽을 줄 알아라. 먼저 내 일가 친척의 원수를 갚겠다."

심배는 크게 꾸짖는다.

"반역한 놈아, 조조에게 항복하고 우리 기주성을 망친 너를 죽이지 못하는 것이 나의 한이다."

서황은 심배를 이끌고 조조에게 갔다.

조조는 묻는다.

"우리에게 성문을 열어준 사람이 누군지 아느냐?"

심배는 씹어 뱉듯이 대답한다.

"모른다."

"바로 너의 조카 심영이 우리에게 기주성을 바친 것이니라."

심배는 분개한다.

"그 철없는 놈이 못하는 짓이 없었구나."

조조가 묻는다.

"어제 내가 성 밑에 갔을 때 화살이 얼마나 많기에 빗발치듯 쏘아댔느냐?"

"많은 것이 아니라, 화살이 넉넉지 못해서 한이었다!"

조조가 다시 묻는다.

"그대가 원씨에게 충성을 다한 것은 이해한다. 이제 나에게 항복하지 않겠느냐?"

"항복만은 않을 테니 그런 줄 알아라."

신비는 곁에서 땅을 치며 통곡한다.

"나의 일가 친척 80여 명이 다 저놈 손에 죽었습니다. 바라건대 승상은 속히 저놈을 죽여 나의 원통한 한을 풀어주소서."

심배는 신비를 돌아보고 호령한다.

"나는 살아서도 원씨의 신하요, 죽어서도 원씨의 귀신이 되련다. 너희들처럼 중상모략이나 일삼고 아첨이나 하다가, 결국에 가서는 반역하는 그런 도둑놈들과는 다르니 어서 나를 참하여라."

조조는 심배를 끌어내어 참하도록 명했다.

참형을 받는 자리에서 심배는 도부수에게,

"너희들은 내 말을 들어라. 나의 주공이 북쪽에 계시니, 남쪽을 향하여 죽을 수는 없다."

하고 북쪽을 향하여 꿇어앉아 목을 내밀고 칼을 받았다.

후세 사람이 심배를 찬탄한 시가 있다.

하북 땅에 유명한 사람도 많지만
누구라 심배만한 이 있으리요.
어리석은 주인을 섬긴 때문에 목숨을 잃었으나
그 마음은 옛 훌륭한 사람과 다름없었도다.
충성은 정직한 바라, 솔직하였으며
청렴하고 능력이 있어서 욕심을 부리지 않았도다.
죽음을 당하면서도 오히려 북쪽을 바라봤으니

조조에게 항복한 자는 다 낯을 들지 못했도다.

河北多名士

誰如審正南

命因昏主喪

心與古人淙

忠直言無隱

廉能志不貪

臨亡猶北面

降者盡羞踵

심배가 죽자 조조는 그 충성과 의리를 가상히 여겨, 기주성 북쪽에다 잘 장사지내주도록 하였다.

모든 장수들이 조조를 모시고 성안으로 들어가는데, 성안에서 도부수들이 한 사람을 끌고 온다. 조조가 보니 바로 진임이었다.

조조가 꾸짖는다.

"네 지난날 원소를 위해서 격문을 지었을 때, 나 한 사람의 죄만 따져도 뭣한데 어찌하여 나의 조상과 부친까지 욕하였느냐?"

진임이 대답한다.

"말하자면 화살이 활에 끼워진 거나 같았으니, 쏘는 대로 나가는 수밖에 없었소이다."

좌우 사람들은 조조에게 진임을 죽이도록 권한다. 그러나 조조는 진임의 글재주를 아껴, 용서하고 종사로 삼았다.

조조의 맏아들 조비曹조의 자字는 자환子桓으로, 이때 나이 18세였다. 조비가 세상에 태어났을 때, 파란 자줏빛 구름 한 조각이 수레의 둥근 덮개 마냥 산실産室 위를 덮고 종일 흩어지지 않았다.

그때 이를 바라보던 자가 조조에게,

"저것은 천자의 기운입니다. 이번에 태어나는 아기는 장래 지극히 귀한 분이 되실 것입니다."

하고 조용히 말한 적이 있었다.

조비는 여덟 살 때부터 능히 글을 지어 뛰어난 재주를 과시했다. 그 뒤로 고금의 서적에 통달하였다. 말을 잘 타고 활을 잘 쏘며 칼 쓰기를 좋아했다. 이때 조조가 기주성을 격파하자, 조비는 솔선해서 군사를 거느리고 성안으로 들어와 바로 원씨의 부중에 이르자 말에서 내리더니 칼을 뽑아 들고 마구 들어가려 한다.

한 장수가 조비의 앞을 막는다.

"승상의 분부가 있기 전에는 원씨 부중으로는 아무도 들여보내지 못합니다."

조비는 그 장수를 꾸짖어 물리친 다음에, 칼을 들고 성큼성큼 후당後堂으로 들어갔다. 후당에는 두 부인이 서로 끌어안고 통곡하며 있었다. 조비가 두 부인을 죽이려 나아가니,

4대를 내려오던 원씨의 높은 벼슬은 벌써 일장 꿈이 되었으며
그들 일가 형제는 또 크나큰 불행을 맞이한다.
四世公侯已成夢
一家骨肉又遭殃

두 부인의 목숨은 어찌 될 것인가.

제33회

조비는 전란을 틈타서 진씨를 아내로 삼고
곽가는 계책을 남겨 요동 땅을 평정하다

조비曹조가 울고 있는 두 부인을 칼로 치려는데, 갑자기 붉은빛이 눈앞을 가린다. 이상한 일이다. 드디어 조비는 칼을 짚고 묻는다.

"너는 누구냐?"

한 부인이 대답한다.

"첩은 원소袁紹 장군의 아내인 유劉씨요."

조비가 계속 묻는다.

"그럼 이 여자는 누구냐?"

유씨가 대답한다.

"이 아이는 둘째 아들 원희袁熙의 아내인 진甄씨인데, 남편을 따라야 하건만, 먼 유주로 가기가 싫어서 여기 남아 있었소."

조비는 가까이 가서 진씨의 얼굴을 젖혀본다. 머리는 흐트러지고 얼굴에는 때가 묻었으나 윤곽이 예쁘다. 조비는 소매로 진씨의 얼굴을 닦아본다. 과연 진씨의 얼굴은 꽃 같았으며 살결은 백옥 같았다. 그야말로 천하절색이다.

그제야 조비는 유씨에게,

"나는 조승상의 아들이다. 네 집안을 보호해줄 테니 걱정 말라."

하고 마침내 칼을 칼집에 꽂은 뒤에 당상堂上에 버티고 앉았다.

한편, 조조曹操는 모든 장수들을 데리고 기주 성문으로 막 들어가려

하는데, 저편에서 허유許攸가 말을 달려오다가 말채찍을 들어 성문을

가리키며 뽐낸다.

"아만阿瞞(조조의 어렸을 때 이름)아! 내가 없었다면, 네가 어찌 이 성

문을 들어갈 수 있으리요."

조조는 크게 껄껄 웃는다. 그러나 모든 장수들은 그 말을 듣자 적잖이

당황하며 허유를 밉살스럽게 여겼다.

기주성으로 들어온 조조는 원袁씨의 부중 문 앞에 이르러 문지기에

게 묻는다.

"아무도 들어간 사람이 없겠지?"

문을 지키는 장수가 대답한다.

"세자가 안에 계십니다."

조조는 아들 조비를 불러내어 꾸짖는데, 안에서 유씨가 나와서 절하

며 아뢴다.

"세자가 아니었다면 첩의 집안은 목숨을 유지하지 못했을 것입니다.

바라건대 진씨를 세자에게 바치고 싶으니 허락하소서."

조조는 원소의 둘째 며느리 진씨를 불러냈다. 진씨가 나와서 조조에

게 엎드려 절한다.

조조가 그 용모를 한참 보더니,

"참으로 나의 며느릿감이로다."

하고 마침내 조비와 진씨를 결혼시켰다.

기주를 평정한 조조는 친히 원소의 무덤을 찾아갔다. 조조는 제물을

차려놓고 두 번 절하고 매우 슬피 울더니, 모든 사람들을 돌아보며 탄식한다.

"옛날에 내가 원소와 함께 군사를 일으켰을 때, 원소는 나에게 묻기를 '만일 목적하는 일이 뜻대로 안 될 경우엔 어느 곳에 가서 근거를 잡아야 하겠소' 하기에, 내가 되묻기를 '귀공은 그럴 경우에 어찌하겠소' 했더니, 원소는 '먼저 남쪽 하북 땅을 발판 삼아 북쪽 연燕나라와 대군代郡에서 사막 지대의 오랑캐들을 막은 후에 남쪽 중원을 향하여 천하를 겨룬다면, 아마 실패할 리가 없을 것이오' 하고 대답하더군. 그때 나는 '지혜와 힘이 있는 사람에게 천하를 맡기어 도道로써 다스린다면, 무엇이건 안 될 일이 없을 것이오' 하고 원소에게 말했다. 그 일이 바로 어제 같은데, 이제 원소는 죽고 없으니, 내 어찌 울지 않을 수 있으리요."

모든 사람들은 조조의 말을 듣고 다 같이 탄식했다.

조조는 황금과 비단, 곡식을 원소의 아내 유씨에게 넉넉히 주고 나서

"하북 백성들이 이번 난리에 많은 곤란을 겪었을 것이니, 금년 조세는 면제하도록 하여라."

하고 영을 내리고, 천자에게 승리를 고하는 표문을 보낸 뒤에, 스스로 기주목冀州牧이 되어 거느렸다.

어느 날, 허저許褚가 말을 달려 동문으로 들어가려다가 마침 저편에서 오는 허유를 만났다.

허유는 허저를 소리쳐 부르더니 또 뽐낸다.

"내가 없었더라면 지금 너희들이 어찌 이 문을 드나들 수 있으리요."

허저가 노하여 말한다.

"우리가 목숨을 걸고 싸워서 천신만고 끝에 이 성지城池를 얻었는데, 네 공로인 것처럼 거들먹거리느냐."

허유도 악담한다.

"너희들은 한낱 필부에 불과하거늘, 어찌 감히 주둥이를 놀리느냐."

허저는 분개하여 칼을 뽑아 허유를 쳐죽인 뒤에 그 머리를 베어 들고 조조에게 갔다.

"허유가 무례하게 굴기에 제가 죽였습니다."

"허유는 나의 친구다. 그래서 장난으로 농담한 것인데, 어찌하여 죽였느냐?"

조조는 허저를 매우 꾸짖고 허유를 잘 장사지내주도록 분부했다. 이어 조조는 많은 사람들에게 기주의 어진 인물을 찾아내어 천거하도록 했다.

기주 백성들이 고한다.

"기도위騎都尉 최염崔琰은 자가 계규季珪로, 원래 청하군淸河郡 동무성東武城 출신입니다. 지난날 그가 좋은 계책을 여러 번 일러줬건만, 원소가 듣지 않아서 지금까지 병을 핑계로 집에 들어앉아 계십니다."

조조는 즉시 최염을 초빙하여 기주의 별가종사別駕從事로 삼고 말한다.

"어제 기주의 호적을 살펴봤더니 인구가 30만이라, 과연 큰 고을임을 알았소."

최염은 정색하며 대답한다.

"오늘날 천하가 분열하여 구주九州(중국)가 각기 찢겨져 나가고 원씨 두 형제도 서로 다투어 마침내 기주 백성은 허허벌판에 많은 백골白骨이 되었습니다. 그런데 승상은 이곳 풍속을 물어 도탄에 빠진 백성을 건질 생각은 않고 먼저 호적과 인구부터 살피시니, 이러고서야 기주 땅 남녀들이 어찌 신뢰할 수 있겠습니까."

조조가 그 말을 듣자 옷깃을 여미어 사과하고 최염을 상빈上賓으로 삼았다.

기주를 평정한 조조는 그 뒤에 사람을 시켜 원담의 동정을 알아보았다. 이때 원담은 군사를 거느리고 감릉甘陵, 안평安平, 발해渤海, 하간河間 일대를 돌아다니며 마음대로 약탈을 일삼다가, 아우 원상이 조조에게 패하여 중산中山으로 달아났다는 보고를 듣자, 모든 군사를 통솔하여 중산으로 쳐들어갔다.

기진맥진한 원상은 싸울 생각도 않고 둘째 형 원희가 다스리는 유주幽州로 달아났다. 이에 원담袁譚은 원상의 군사를 항복받아 거느리고, 기주 땅을 되찾으려 준비했다.

조조는 사람을 보내어 원담을 오라고 했다. 그러나 원담은 오지 않았다. 이에 조조는 진노하여 원담을 사위로 삼겠다고 한 지난날의 약속을 취소하는 서신을 보내는 동시에 친히 대군을 거느리고 평원平原 땅을 치러 간다.

한편, 원담은 조조가 대군을 거느리고 온다는 보고를 받자, 즉시 사자를 형주荊州로 보내어 유표劉表에게 구원을 청했다.

이에 유표는 유현덕劉玄德과 상의한다.

유현덕이 말한다.

"조조는 이미 기주를 격파하여 그 군사들은 사기가 높습니다. 머지않아 원씨 형제는 그들에게 사로잡힐 것이니 도와줘도 소용이 없습니다. 뿐만 아니라 조조는 항상 우리 형주와 양양을 손아귀에 넣으려고 호시탐탐 기회를 노리니, 우리는 군사를 기르며 스스로 지켜야지 함부로 움직여서는 안 됩니다."

유표가 묻는다.

"그럼 뭐라고 거절하면 좋겠소?"

"원씨 형제에게 서로 화해하라는 서신을 각각 보내되, 완곡한 말로 거절하십시오."

유표는 그 말을 옳게 여기고, 먼저 사람을 시켜 서신을 원담에게 보냈다.

군자는 난을 피하여 달아날지라도 적국으로 가지 않는다 하거늘, 전번에 소문을 들으니 그대가 무릎을 꿇고 조조를 끌어들였다 하는지라. 이는 그대가 아버지의 원수를 잊고 손발 같은 형제간의 의誼를 끊고, 원수와 동맹한 수치를 남겼음이다. 기주의 아우(원상)가 동생으로서의 도리를 지키지 않는다 할지라도, 그대는 너그러이 대하며 서로 상종하여 조조부터 무찌른 뒤에 시비곡직是非曲直을 천하에 묻는다면, 누가 그 의기를 칭송하지 않겠는가.

유표는 원상袁尙에게도 서신을 보냈다.

청주靑州의 원담은 천성이 조급해서 시비곡직을 따지는 데 정신을 잃었도다. 그대는 먼저 조조부터 쳐 없애고 돌아가신 선친의 원한을 갚고 큰일을 정한 이후에 시비곡직을 따지는 것이 또한 좋지 않겠는가. 만일 형제가 서로 다투어 반성하지 않다가는 바로 사냥개 한로韓盧와 토끼 동곽東郭 같은 신세가 되어, 다 함께 농부의 손에 이용만 당하다가 불행을 면하지 못하리라. 한로라는 사냥개가 동곽이라는 토끼를 잡자, 농부는 사냥개 한로를 잡아먹었다는 옛이야기를 인용한 것이다. 즉 부려먹을 대로 부려먹고 나중에 이용 가치가 없으면 죽여버린다는 뜻이다.

원담은 유표의 서신을 받았다. 그는 유표가 자기를 도와줄 뜻이 없음을 알자, 혼자서 조조를 대적할 수 없어 마침내 평원 땅을 버리고 남피南皮 땅으로 달아났다. 이때가 건안 10년(205) 정월이었다.

이에 조조는 남피 땅을 치러 가는데, 이때가 엄동 설한이라, 날씨는 춥고 황하 물은 모두 얼어붙어서 곡식을 실은 배가 움직이지 않는다. 조조는 지방 백성들을 끌어내어 얼음을 깨서 군량미를 실은 배를 이끌라고 분부했다. 이 분부를 듣자 백성들은 다 도망쳐버렸다. 분노한 조조는 달아난 백성들을 잡아다가 죽이라는 명령을 내렸다. 이 소문을 듣자, 백성들은 몸소 조조의 진영으로 와서 자수하고 애걸한다.

조조는 말한다.

"너희들을 죽이지 않으면 나의 명령이 서지 않는다. 그렇다고 너희들을 죽이자니 이건 차마 못할 짓이로구나. 너희들은 빨리 산속으로 달아나서 깊이 숨어 있거라. 우리 군사에게 잡히지만 않으면 그만 아니냐."

모든 백성은 감격하고 눈물을 흘리며 달아났다.

드디어 남피 땅 원담은 군사를 거느리고 성을 나와, 조조의 군사와 대결하기로 했다.

쌍방이 서로 둥그렇게 진을 벌이자, 조조가 말을 달려 나가 채찍으로 원담을 가리키며 꾸짖는다.

"내 너를 후히 대접했건만, 어찌하여 나에게 반역하느냐?"

원담은 마구 꾸짖는다.

"너는 우리 경계를 침범하여 나의 성지를 빼앗고, 나의 처자를 잡아둔 주제에 도리어 나에게 반역했다고 하느냐!"

조조는 진노하여 서황徐晃을 출전시키니, 원담은 또한 팽안彭安을 내보낸다. 양편 장수가 서로 달려나와 맞아 싸운 지 불과 수합에 서황이 팽안을 베어 말 아래로 거꾸러뜨리니, 원담의 군사는 패하여 남피성으로 도망쳐 들어간다. 조조는 마침내 남피성을 완전 포위하고 맹렬히 공격한다.

원담은 당황한 나머지 신평辛評을 조조의 진영으로 보내어 항복 교섭을 시켰다.

조조는 신평에게 말한다.

"젊은 원담은 전혀 신의가 없으니, 그 말을 믿을 수 없다. 네 동생 신비辛毗가 내 밑에서 높은 벼슬을 사니, 너도 나와 함께 있도록 하라."

신평은 대답한다.

"승상은 그런 말씀 마십시오. 내 듣건대 '임금이 귀하면 신하는 영화롭고 임금이 근심에 싸이면 신하도 치욕을 당하게 마련이라' 하니, 나는 오랫동안 원씨를 섬긴 몸입니다. 어찌 옛 주인을 배반할 수 있으리요."

조조는 신평을 붙들어둘 수 없다는 것을 알고 돌려보냈다.

신평이 성으로 돌아와서,

"조조가 항복을 받아들일 수 없다고 합니다."

하고 원담에게 보고했다.

원담은 대뜸 꾸짖는다.

"오오 알았다. 네 동생 신비가 조조를 섬긴다더니 이제 너도 두 마음을 품었구나!"

신평은 원담의 말을 듣고 기가 막혀서, 그 자리에 쓰러져 기절했다. 원담은 사람을 시켜 신평을 부축해 일으켰다. 그러나 잠시 뒤에 신평은 죽고 말았다.

원담이 후회하는데, 곽도郭圖가 나와 고한다.

"내일 백성들을 모조리 성밖으로 내보내되, 군사들이 그 뒤를 따라 나가서 조조와 단판 싸움을 벌이십시오."

원담은 그러기로 하고 그날 밤에 남피 백성들을 모조리 불러모아, 칼과 창을 나누어주며 명령대로 거행하라 했다.

이튿날 새벽에 남피성의 사방 성문이 크게 열렸다. 군사는 뒤따르고 백성들이 앞장서서 크게 함성을 지르며 일제히 쏟아져 나와, 조조의 진영으로 쳐들어간다. 이에 일대 혼전이 벌어진다.

진시辰時부터 오시午時에 이르도록 싸움은 승부가 나지 않아서, 수많은 사람만 죽어 자빠진다.

조조는 완전한 승리를 거두지 못하자, 말을 버리고 산 위로 올라가서 친히 북을 치며 격려한다. 이를 본 군사들은 힘을 분발하여 전진하니, 원담의 군사는 크게 패하고, 죄 없는 백성만 수없이 죽는다.

조홍曹洪은 힘을 뽐내면서 쳐들어가다가 바로 원담을 만나 마구 칼로 치고 찍는다. 원담은 싸우다가 마침내 조홍의 칼에 맞아 진영 속에서 죽는다.

곽도는 싸움이 불리해지자 급히 몸을 돌려 달아나는데 악진樂進이 바라보고 급히 활을 쏘았다. 곽도는 남피성으로 들어가려다가 화살을 맞고 말과 함께 성 밑 호에 떨어져 죽었다.

드디어 조조는 군사를 거느리고 남피성으로 들어가서 백성들을 위로하며 안정시키는데, 난데없는 한 떼의 군사가 성밖에 이른다. 그들은 원희의 부장 초촉焦觸과 장남張南이었다.

조조가 다시 군사를 거느리고 성을 나와 그들과 싸우려는데, 초촉과 장남 두 장수는 창을 버리더니 갑옷을 벗고 항복한다. 조조는 흔연히 두 장수의 항복을 받아들이고 열후列侯로 봉했다.

또 흑산黑山의 산적 장연張燕이 군사 10만을 거느리고 와서 항복했다. 조조는 그를 평북장군平北將軍으로 봉한 다음에 명령한다.

"원담의 머리를 내다 걸어라. 만일 우는 자가 있거든 참하여라."

이리하여 원담의 머리는 북문 밖에 전시되었다.

한 사람이 삼으로 만든 갓과 상복 차림으로 원담의 머리맡에 와서 방성통곡한다. 군사들은 그 사람을 잡아 조조에게로 끌고 갔다.

조조가 성명을 물으니, 그는 바로 청주에서 별가別駕 벼슬을 지냈던 왕수王修였다. 그는 지난날 원담에게 누차 간하다가 쫓겨난 사람이었다. 왕수는 원담이 죽었다는 소문을 듣고 와서, 통곡하며 조상弔喪한 것이다.

조조가 묻는다.

"너는 내가 내린 명령을 아느냐?"

왕수가 대답한다.

"우는 자가 있으면 죽이라고 한 그 말씀 말이지요. 잘 압니다."

"너는 죽는 것이 무섭지 않느냐?"

왕수는 유연히 대답한다.

"내 살아서 그분의 녹을 먹었는데, 이제 그분이 죽었다고 울지 않는다면 이는 의리가 아니오. 죽는 것이 무서워서 의리를 저버린다면 어찌 이 세상에 얼굴을 들고 다니겠소. 다만 그분의 시체를 거두어 장사를 지내드릴 수 있다면, 나는 이제 죽어도 한이 없소."

조조는 감탄한다.

"하북에 의리 있는 선비가 어찌 이다지도 많은가. 원씨가 훌륭한 그들을 받아들이지 못함이 실로 애석한 일이었다. 그가 이런 인재들을 잘만 썼더라면, 내가 어찌 이 땅을 엿보기나 했으리요."

조조는 원담의 시체를 장사지내게 한 뒤에, 왕수를 귀빈으로 삼고 사금중랑장司金中郎將을 맡겼다. 사금중랑장이란 무기 제조를 맡아보는 책임자로서, 조조가 설치한 직책이다.

조조는 왕수에게 묻는다.

"이제 원담은 죽었소. 원상은 원희에게 가서 의탁하고 있으니, 그들을 무찌르려면 어떤 계책을 써야 하겠소?"

왕수는 입을 다물고 끝내 대답하지 않는다. 조조는

"참으로 충신이로다."

찬탄하고, 곽가郭嘉에게 그 계책을 묻는다.

곽가는 대답한다.

"이번에 항복해온 원희의 부장 초촉과 장남 등을 보내어 공격하게 하십시오."

조조는 곽가의 말대로 지난날 원씨의 장수로서 항복해온 초촉, 장남, 여광, 여상, 마연, 장의에게 각기 군사를 주고 세 길로 나누어 가서 일제히 유주를 치게 하였다. 동시에 이전李典과 악진에게는 장연을 데려가서 함께 병주 땅의 고간을 치도록 떠나 보냈다.

한편 원상과 원희는 조조의 군사가 온다는 보고를 받자, 대적할 수 없음을 알고 그날 밤으로 유주성을 버리고 요서 땅으로 달아나 오환烏桓(변경의 부족)에게 의탁했다.

유주 자사 오환촉烏桓觸은 모든 관리들을 모은 후에 '달아난 원씨 형제를 버리고 조조의 군사에게 항복하자'고 제의한 뒤, 먼저 입술에 피를 바른다.

"나는 조승상이 당대 영웅임을 안다. 이제 가서 항복할 생각이니 명령을 어기는 자가 있으면 참하리라."

모든 관리들이 한 명씩 입술에 피를 바르고 맹세하는데, 별가직에 있는 한형韓珩의 차례가 되었다.

한형은 칼을 내동댕이치며 크게 외친다.

"나는 2대에 걸쳐 원씨 부자에게 많은 은혜를 입었노라. 이제 주공이 달아나서 망하게 되었는데, 우리가 지혜로써 돕지 못하고 용기로써 죽지도 못하니, 이러고서야 어찌 의리 있는 사람이라 하겠는가. 더구나 조조에게 무릎을 꿇는 일은 나로선 못하겠노라."

모든 관리는 크게 놀라 얼굴빛이 변한다. 오환촉은

"대저 큰일을 하려면 대의명분부터 세워야 한다. 일을 성공하느냐 못하느냐 하는 것은 한 사람에게 달려 있는 것이 아니다. 한형이 굳이 그런 생각이라면 좋을 대로 하여라."

하고 한형을 추방했다.

마침내 오환촉은 성밖으로 나아가서, 세 길로 나뉘어 오는 조조 군사에게 항복했다. 조조는 크게 기뻐서 오환촉을 진북장군鎭北將軍으로 삼았다.

이때 파발꾼이 달려와서 고한다.

"악진, 이전, 장연이 병주 땅을 공격 중인데, 고간이 호관壺關 어귀에 버티고 있어서 좀체 병주성을 함락하지 못하고 있습니다."

조조는 친히 군사를 거느리고 그곳으로 가서 악진, 이전, 장연 세 장수의 영접을 받은 뒤에 모든 장수들과 함께 상의한다.

순유는 말한다.

"고간을 격파하려면 속임수를 써서 우리 군사가 항복하는 체해야 합니다."

조조는 연방 머리를 끄덕이더니, 지난날 원씨의 수하 장수였던 여광과 여상의 귀에다 입을 대고 이러이러히 하라는 계책을 일러준다. 분부를 받은 여광과 여상은 즉시 군사 수십 명을 거느리고 호관 아래로 떠나갔다.

"우리는 원래 원씨의 수하 장수였는데, 전번에 부득이하여 조조에게 항복했다. 그러나 조조는 속임수만 쓰며 우리를 박대하는지라, 다시 옛 주인을 섬기러 왔으니 속히 관문을 열어다오."

고간은 여광과 여상의 말을 믿을 수가 없었다.

"그렇다면 군사는 버려두고, 우선 두 장수만 들어와서 자세한 상황을 말해보아라."

이에 여광과 여상은 갑옷을 벗고 말을 버린 뒤에 호관으로 걸어 들어

호관으로 향하는 여광과 여상. 왼쪽 위는 조조

가서 고간에게 말한다.

"조조의 군사가 새로 왔으니, 그들이 계책을 세우기 전에 오늘 밤 적
군의 영채를 습격하십시오. 그러면 우리 두 사람이 앞장서서 그들을 무
찌르겠소이다."

고간은 기뻐하며 그날 밤에 여광과 여상을 앞세우고 군사 만여 명을
거느리고 떠나가, 조조의 영채 가까이 이르렀을 때였다. 홀연 등뒤에서
함성이 크게 진동하며 조조의 복병들이 사방에서 몰려나온다. 고간은
그제야 적의 속임수에 빠진 것을 깨닫고 급히 군사를 돌려 호관으로 물
러간다. 그러나 호관은 이미 조조의 장수 악진과 이전에게 빼앗긴 뒤였
다. 크게 놀란 고간은 포위를 뚫고 달아나 흉노匈奴의 왕 선우單于에게로
향했다.

조조는 군사를 거느리고 호관을 차지하고 나서 달아난 고간을 추격하게 했다. 고간이 선우의 나라 흉노의 접경에 이르렀을 때, 마침 좌현왕左賢王(선우의 왕자)을 만나 말에서 내려 절한다.

"조조가 하북 일대를 손아귀에 넣은 다음에 이제 왕자의 땅까지 침범하려 하니, 바라건대 함께 힘을 합쳐 그들을 무찌르고 북방을 보전하소서."

"나는 조조와 원수진 일이 없으니 공연히 나의 땅을 침범할 리 있겠느냐. 네가 나를 내세워 조조와 원수를 맺게 할 작정이구나!"

좌현왕은 고간을 꾸짖으며 다른 곳으로 가라고 호령한다. 고간은 갈 곳이 없었다. 생각다 못해 형주 유표에게로 가던 그는, 상로上潞 땅에 이르렀을 때 도위都尉 왕염王琰에게 암살당하고 말았다. 왕염은 고간의 머리를 베어 조조에게 바쳤다. 조조는 왕염을 열후로 봉했다.

병주를 평정한 조조는 서쪽 오환을 칠 일을 상의한다.

조홍이 말한다.

"원희와 원상은 싸움에 패하여 장수는 죽고 군사들은 지칠 대로 지쳐서 멀리 사막에 가 있는데, 우리가 서쪽으로 그들을 치러 간다면, 그 동안에 유비와 유표가 빈틈을 타고 허도로 쳐들어올지 모릅니다. 그렇게 되면 우리는 갑자기 돌아올 수도 없는 일이 아닙니까. 청컨대 더 나아가지 말고 일단 군사를 거느리고 허도로 돌아가는 것이 상책인 듯합니다."

곽가는 반대한다.

"여러분은 잘못 생각하고 있소. 주공께선 천하에 위엄을 떨치시는데, 사막에 사는 오랑캐들은 거리가 먼 것만 믿고 아무 방비도 않고 있을 것이니, 우리가 그 틈을 타서 갑자기 치면 반드시 격파할 수 있소. 더구나 지난날에 원소는 오환에게 많은 은혜를 베풀었으며 원상과 원희 형제

事魏多謀吾上便便輶畧出

郡莊遣計定遼東

定遼遺計留中隱隱甲兵藏

계책을 써서 요동 땅을 평정하려는 곽가

가 지금 그곳에 가 있으니, 이 참에 없애버리지 않으면 안 되오. 여러분이 염려하는 형주의 유표로 말할 것 같으면 그는 한낱 아랫목에 앉아서 말만 할 줄 알지 실지 행동이 없는 사람이오. 또한 그는 자기 재주가 유비만 못한 것을 알기 때문에, 유비에게 중임重任을 맡겼다가는 능히 부리지 못할 것이라. 그러니 유비를 쓰지 않고는 아무 일도 못한다는 것쯤은 알고 있소. 그러므로 우리가 이 참에 나라를 비워두고 멀리 사막을 치러 가도 염려될 것은 없소."

조조는 단호히 말한다.

"봉효奉孝(곽가의 자)의 말이 옳다."

마침내 조조는 대소 삼군을 모조리 일으켜 수천 차량車輛을 거느리고 매일 진군한다.

가도가도 끝없는 사막이다. 사방에서 광풍이 일어난다. 길은 험하고 까다로워 사람과 말이 다 나아가기 어려웠다. 조조는 돌아가고 싶은 생각이 들어 곽가에게 물었다. 이때 곽가는 사막 지대의 기후와 물이 맞지 않아서 병들어 수레 속에 누워 있었다.

조조는 울면서 말한다.

"내가 사막을 평정하려는 욕심만으로 머나먼 이곳까지 와서 그대를 고생시켜 병들어 눕게 했으니, 내 마음인들 어찌 평안하리요."

곽가는 대답한다.

"저는 승상의 큰 은혜를 입었습니다. 비록 죽는 한이 있을지라도, 실은 그 큰 은혜에 만분의 일도 보답하지 못할 것입니다."

"내가 보기에는 북쪽 땅이 기구하여 더 나아가기 어려울 것 같소. 군사를 돌려 돌아가고 싶은 생각이 없지 않으니, 그대 생각은 어떻소?"

"군사를 쓰는 사람은 모든 일을 신속히 처리함을 능사로 삼습니다. 이제 천리 먼 곳을 쳐들어가는데 치중輜重(군수품)이 너무 많으면 여러 가지로 불편이 많을 것입니다. 가벼이 무장한 군사들만 거느리고 갑절 더 빨리 나아가 아무 방비 없는 오랑캐들을 무찔러야 합니다. 그러려면 우선 길을 잘 아는 사람을 얻어 길잡이로 삼아야 합니다."

이에 조조는 곽가를 치료하도록 역주易州 땅에 남겨둔 채 길잡이를 구한다. 어떤 사람이 천거한다.

"원소의 옛 장수 전주田疇가 오랑캐 땅 지리를 잘 압니다."

조조는 곧 전주를 불러 길을 묻는다.

전주는 대답한다.

"이 길은 여름과 가을 사이엔 물이 있으나, 수레와 말이 갈 만큼 얕지 않으며 그렇다고 배로 갈 만큼 깊지도 않기 때문에 참으로 움직이기 어렵습니다. 그러니 차라리 군사를 돌려 노룡盧龍 땅 어귀로 나가서 백단

白檀 땅 험한 길을 넘고 허허벌판에 이르러 유성柳城 땅으로 쳐들어가 아무 방비도 없는 적을 엄습하면, 한 번 싸워 묵돌冒頓(오환의 족장)을 사로잡을 수 있을 것입니다."

조조는 그 말을 따라 전주를 정북장군靖北將軍으로 삼고 향도관嚮導官의 책임을 맡겨 길을 안내하라 하였다. 장요에게 그 뒤를 따르게 하는 한편, 조조도 친히 뒤를 따른다.

전주가 뒤따르는 장요와 함께 백랑산白狼山 앞에 이르렀을 때였다. 마침 원희와 원상이 묵돌과 함께 기병 수만 명을 거느리고 온다.

장요는 뒤따라오는 조조에게 사람을 보내어 적이 나타났음을 보고했다. 조조가 말을 달려와 높은 곳에 올라가 바라보니, 묵돌의 군사는 전혀 대오를 이루지 않고 흩어져 온다.

"적의 군사가 전혀 정돈되어 있지 않으니, 즉시 엄습하라!"

조조는 명령하고 장요에게 지휘봉을 내준다. 장요는 곧 허저, 우금, 서황을 거느리고 네 길로 나뉘어 산밑으로 달려 내려가 힘을 분발하여 돌격하니, 묵돌의 군사는 큰 혼란에 빠진다. 장요가 쏜살같이 말을 달려 들어가 한칼에 묵돌을 베어 말 아래로 거꾸러뜨리자, 오랑캐 군사들은 다 항복한다. 원상과 원희는 기병 수천 명만 거느린 채 멀리 요동으로 달아난다.

조조는 군사를 거두어 유성으로 가서, 전주를 유정후柳亭侯로 봉하고 유성을 지키게 했다.

전주는 울면서 고한다.

"저는 원래 원소 수하의 장수로서 의리를 저버리고 숨어다니던 사람입니다. 이제 승상이 살려주신 은혜를 입은 것만도 다행이거늘, 이번에 노룡으로 빠지는 샛길을 판 대가로써 어찌 벼슬까지 살 수 있겠습니까. 양심에 가책을 느껴 죽으면 죽었지 벼슬을 받을 수는 없습니다."

조조는 전주의 의리를 존중하여 의랑議郎으로 삼았다.

조조는 선우의 백성들을 위로한 뒤에 좋은 말 만 필을 얻자 바로 군사를 돌려 돌아온다. 날씨는 건조하고 추운데 2백 리 사이에 물이 없었다. 또한 군량이 부족하여 말을 잡아먹는데, 그나마 3,40길씩 땅을 파야 겨우 물이 나올 정도였다.

조조는 역주 땅으로 돌아오면서, 지난날 사막을 치지 말라고 간한 자들에게 많은 상을 주고, 모든 장수들에게 말한다.

"내가 이번에 위험을 무릅쓰고 원정하여 요행히 이긴 것은 하늘의 도우심 때문이다. 다시는 그런 무모한 짓은 않도록 명심하리라. 전번에 나에게 간한 사람들이 옳았기에 상을 준 것이니, 이후에도 그런 경우엔 적극 나를 말려라."

조조가 역주성에 당도했을 때는 이미 곽가가 죽은 지 수일 뒤였다. 조조는 공청에 놓인 곽가의 관 앞에 가서 친히 제사를 지내며 방성통곡한다.

"곽가가 죽다니, 이는 하늘이 나를 망침이로다."

조조는 모든 관리들에게 말한다.

"그대들은 다 나와 나이가 비슷하지만 곽가만이 가장 젊기 때문에 뒷일을 부탁할 작정이었는데 이렇듯 한창 나이에 죽다니 뜻밖이다. 가슴이 무너지고 찢어지는 듯하구나."

이렇게 매우 슬퍼하는데, 좌우 사람이 곽가의 봉서封書를 바친다.

"곽공이 죽을 때 친히 이 글을 써주며 '승상께서 보시고 이대로만 하면 요동은 염려할 것 없다'고 하더이다."

조조가 받아서 뜯어보고 연방 머리를 끄덕이면서 몹시 한탄하니, 다른 사람들은 그 뜻을 알 도리가 없었다.

이튿날, 하후돈이 많은 사람을 데려와서 아뢴다.

"요동遼東 태수 공손강公孫康이 오랫동안 복종하지 않는 터에, 이번에 또 원희·원상 형제가 그리로 갔으니, 머지않아 우리의 우환 거리가 될 것입니다. 그러니 그들에게 여가를 주지 말고 속히 가서 무찌르면, 요동 땅을 차지할 수 있습니다."

조조는 껄껄 웃는다.

"여러분의 범 같은 위엄을 낭비할 필요는 없다. 며칠 뒤면 공손강이 스스로 원상과 원희의 머리를 베어 이리로 올 것이다."

모든 장수들은 조조의 말을 믿지 않았다.

한편, 원희·원상 형제는 기병 수천 명을 거느리고 요동으로 간다.

요동 태수 공손강은 원래 양평襄平 땅 사람으로, 무위장군武威將軍 공손도公孫度의 아들이었다.

그날 공손강은 원희·원상 형제가 온다는 보고를 받자, 마침내 모든 관리들과 함께 상의한다.

숙부뻘 되는 공손공公孫恭이 말한다.

"원소는 생전에 우리 요동 땅을 차지할 생각이었는데, 이제 그 아들 원희·원상이 싸움에 지자 의탁할 곳이 없어 이리로 오는 것이니, 이는 산비둘기가 제 집은 짓지 않고 까치 집을 빼앗으려는 심보다. 만일 그들을 들여놓았다가는 반드시 뒷날에 후환이 있을 것이니, 차라리 그들을 환영하는 척 성안으로 끌어들여 목을 벤 다음에 조조에게 바치면 큰 상을 받을 것이다."

공손강의 의견은 좀 달랐다.

"조조가 군사를 거느리고 이리로 쳐들어올 경우를 생각해보십시오. 그렇다면 원씨 형제의 도움을 받는 편이 낫지 않겠습니까."

공손공은 머리를 끄덕인다.

"그럼 사람을 보내어 알아보기로 하자. 조조가 이리로 쳐들어올 기세거든 우리는 원희 · 원상 형제를 받아들이고, 만일 조조가 출동하지 않거든 그들 형제의 목을 베어서 보내기로 하자."

공손강은 아저씨의 뜻을 좇아 첩자를 보냈다.

한편, 원희 · 원상 형제는 요동 땅 가까이에 이르러 서로 상의한다.

"요동에는 수만 명의 군사가 있으니 그만하면 조조와 싸울 수 있을 것이다. 잠시 의탁했다가 기회를 보아 공손강을 죽이고 요동 땅을 빼앗아 힘을 기른 뒤에 중원으로 밀고 나가면, 우리는 하북 일대를 되찾을 수 있을 것이다."

그들은 의논을 정한 다음에 성안으로 들어가, 공손강과 만나기를 청한다.

공손강은 사람을 시켜 그들을 관역으로 안내한 다음, 자기는 병들어 누웠노라 핑계를 대고 만나주지 않았다.

그러던 어느 날, 첩자가 돌아와서 보고한다.

"조조는 역주 땅에 군사를 주둔하였을 뿐, 요동을 칠 뜻은 없더이다."

공손강은 크게 기뻐하며 먼저 벽 뒤에 도부수들을 숨기고, 사람을 관역으로 보내어 원희 · 원상 형제를 초청했다. 인사를 마치자, 공손강은 그들 형제에게 앉도록 한다.

이날은 날씨가 매우 추웠다. 원상은 의자에 자리가 깔리지 않은 것을 보고 공손강에게 청한다.

"바라건대 깔고 앉을 자리를 주시오."

공손강은 대뜸 눈을 부릅뜨며 꾸짖는다.

"이제 너희들 머리가 만리 먼 곳으로 떠날 터인데, 자리는 깔아서 무엇 하리요."

원상은 크게 놀라 어쩔 줄을 몰라 하는데 공손강이 외친다.

"좌우 사람들은 어째서 손을 쓰지 않느냐?"

순간 벽 뒤에서 도부수들이 쏟아져 나와 그 당장에서 원희·원상 형제의 목을 베어서 나무 상자에 넣어 역주로 보냈다.

이때 조조는 역주에서 군사를 주둔한 채 움직이지 않았다.

하후돈과 장요가 들어와서 고한다.

"요동을 칠 생각이 없으시거든 허도로 돌아가십시오. 형주 유표가 딴 생각을 품을지도 모릅니다."

조조는 대답한다.

"조금만 기다려라. 원희·원상 형제의 머리가 오면 즉시 회군하리라."

이 말을 듣고 모든 사람들은 숨어서 조조를 비웃었다.

문득 사람이 들어와서 고한다.

"요동 공손강이 원희와 원상의 목을 보내왔습니다."

이 말을 들은 사람들은 크게 놀란다.

요동에서 온 사자가 서신을 바치자, 조조는 크게 껄껄 웃으며,

"과연 곽가의 생각이 들어맞았구나."

하고 사자에게 많은 상을 주는 동시에 공손강을 양평후襄平侯 좌장군左將軍으로 봉했다.

모든 사람들이 묻는다.

"어째서 곽가의 생각이 들어맞았다고 하십니까?"

그제야 조조는 곽가의 유서를 꺼내 보인다.

이번에 들은즉 원희·원상 형제가 요동으로 달아났다고 하니, 승상은 그들을 추격하지 마십시오. 원래 공손강은 원소에게 요동을 빼앗길까 봐 두려워했습니다. 그런데 원희와 원상이 이번에 갔으니, 공손강이 그들 형제를 의심하지 않을 리가 있겠습니까. 이제 승상이 공격하면 공손강은 도리어 그들과 힘을 합쳐 막을 것이니,

이는 사세事勢가 어쩔 수 없기 때문입니다.

모든 사람들이 발을 구르며 기뻐하고 감탄했다.

조조는 모든 관리들을 거느리고 다시 곽가의 영구 앞에 제사를 지낸다. 이때 곽가의 나이는 서른여덟이요, 전쟁에 종사한 지 11년 동안 기이한 공로를 많이 세웠던 것이다.

후세 사람이 곽가를 찬탄한 시가 있다.

하늘이 곽가를 내놓아
모든 호걸 중에 으뜸이었도다.
뱃속에는 고금 서적이 가득하며
가슴속에는 무장한 군사를 감췄도다.
계책을 세우는 일은 전국 시대 때 범여 같고
과감히 결정을 내리기는 초한 때 진평 같았다.
아깝구나, 몸이 먼저 쓰러졌으니
중원의 대들보가 부러진 듯하도다.

天生郭奉孝

豪傑冠郡英

腹內藏經史

胸中隱甲兵

運謀如范蠡

決策似陳平

可惜身先死

中原樑棟傾

조조는 일단 군사를 거느리고 기주로 돌아와, 먼저 곽가의 영구를 허도로 보내어 장사지내게 했다.

정욱 등이 청한다.

"북방을 평정했으니 허도로 돌아가서 속히 강남을 칠 계획을 세우십시오."

조조는 껄껄 웃는다.

"나도 오래 전부터 그럴 생각이었는데, 그대들의 말이 바로 내 뜻과 같도다."

그날 밤에 조조는 기주성 동쪽 성루에 의지하여 천문을 본다. 이때 그의 곁에는 순유가 있었다.

조조는 남쪽을 가리키며 말한다.

"남쪽에 왕성한 기운이 저렇듯 찬란하니, 갑자기 강남을 도모하기는 어려울 것 같구나."

"승상의 하늘 같은 위엄으로써 무엇인들 항복받지 못할 게 있겠습니까."

순유가 말하고 보니, 문득 한 줄기 황금빛이 땅에서 솟아오른다.

순유가 계속 말한다.

"저건 땅속에 보물이 들어 있기 때문입니다."

조조는 성루에서 내려와 사람을 시켜 그 황금빛이 솟는 곳을 파낸다.

> 바야흐로 천문을 보니 별은 남쪽을 가리키는데
> 황금 보배가 북쪽 땅에서 나온다.
> 星文方向南中指
> 金寶旋從北地生

과연 어떤 물건이 나올 것인가.

제34회

채부인은 병풍 뒤에서 비밀을 엿듣고
유황숙은 말을 날려 단계를 건너다

황금빛이 솟는 땅을 파보니 구리로 만든 참새가 나왔다.

조조가 순유에게 묻는다.

"이게 무슨 징조요?"

"옛날에 순舜임금의 어머니는 옥돌로 만든 참새가 품에 들어오는 꿈을 꾸고 순임금을 낳았다 합니다. 그러니 구리로 만든 참새를 얻은 것도 좋은 징조입니다."

조조는 크게 기뻐한다. 그리고는 높은 대臺를 쌓아 경축하도록 명했다.

그날로 토목 공사가 시작되었다. 흙을 파고 나무를 잘라오고 기와와 벽돌을 구워 장하仰河 가에 동작대銅雀臺를 쌓아 올린다. 1년이면 공사가 끝날 작정이었다.

둘째 아들 조식曹植이 조조에게 진언한다.

"층대層臺를 쌓을 바에야 좌우에도 쌓아서 가운데 제일 높은 층대를 동작대라 명명하고, 왼쪽 층대는 옥룡玉龍, 오른쪽 층대는 금봉金鳳이라 명명하고, 양쪽으로 구름다리를 만들어 서로 건너다니게 하면 일대 장관이리다."

조조는 머리를 끄덕이며,

"너의 말이 좋도다. 동작대가 완성되면 내 늙은 뒤에 와서 족히 즐길
수 있으리라."

하고 말하였다.

원래 조조에게는 다섯 명의 아들이 있었다. 그 중에서도 조식은 천성
이 민첩한데다가 착하며 지혜롭고 더욱이 글이 뛰어났다. 조조는 평소
에 조식을 가장 사랑하였다.

이에 조식과 조비에게 공사를 맡아보도록 업군에 남겨두고, 장연을
북쪽으로 보내어 지키게 한 다음, 원소가 거느리던 군사까지 합치니 모
두가 60만이었다.

조조는 그들을 거느리고 허도로 돌아와서 이번에 공로를 세운 신하
들에게 일일이 벼슬을 높여주고, 죽은 곽가에게는 정후貞侯라는 시호諡
號(죽은 뒤에 주는 칭호)를 주고 그 아들 곽혁郭奕을 자기 부중으로 데
려다가 친아들처럼 거두었다.

그는 다시 모사들을 모아 남쪽 유표를 칠 일을 상의한다.

순욱이 말한다.

"대군이 북방을 토벌하고 돌아온 지 얼마 안 되니, 다시 출동해서는
안 됩니다. 반년 동안만 군사를 쉬게 하여 사기를 기른 이후에 출정하면
남쪽 유표와 손권을 단번에 항복시킬 수 있습니다."

조조는 그러기로 하고, 군사들에게 농사를 짓게 하면서 앞날에 대비
하도록 했다.

한편, 유현덕은 형주에 와서 유표에게 의탁한 뒤로 융숭한 대우를 받
았다.

어느 날 유표가 유현덕과 함께 술을 마시는데,

"항복해온 장수 장무張武와 진손陳孫이 강하군江夏郡에서 백성들을 노략질하며 공모하고 반역할 기세입니다."

하는 보고가 왔다.

유표는 놀랐다.

"두 놈이 또 반역한다면 큰 골칫거리로다."

유현덕은 청한다.

"형님은 과히 걱정 마십시오. 제가 친히 가서 그들을 토벌하리다."

유표는 크게 반색하며, 곧 군사 3만을 주어 떠나 보냈다.

유현덕이 군사를 거느리고 떠나간 지 하루 만에 강하군에 이르니, 장무와 진손이 군사를 거느리고 싸우러 나온다.

유현덕이 관운장, 장비, 조자룡과 함께 문기 아래로 나가서 적을 바라보니, 적장 장무가 탄 말이 매우 준수했다.

유현덕이 감탄한다.

"저건 틀림없는 천리마로다."

말이 끝나기도 전에 조자룡은 창을 들고 말을 달려 적진을 돌격하니, 장무가 달려 나와 서로 싸운 지 불과 3합에, 장무가 조자룡의 창에 찔려 말 아래로 거꾸러진다. 조자룡은 손을 뻗어 말고삐를 움켜잡고 돌아오는데, 적장 진손이 말을 도로 빼앗으려 뒤쫓아온다.

이를 본 장비는 장팔사모를 휘두르며 말을 달려 나가 크게 소리를 지르면서 단번에 진손을 찔러 죽이니, 적의 군사는 일시에 무너져 달아난다.

유현덕은 적군을 불러모아 위로하고, 강하 일대의 고을을 평정한 뒤에 회군한다. 유표는 성밖까지 나가 유현덕을 영접하여 함께 성안으로 들어와 잔치를 베풀고 그들의 공로를 축하한다.

유표는 얼근히 취하자 근심한다.

"아우님이 이렇듯 씩씩한 기상을 지녔으니 우리 형주는 든든하나, 남월南越(남방의 부족)이 언제 쳐들어올지 모르며, 장노張魯와 손권이 언제 말썽을 일으킬지 걱정이오."

유현덕은 위로한다.

"저에게 세 장수가 있으니 일을 맡길 만합니다. 장비가 남월 경계에 가서 순찰하고, 관운장이 고자성固子城에 가서 장노를 누르고, 조자룡을 삼강三江으로 보내 손권을 감시하면 무엇을 걱정할 게 있습니까."

유표는 만족해하며 유현덕이 시키는 대로 세 장수를 각각 떠나 보냈다.

채모가 그 누이 채부인에게 고한다.

"유비가 세 장수를 외방으로 보내고 스스로 이곳 형주에 눌러앉아 있으면, 반드시 좋지 않은 일을 일으킬 것입니다."

그날 밤 채부인은 남편인 유표에게 간한다.

"요즈음 듣건대, 이곳 형주의 많은 사람이 유비 처소로 내왕한다고 하니, 정신차리셔야 합니다. 유비를 성안에 머물러 있게 해봐야 아무 이익이 없으니, 그를 어디 먼데로 보내는 것이 현명합니다."

유표는 대답한다.

"유현덕은 어진 사람이오."

"그러나 유현덕이 당신 마음과 같지 않을까 두렵소이다."

유표는 무엇을 생각하는 듯 대답이 없었다.

이튿날 유표는 성밖에 나갔다가, 유현덕이 탄 말이 매우 준수한 것을 보고 묻는다.

"아우님은 어디서 그런 좋은 말을 구했는가?"

유현덕은 지난날 장무가 탔던 말이라고 설명했다. 유표가 극구 칭찬

하는지라, 유현덕은 마침내 그 말을 유표에게 바쳤다. 유표는 상기된 표정이 되어 그 말을 달려 성안을 한 바퀴 도는데, 괴월剌越이 마침 보고 묻는다.

"그 말을 어디서 구하셨습니까?"

"유현덕이 나에게 준 말이다."

"지난날 세상을 떠난 저의 형님 괴양剌良은 말 관상을 잘 봤기 때문에, 저도 들어서 누구 못지않게 봅니다. 이 말은 눈 밑에 눈물이 괼 만큼 움푹 들어간데다가 이마에 흰 점이 있으니, 이런 말을 적로的盧라고 합니다. 자고로 적로를 타는 사람은 신상에 해롭습니다. 장무가 죽은 것도 이 말 때문이니, 주공은 아예 타지 마십시오."

유표는 그 말을 듣고 관아로 돌아왔다.

이튿날, 유표는 유현덕을 초청하여 함께 술을 마시다가 말한다.

"어제 좋은 말을 받은 것은 감사하나, 아우님은 언제 또 싸움에 나가야 할지 모르니, 말을 돌려드리는 것이 마땅하다고 생각했소."

유현덕은 그 말을 도로 받기로 하고 일어나 감사한다.

유표는 계속 말한다.

"아우님이 오래도록 여기 있으면 장군으로서 무예에 등한할 테니, 이렇게 하면 어떻겠소? 양양襄陽 땅 소속인 신야현新野縣에 곡식과 재물이 제법 있으니, 아우님은 수하 군사를 거느리고 그리로 가서 사기를 기르면 좋을 것이오."

유현덕은 그러기로 응낙했다.

이튿날, 유현덕은 유표에게 하직하고 수하 군사를 거느리고 동문을 나가는데, 어떤 사람이 오더니 길이 읍하고 아뢴다.

"귀공은 그 말을 타지 마십시오."

유현덕이 보니, 그는 막빈幕賓으로 있는 이적伊籍이란 사람으로 자는 기백機伯이니 원래가 산양山陽 땅 출신이었다.

유현덕은 황망히 말에서 내려 묻는다.

"그 무슨 말씀이시오?"

이적은 대답한다.

"이런 말을 적로라고 한답니다. 적로를 타는 사람은 신상에 해롭기 때문에, 어제 주공이 귀공께 도로 돌려준 것이오."

유현덕은 차탄한다.

"선생이 이처럼 나를 아끼시니 감사하나, 그러나 사람이 살고 죽는 것은 다 천명이거늘 말이 어찌 사람의 천명을 좌우하리요."

이적은 유현덕의 높은 지혜와 식견에 감복한 나머지 이때부터 서로 따르며 교류하였다.

유현덕이 신야 땅에 온 뒤로 군사와 백성들은 다 기뻐하고 다스리는 일도 나날이 새로워져갔다.

건안 12년 봄에 감부인이 아들을 해산하니, 그 아기가 뒷날의 유선劉禪이다. 그날 밤 흰 학 한 쌍이 신야 관아 지붕으로 날아와 40여 번을 높이 울다가 서쪽으로 날아갔는데, 아기가 태어날 때는 그윽한 향기가 산실에 가득했다. 감부인은 하늘을 우러러 북두칠성을 삼키는 꿈을 꾸고 아기를 잉태하였으므로, 아기 때 이름을 아두阿斗라 했다. 그때는 바로 조조가 군사를 거느리고 북쪽의 사막 지대를 치던 무렵이었다.

어느 날, 유현덕이 형주로 가서 유표에게 말한다.

"지금 조조가 군사를 모두 거느리고 북쪽을 치는 중이니, 허도가 빈틈을 타서 형주와 양주의 군사를 거느리고 쳐들어가면, 천하 대사를 가히 성취할 수 있습니다."

유표는 대답한다.

"나는 이 아홉 고을을 차지한 것만으로도 만족하오. 어찌 딴생각을 품으리요."

유현덕은 더 이상 말하지 않았다. 유표는 유현덕을 후당으로 데려가서 함께 술을 마시다가 얼큰해지자 길게 한숨을 내쉰다.

유현덕이 그 까닭을 묻는다.

"형님은 어째서 한숨을 내쉬시오?"

"난들 어찌 근심이 없겠소. 남에게 말 못할 사정이라 그저 답답하오."

유현덕이 다시 그 까닭을 물으려 하는데, 병풍 뒤에서 채부인이 쑥 일어서서 남편을 노려본다. 유표는 무슨 말을 하려다가 아무 소리도 못하고 머리를 숙인다.

술자리가 파하자 유현덕은 하직하고 신야로 돌아갔다.

이해 겨울에 유표는 조조가 북쪽 유성柳城을 평정하고 돌아왔다는 소문을 듣고,

"지난날 유현덕의 말대로 허도가 비었을 때 쳐들어갈 것을 잘못했구나!"
하고 탄식했다.

어느 날 유표는 사람을 신야로 보내어 유현덕을 초청했다. 유현덕이 사자를 따라 형주로 가자 유표는 맞이하여 인사를 마치고 후당으로 들어가서, 지난번처럼 술을 마시다가 말한다.

"요즈음 들으니, 조조가 군사를 거느리고 허도로 돌아와서 날로 그 기세가 강성하여 언제고 우리 형주와 양양을 칠 작정이라니, 지난날 아우님 말을 듣지 않아서 그만 좋은 기회를 놓쳐버렸소."

유현덕은 좋은 말로 위로한다.

"지금은 천하가 분열되어 날로 전쟁이 일어나니, 좋은 기회는 앞으로도 얼마든지 있을 것입니다. 전번 실수를 경험 삼아 뒷날에 대비한다면, 새삼 후회할 거야 있습니까."

"아우님 말이 참으로 지당하시오."

유표는 함께 술을 마신다. 술이 얼근히 취하자 유표는 홀연 소리 없이 울기 시작한다.

유현덕이 까닭을 묻자 유표가 대답한다.

"내 심정을 전번에 아우님에게 하소연하려다가 그때 형편상 말을 못 했소."

"형님은 무슨 난처한 일이라도 있으신지요. 이 아우가 도울 수 있다면 목숨을 버려서라도 도와드리겠소이다."

"나의 전처前妻 진陳씨의 소생인 맏아들 유기劉琦는 어질기는 하나 나약해서 뒷일을 맡길 수 없고, 후처 채蔡씨 소생인 유종劉琮은 매우 총명하니, 나는 맏아들을 폐한 다음에 막내아들을 세우고 싶지만 혹 예법에 어긋날까 두렵소. 그렇다고 큰아들을 세웠다가는 지금 채씨 일파가 병권을 잡고 있기 때문에 반드시 난을 일으킬 것이라, 이러지도 저러지도 못하는 실정이오."

유현덕은 말한다.

"자고로 큰아들을 폐하고 어린 아들을 세우면 반란이 일어나게 마련입니다. 차차 채씨 일파의 권력을 줄여야지, 사사로운 정에 가려서 어린 것을 세워서는 안 됩니다."

유표는 아무 말이 없었다.

원래 채부인은 유현덕을 의심했기 때문에, 남편이 유현덕과 이야기할 때면 반드시 숨어서 엿듣곤 했다. 이때도 채부인은 병풍 뒤에 숨어서 유현덕이 하는 말을 듣고 매우 괘씸히 여겼다.

유현덕은 자신이 경솔히 말한 것을 스스로 깨닫고 곧 일어나 뒷간으로 갔다. 그는 우연히 허벅지에 살이 찐 것을 보고는, 자기도 모르게 눈물이 흐른다. 유표는 들어오는 유현덕의 눈 언저리에 눈물 자국이 있는 것을 보고, 이상히 여겨 묻는다.

"웬일이오?"

유현덕은 길게 탄식한다.

"저는 늘 말을 탔기 때문에 허벅지에 살이 없었는데, 오랫동안 말을
타지 않으니 다시 살이 쪘군요. 세월은 흘러 점점 늙어가는데, 아무런
업적도 이루어놓은 것이 없으니 자연 슬퍼졌습니다."

"내가 듣기에 아우님은 허도에 있을 때 조조와 푸른 매실을 안주 삼
아 술을 마시며 함께 영웅을 논한 일이 있었다지요. 그때 아우님이 당대
의 유명한 인물들을 들었으나, 조조는 다 수긍하지 않더니 천하의 영웅
은 오직 유현덕과 자기뿐이라고 말했다지요. 조조의 권력으로도 아우
님을 만만히 보지 않았는데, 어찌 공적을 세우지 못할까 염려하시오?"

유현덕은 취한 김에 또 실수를 저지른다.

"제게 근본만 있다면, 천하의 녹록한 무리쯤이야 염려할 것이 없습니다."

유표는 아무 말도 않는다.

유현덕은 곧 자기가 경솔했다는 것을 깨닫고, 취한 것을 핑계 삼아 관
사로 돌아갔다.

후세 사람이 유현덕을 찬탄한 시가 있다.

조조가 손을 꼽아 세어보더니
'천하 영웅은 그대뿐이라.'
그 영웅이 허벅지에 살찐 것을 탄식하니
어찌 천하가 셋으로 나뉘지 않을 수 있으리요.
曹公屈指從頭數
天下英雄獨使君
蝦肉復生猶感嘆

유표는 유현덕의 말을 듣고 비록 말은 하지 않았으나 기분이 언짢았다. 그가 유현덕을 보내고 안으로 들어가니 채부인이 말한다.

"조금 전에 제가 병풍 뒤에서 유현덕이 하는 말을 들었는데, 우리를 너무 업신여기더군요. 그 말하는 투만으로도 우리 형주 땅을 차지하겠다는 야심이 드러났습니다. 속히 유현덕을 없애버리지 않았다가는 뒷날에 큰 봉변을 당할 줄이나 아십시오!"

유표는 아무 대답도 않고 머리만 흔들었다. 이에 채부인은 곧 친정 오라버니 채모를 불러들여 이 일을 상의한다.

채모가 말한다.

"내 먼저 관사에 가서 그놈을 죽인 후에 주공께 알리리다."

채부인은 거듭 머리를 끄덕인다. 채모는 나오는 길로 한밤중에 군사를 점검했다.

한편, 유현덕은 관사에서 촛불을 밝히고 앉았다가 3경이 지난 뒤에야 잠자리에 드는데, 문득 바깥에서 문 두드리는 소리가 나더니 어떤 사람이 들어온다. 보니 바로 이적이다. 이적은 채모가 유현덕을 죽이려 한다는 것을 듣고, 한 발 앞서 알리러 온 것이다. 그는 대충 사태를 설명하고 속히 떠나도록 독촉한다.

유현덕은 말한다.

"성주城主께 하직 인사도 하지 않았으니, 어찌 떠날 수 있으리요."

"귀공이 작별 인사를 하러 들어갔다가는, 채모에게 살해당하고 마오."

유현덕은 급히 종자를 깨워 일제히 말을 타자, 이적과 작별하고 밤길을 달려 신야 땅으로 돌아간다.

이윽고 채모가 군사를 거느리고 관사에 왔을 때는 유현덕은 이미 멀리 떠난 뒤였다. 채모는 후회해도 소용없게 되자 벽에다 시 한 수를 써놓고, 바로 유표에게 갔다.

"유비가 배반할 뜻을 품고 관사 벽에 반역하는 시를 써놓고 인사도 없이 가버렸습니다."

유표가 믿지 못해 친히 관사에 가서 보니, 과연 벽에 시 네 구절이 적혀 있었다.

여러 해 동안 곤궁한 신세가 되어
하는 일 없이 옛 산과 냇물을 바라보는도다.
그러나 용이 언제까지 못 속에 엎드려 있으리요.
우렛소리를 타고 하늘로 오르려 하는도다.
數年徒守困
空對舊山川
龍豈池中物
乘雷欲上天

유표는 진노하여 칼을 뽑는다.

"내 그 의리 없는 자를 죽이리라."

그러나 유표는 걸어 나가다가 갑자기 반성한다.

"유현덕과 함께 오래 있었지만, 그가 시를 짓는 걸 본 적이 없다. 이건 누군가 우리를 이간시키려 꾸민 짓이다."

하고 다시 관사로 들어가서 칼로 시를 긁어버린 후 칼까지 던져버리고는 말에 올라탔다.

채모는 청한다.

"군사를 정돈했으니 신야로 가서 유비를 잡아야겠습니다."

유표는 대답한다.

"서두르지 말고 천천히 도모하여라."

채모는 선뜻 결단을 내리지 못하는 유표를 보고, 그날 밤 다시 채부인과 상의한다.

"모든 관리를 양양 땅으로 소집하여 거기서 유비를 처치해야겠소."

채부인은 연방 머리를 끄덕였다.

이튿날, 채모는 유표에게 여쭌다.

"몇 해 동안 풍년이 들었으니, 이번에 모든 관리들을 양양 땅으로 불러 대회를 열고 그들을 위로하고 격려해야겠습니다. 주공께서 친히 임석해주십시오."

유표는 대답한다.

"나는 요즈음 몸이 편치 않아서 갈 수 없으니, 나의 아들 둘을 대신 보내어 모든 관리들을 대접하게 하라."

"두 공자公子는 아직 나이가 어려서 예절에 혹 실수라도 있을까 걱정됩니다."

"그럼 신야에 있는 유현덕을 청해다가, 나 대신 모든 관리들을 대접하도록 일러라."

채모는 일이 자기 계책대로 들어맞자 속으로 반색하며 곧 사람을 신야로 보냈다.

한편, 유현덕은 신야로 도망치듯 돌아와, 자기가 말을 잘못해서 불행을 겪은 일을 아무에게도 말하지 않았다. 그런데 형주에서 사자가 와서, 양양 땅으로 초청한다는 전갈을 전한다.

손건이 말한다.

"주공은 어제 황급히 돌아오신 뒤로 왜 계속 우울해하십니까? 제가 짐작하건대 아마도 형주에서 무슨 일이 있었던 것 같습니다. 이제 갑자기 대회에 참석하라는 기별이 왔으니 경솔히 가서는 안 됩니다."

그제야 유현덕은 형주에서 겪은 일을 여러 사람들에게 말했다.

관운장은 권한다.

"형님은 실수했다고 스스로 생각하시지만, 유표는 실상 형님을 책망할 뜻이 없기 때문에, 자기 대신 일을 봐달라고 청하는 것이 아니겠습니까. 남의 말을 경솔히 믿어서는 안 됩니다. 더구나 여기서 양양 땅이 멀지 않으니, 만일 가지 않으면 유표는 참으로 형님을 의심할 것입니다."

유현덕은 결연히 대답한다.

"운장의 말이 옳다."

장비가 불쑥 나서서 반대한다.

"자고로 잔치에 좋은 잔치 없으며 대회에 좋은 대회 없답니다. 여러 말 할 것 없이 형님은 갈 생각을 마십시오."

조자룡은 자기 의사를 말한다.

"제가 군사 3백 명만 거느리고 가면, 주공을 무사히 호위할 수 있소."

유현덕은 대답한다.

"그러는 것이 가장 좋겠다."

이에 유현덕은 조자룡과 함께 양양 땅으로 갔다. 채모는 성밖까지 나와서 은근히 영접한다. 유기와 유종 두 공자가 일반 문무 관료를 거느리고 나와서 유현덕을 안내한다.

이날 유현덕이 관사에 들어가서 쉬는데, 조자룡은 거느리고 온 군사 3백 명으로 하여금 관사를 경호하게 하고 몸소 갑옷 차림으로 칼을 들고, 유현덕의 곁을 잠시도 떠나지 않았다.

유기는 유현덕에게 고한다.

"아버지께서는 몸이 편찮으셔서 친히 오시지 못하셨습니다. 특히 아저씨를 모셔다가 손님들을 대접하고 각 고을의 관원들을 격려하고 위로하라 분부하셨습니다."

"내가 어찌 이런 일을 담당할까마는 형님의 분부시니 좇지 않을 수 없다."

유현덕은 승낙하였다.

이튿날, 형주 관할인 9군 42주의 관원들이 다 모여들었다.

채모는 괴월과 미리 계책을 짠다.

"유비는 당대의 측량할 수 없는 영웅이다. 그가 오래 머물러 있으면 반드시 우리를 해칠 것이니, 오늘 중에 없애버려야 하오."

괴월은 대답한다.

"그러나 선비들과 백성들이 우리를 원망할까 두렵소."

"내 이미 주공의 지시를 받았으니, 그건 염려 마시오."

"그렇다면 미리 준비를 합시다."

채모는 계책을 말한다.

"동쪽 성문 밖 현산峴山으로 뻗은 큰길에는 내 동생 채화蔡和가 군사를 거느리고 지키고, 남쪽 성문 밖에는 채훈蔡勳이 군사를 거느리고 지키고 있소. 나머지 서쪽 성문 밖은 굳이 지킬 필요가 없으니, 그리로 가면 험한 단계檀溪 계곡이 앞을 가로막고 있기 때문에, 비록 수만 명의 군사라도 통과하지는 못할 것이오."

괴월은 염려한다.

"내가 보기엔 조자룡이 잠시도 유현덕의 곁을 떠나지 않으니 손을 쓰기가 어려울 것 같소."

괴월이 계책을 말한다.

"문빙文聘, 왕위王威 두 사람을 시켜 따로 외청外廳에다 한 상 차리고 장수들만 대접하되, 먼저 조자룡부터 청하라 하시오. 그 후에 우리가 일

양양에서 연회를 연 유비(왼쪽에서 두 번째). 왼쪽 끝은 유기

을 도모하면 틀림없을 것이오."

채모는 그 계책을 따라 그날 소와 말을 잡아 크게 잔치를 벌였다.

유현덕은 적로를 타고 양양 관아에 이르러, 말을 후원에 매어두게 했다.

각 고을의 모든 관원들이 당 안에 들어서자, 유현덕은 주인 자리에 앉았다. 두 공자는 양쪽에 나뉘어 앉는다. 그 밖의 사람들은 차례를 따라 앉는다.

조자룡은 칼을 차고 유현덕을 모시고 서 있는데, 문빙과 왕위가 들어와서 다른 잔치 자리로 가자고 청한다. 조자룡이 사양하며 가려 하지 않는데, 유현덕이 분부한다.

"간절히 청하니 가는 것이 예의니라."

조자룡은 분부를 어길 수 없어 싫지만 어쩔 수 없이 따라갔다.

이때 성밖에서 채모는 군사들에게 철통같이 지키라 하고, 유현덕이 데려온 군사 3백 명에게는 관사에도 음식을 차려놓았으니 가서 먹도록 돌려보낸 다음에, 모두가 취했을 때 손을 쓰기로 만반의 준비를 마쳤다.

술이 세 순배째 돌았을 때였다. 이적이 술잔을 들고 유현덕 앞으로 오더니 슬쩍 눈짓을 하며 속삭인다.

"청컨대 옷을 바꿔 입고 오겠다 하시오."

유현덕이 얼른 눈치를 채고 뒷간에 간다며 바깥으로 나갔다.

이적은 좌중에 술잔을 한 바퀴 돌리고, 곧 후원으로 가서 유현덕의 귀에 대고 속삭인다.

"채모가 귀공을 죽이려 준비하고 있소. 동문·남문·북문에는 그들의 군사가 철통같이 지키고 있으니, 어서 서문으로 빠져 달아나시오."

유현덕은 크게 놀라 급히 적로의 고삐를 풀고 후원 문밖으로 간신히 끌고 나온 다음에, 몸을 날려 올라타고 혼자서 서쪽 성문으로 달아난다.

서쪽 성문 문지기가 앞을 막으며 어디로 가시느냐고 묻는 말에, 현덕은 대답도 않고 적로를 채찍질하여 쏜살같이 달려나간다. 이 바람에 옆으로 비키다가 나동그라진 문지기는 곧 일어나 급히 채모에게 보고했다. 채모는 즉시 말을 타고 군사 5백 명을 거느리고 유현덕을 뒤쫓는다.

한편, 유현덕은 서쪽 성문을 빠져 나와 달린 지 불과 몇 리를 못 갔을 때였다. 큰 계곡이 나타나서 앞을 가로막는다. 이 계곡이 바로 단계檀溪니, 폭은 넓고 상강湘江으로 빠지는 상류로 파도가 매우 거칠며 빠르다. 물가에 이른 유현덕은 도저히 건널 수가 없어서 말을 돌려 돌아가려는데, 아득히 양양 쪽에서 티끌이 크게 일어난다. 군사들이 뒤쫓아오는 것이 분명하자, 유현덕은 탄식한다.

"여기서 내가 죽는구나!"

그는 다시 말을 돌려 물가에 이르러 뒤돌아보니, 쫓아오는 군사들이

적로를 타고 단계를 건너는 유비. 오른쪽은 채모

멀리 보인다.

유현덕은 정신없이 말을 물 속으로 몰고 들어간다. 불과 얼마 가지 않아 말의 앞발이 빠지면서 온몸이 젖는다. 유현덕은 물 속으로 깊이 빠져 들어가려는 순간, 말에 채찍질하며 크게 외친다.

"적로야! 적로야! 과연 네가 네 주인을 해치려느냐!"

그 순간 말은 물 속에서 떠올라 네 발굽을 들어 걷어차더니, 단번에 공중으로 세 길이나 솟아올라, 유유히 날아서 서쪽 언덕에 선뜻 내려선다. 유현덕은 구름과 안개 속을 지나온 듯하였다.

후세 송宋나라 때 소동파蘇東坡가 유현덕이 단계를 통과한 기적을 읊은 시가 있다.

몸은 늙어가고 꽃은 져서 봄날은 저무는데

나는 벼슬길에 노닐다가 우연히 단계에 이르렀도다.

말에서 내려 멀리 바라보며 홀로 거니니

눈앞에 나부끼는 버들솜들은 불그레 떨어지도다.

함양 도읍지의 운수가 쇠약하던 때를 가만히 생각하니

용은 다투며 범은 싸워 서로 으르렁댔도다.

양양성 대회 석상에서 왕손이 술을 마시니

좌중의 유현덕은 장차 위기에 놓였더라.

살길을 찾아 홀로 달아나는 서쪽 성문 밖은 아득한데

풍우처럼 군사들이 뒤쫓아오는도다.

큰 물은 뿌옇게 연기를 일으키며 단계에 넘쳐흐르는데

급히 말을 꾸짖어 앞으로 뛰어들었도다.

말 발굽은 푸른 유리 같은 물 속을 짓밟아 부수는데

하늘 바람이 불어대는 곳에서 황금 채찍을 힘껏 휘둘렀도다.

귓전에는 천군만마가 달리는 소리!

홀연히 파도 속에서 쌍룡이 날아오르도다.

그는 장차 서천을 독점할 영특한 주인으로서

타고 있는 용마와 서로 만난 셈이로다.

단계의 급한 물은 예나 이제나 동쪽으로 흐르건만

용마와 영웅은 어디로 가고 없느냐.

물가에 서서 거듭 탄식하니 스산한 이내 심사여

석양은 적막하여 빈 산을 비치는도다.

천하가 셋으로 나뉘어 솥발처럼 섰던 일도 다 한바탕 꿈이런가.

쓸쓸한 자취만 세상에 남았도다.

老去花殘春日暮

宦遊偶至檀溪路

停柱遙望獨徘徊

眼前零落飄紅絮

暗想咸陽火德衰

龍爭虎鬭交相持

襄陽會上王孫飲

坐中玄德身將危

逃生獨出西門道

背後追兵復將到

一川烟水漲檀溪

急叱征騎往前跳

馬蹄踏碎靑琨璃

天風響處金鞭揮

耳畔但聞千騎走

波中忽見雙龍飛

西川獨霸眞英主

坐上龍駒兩相遇

檀溪溪水自東流

龍駒英主今何處

臨流三嘆心欲酸

斜陽寂寂照空山

三分鼎足渾如夢

踪跡空留世在間

유현덕이 단계를 건너고 나서 뒤돌아보니, 채모가 군사를 거느리고 저편 물가에 이르러 큰소리로 외친다.

"귀공은 어째서 잔치 자리를 버리고 도망가시오?"

유현덕이 묻는다.

"내 너와 원수진 일이 없는데, 무슨 연고로 나를 죽이려 하느냐!"

저편에서 대답한다.

"내겐 그럴 생각이 없소. 귀공은 남의 말만으로 오해 마시오."

그래도 유현덕이 믿지 않자, 그제야 채모는 활을 당겨 겨눈다.

유현덕은 급히 말 머리를 돌려 서남쪽으로 사라져간다.

채모는 좌우 사람들에게,

"무슨 신조神助로 유현덕이 큰 물을 건넜을까!"

하고 탄식하며 군사를 돌렸다.

그들이 양양성 성문 가까이 돌아갔을 때였다.

바로 군사 3백 명을 거느리고 달려오는 조자룡과 만났으니,

　　용마는 한 번 뛰어 주인을 구하고

　　범 같은 장수는 내달아서 원수를 죽이려 든다.

　　躍去龍駒能救主

　　追來虎將欲誅仇

채모의 목숨은 어찌 될 것인가.

【 4권에서 계속 】

三國志
演義 부록
③

나오는 사람들

감부인甘夫人 유비의 부인이자 후주 유선의 생모. 유비가 형주를 차지하여 안정할 때 세상을 떠난다.

공융孔融 │ 153-208 │ 자는 문거文擧. 북해 태수. 황건의 난 때 제후로 출전, 유비를 천거하였다. 학식과 덕망이 높아 뭇사람의 추앙을 받았다. 후일 조조 수하에서 바른말을 하다가 죽음을 당한다.

관우關羽 │ ?-219 │ 자는 운장雲長. 촉의 명장. 도원결의 이후 한의 중흥을 위해 평생 전력을 다하였다. 일찍이 동탁의 맹장 화웅과 원소의 맹장 안양·문추를 참했다. 그러나 형주를 맡아 천하를 도모하다가 오장 여몽의 계략으로 세상을 마친다.

길평吉平 │ ?-200 │ 자는 칭평稱平. 본명은 길태吉太. 궁정에서 천자를 돌보는 의관으로, 충성심이 대단했다. 동승이 동지들과 함께 조조를 제거하려는 것을 알고 뜻을 같이하였으나, 조조 시해의 기회를 엿보던 중 사전에 누설되어 무참히 죽음을 당한다.

노숙魯肅 │ 172-217 │ 자는 자경子敬. 오의 장수. 주유를 도와 유비와 우호를 맺는 데 힘썼으며, 적벽 대전에서 조조를 물리치는 데 큰 역할을 한다. 주유의 뒤를 이어 군마를 통솔하여 오의 기반을 닦는다.

동귀비董貴妃 │ ?-200 │ 헌제의 후궁. 오라버니 동승이 황제의 밀서를 받아 조조를 제거하려다 발각되자 황제의 귀비인데도 무참히 죽음을 당한다.

미부인糜夫人 유비의 부인. 일찍이 감부인과 함께 유비를 섬겼으나, 당양 싸움 때 아두(유선)를 조자룡에게 맡기고 자신은 우물에 빠져 자살한다.

손건孫乾 │ ?-214 │ 자는 공우公祐. 유비의 모사. 일찍이 유비가 서주에 있을 때부터 그를 따랐는데, 외교 방면에서 크게 활약한다.

손권孫權 | 182-252 | 자는 중모仲謀. 오의 초대 황제. 시호는 대황제. 일찍이 영웅의 기상이 있어 부형의 대업을 이어받아 강동에 웅거한다. 촉과 우호를 맺으면서 위의 침입에 전력하였다. 수하의 뛰어난 문무 신하들이 보좌하여 위·촉에 이어 황제로 즉위한다.

손책孫策 | 175-200 | 자는 백부伯符. 손견의 장자이자 손권의 형. 손견이 죽자 원술에게 잠시 의탁해 있다가 손견을 섬기던 이들의 도움을 얻어 동오로 들어가 기반을 닦는다. 그러나 웅지를 펴보지 못하고 26세로 요절한다.

순욱荀彧 | 163-212 | 자는 문약文若. 조조의 모사. 순유와는 숙질간이다. 조조가 황건적을 칠 때 그의 수하에 들어간다. 조조의 중원 도모에 끼친 공로가 많았으나, 훗날 조조가 위공이 되는 것을 반대하다가 노여움을 사서 자결한다.

순유荀攸 | 157-214 | 자는 공달公達. 조조의 모사. 순욱의 조카로 숙부와 함께 조조를 도와 많은 공을 세운다. 그러나 뒤에 조조가 위왕이 되는 것을 반대하다가 조조의 노여움을 산 끝에 화병으로 죽는다.

신평辛評 자는 중치仲治. 원소의 모사. 원래 한복의 수하에 있었으나, 그가 죽은 후 원소와 그의 장자 원담을 도와 조조와 싸운다. 그러나 도저히 조조를 대적할 수 없음을 안 원담이 그를 조조에게 보내어 항복을 교섭하도록 하였는데, 뜻밖에 원담의 오해를 받아 죽는다.

여포呂布 | ?-198 | 자는 봉선奉先. 변화무쌍하여 일찍이 의부 정원을 죽이고 동탁을 섬겼으며, 그 후 왕윤과 초선의 연환계에 빠져 의부 동탁마저 죽인다. 그러나 동탁의 잔당 이각·곽사의 난을 피해 떠돌아다니다가 하비 전투 때 조조에게 잡혀 죽는다.

예형禰衡 | 173-198 | 자는 정평正平. 박학 다재하여 천하에 따를 자가 없었다. 그러나 성격이 강직하여 간신들을 미워하였다. 조조·유표 등이 그에게 농락당하였으나, 명성이 높아 감히 죽이지 못하고 황조에게 보내어 대신 그를 죽이게 한다.

우금于禁 | ?-221 | 자는 문칙文則. 조조의 용장. 일찍부터 조조를 위기에서 구하는 등 많은 공을 세웠다. 장수와 싸울 때 뛰어난 공을 세워 조조의 특별한 신임을 받는다. 그러나 형주에서 관우에게 패해 사로잡혔다가 풀려 나온 뒤 울분 끝에 죽는다.

우길于吉 도사. 강동에 살면서 많은 기적을 보여 백성들 사이에 선인으로 추앙받았다. 그러나 손책은 그가 요술로써 사람들을 속이고 세상을 어지럽힌다 하여 잡아죽인다.

원담袁譚 | **?-205** | 자는 현사顯思. 원소의 장자. 원소가 후처 소생인 셋째 아들 원상을 총애하여 그에게 뒤를 잇게 하려는 것을 알고 형제가 반목한다. 원소가 조조에게 패하여 진중에서 죽자, 자리 다툼으로 분란을 일으키다가 조조의 손에 죽는다.

원상袁尚 | **?-207** | 자는 현보顯甫. 원소의 셋째 아들. 후처 소생으로 원소가 진중에서 죽자, 원소 측근에 의해 후계자가 된다. 그러나 형 원담과 반목하여 자멸을 초래한다.

원소袁紹 | **?-202** | 자는 본초本初. 명문 귀족 출신이라는 후광으로 일찍부터 하북에서 기반을 닦는다. 일찍이 하진을 도와 환관들을 죽였으며, 동탁을 칠 때에는 17제후의 맹주였다. 이어 공손찬을 멸하고 조조와 맞섰으나, 여러 차례 패한 끝에 진중에서 죽는다.

유기劉琦 | **?-209** | 유표의 장자. 계모 채부인과 계모의 동생 채모의 미움을 받아늘 신변에 위협을 받는다. 마침 유표에게 의지해 있던 유비의 도움으로 안전책을 마련한다.

유종劉琮 | **173-198** | 유표의 둘째 아들이자 후처 채부인 소생으로, 부친이 죽자 채모·장윤 등이 유종에게 뒤를 잇게 하고 이어 조조에게 항복을 강요한다. 그러나 조조는 항복한 유종 모자를 무참히 죽인다.

유표劉表 | **142-208** | 자는 경승景升. 형주 자사. 형주에 웅거하며 오와 자주 싸웠다. 유비가 조조에게 쫓겨 그를 의지할 때 예의로써 대우하였다. 유비에게 뒷일을 부탁하였으나, 후처 채부인의 모략으로 번민하다 죽는다.

이적伊籍 자는 기백機伯. 유비의 대신. 유비가 유표에게 의지해 있을 때 그를 도운 것이 인연이 되어 유비를 섬기게 된다.

장남張南 촉의 장수. 유비가 오를 칠 때 출전하였다. 오군의 반격으로 촉군이 패하자 적에게 포위되어 혼전 속에서 죽는다.

장비張飛 | **?-221** | 자는 익덕翼德. 촉의 장수. 유비·관우와 의형제를 맺어 평생을 함께할 것을 결의한다. 두 형과 더불어 한의 중흥을 위해 혼신을 다하였으나, 뜻을 이루지 못하고 중도에 수하 장수 범강·장달에게 살해된다.

장소張昭 | **156-236** | 자는 자포子布. 오의 중신. 손책이 죽을 때 손권에게, 바깥일은 주유에게 묻고 안의 일은 장소에게 물어서 하라고 이른다. 평생 변함없이 오

나라를 섬겨 대업을 이루게 한다.

장요張遼 | 169-222 | 자는 문원文遠. 조조의 맹장. 원래 여포의 수하에 있다가 조조에게 항복한다. 무예가 출중하고 충의가 있어 일찍이 관우와도 친교를 맺는다. 싸움에 임하여 많은 공을 세운다.

저수沮授 | ?-200 | 원소의 모사. 뛰어난 지모로 원소를 도왔으나, 편협한 원소의 미움을 받아 옥에 갇힌다. 원소를 멸한 조조가 항복하기를 권하였으나, 거절하고 몰래 말을 훔쳐 달아나다가 붙잡혀 죽는다.

전위典韋 | ?-197 | 조조의 용장. 충성스럽고 용맹하여 조조의 호위를 맡았다. 조조가 완성에서 장수의 기습을 받아 위급할 때 끝까지 조조를 호위하다가 무수한 화살을 맞고 죽는다.

전풍田豊 | ?-200 | 자는 원호元皓. 원소의 모사. 지모가 뛰어나고 강직하였으나, 여러 차례 원소에게 바른말을 하여 미움을 산다. 조조를 공격하려는 원소에게 간언하다 하옥되었다. 조조와 싸우다 크게 패하여 그를 보기 부끄러워하던 원소에게 도리어 죽음을 당한다.

정보程普 | 자는 덕모德謀. 손견·손책·손권을 도와 많은 공을 세운다. 한때 주유가 대도독이 되자 불복하였으나, 그

가 뛰어난 인물임을 알고 흔연히 승복하였다.

조운趙雲 | ?-229 | 자는 자룡子龍. 촉의 장수. 오호대장. 공손찬의 수하에 있다가 유비를 만난 이후 그를 따르게 된다. 관우, 장비와 함께 평생 유비를 한마음으로 섬겨 마침내 그가 패업을 이루도록 한다.

조조曹操 | 155-220 | 자는 맹덕孟德. 위왕. 황건의 난에서 그 뜻을 세운 이래 뛰어난 지모와 웅지를 품고 천하를 종횡으로 달려 마침내 뜻을 이룬다. 그러나 위왕이 된 지 4년 만에 문무 신하들에게 아들 조비를 부탁하고 세상을 떠난다.

진등陳登 | 자는 원룡元龍. 부친 진규와 함께 도겸·유비·여포 등을 도왔다. 그러나 조조와 만난 후로 여포를 없애는 데 큰 역할을 한다.

진임陳琳 | ?-217 | 자는 공장孔璋. 문장이 뛰어났는데, 특히 원소가 조조를 칠 때 쓴 격문은 유명하다. 원소를 물리친 조조가 그를 잡아죽이려 하였으나, 그의 재능을 아껴 종사로 삼는다.

최염崔琰 | ?-216 | 자는 계규季珪. 조조의 문신. 원래 하북의 명사로 원소의 수하에 있었으나 원소가 죽은 후 조조를 섬겼다. 벼슬이 상서에 이르렀는데, 조조가

위왕이 되는 것을 반대하다가 죽음을 당한다.

하후돈夏侯惇 | **?-220** | 자는 원양元讓. 조조의 맹장. 일찍부터 조조를 도와 많은 공을 세운다. 일찍이 여포의 장수 조성이 쏜 화살이 눈에 맞았는데, 화살과 함께 뽑혀 나온 자기 눈알을 씹어 삼킨 일화로 유명하다.

한당韓當 | **?-227** | 자는 의공義公. 오의 장수. 손견 · 손권을 도와 여러 차례 큰 공을 세운다.

허유許攸 | **?-204** | 자는 자원子遠. 원소의 모사였으나 원소가 그의 계책을 듣지 않자 조조에게 가 원소를 멸망시키는 데 큰 공을 세웠다. 그러나 사람됨이 경박하여 뭇사람의 미움을 받았고, 결국 허저의 손에 죽는다.

허저許褚 자는 중강仲康. 조조의 맹장. 무예가 출중하여 촉의 마초, 장비 등과 크게 싸워 세상을 놀라게 한다. 조조의 지극한 총애를 받는다.

호반胡班 호화의 아들. 부친의 편지로 관우를 도운 것이 인연이 되어 촉의 장수가 된다. 뒤에 나오는 오반은 호반의 잘못된 표기이다.

간추린 사전

◉ — **삼교 구류**三教九流

예형의 거만한 행동에 분노한 조조가 예형에게 무엇에 능하냐고 묻자, 예형은 삼교 구류를 언급하며 모든 학문에 통달하였다고 말했다. (23회)

본래는 종교나 학술의 각 유파를 가리키다가 후에 가지각색의 인물과 직업을 의미하게 되었다. 삼교三教는 유교 · 불교 · 도교 등을 가리키고, 구류九流는 원래 유가儒家 · 도가道家 · 음양가陰陽家 · 법가法家 · 명가名家 · 묵가墨家 · 종횡가縱橫家 · 잡가雜家 · 농가農家 등을 가리킨다.

◉ — **양화경중니**陽貨輕仲尼 · **장창훼맹자**臧倉毀孟子

조조가 예형을 업신여기자, 예형이 자신을 공자와 맹자에 빗대어 조조를 꾸짖었다. (23회)

양화陽貨는 춘추 시대 노나라 계손씨季孫氏가 권력을 장악했을 때의 가신이다. 중니仲尼는 공자의 자字. 한번은 계손씨가 연회를 열어 선비들을 청하자, 공자도 참석하였다. 양화는 공자를 선비로 여길 수 없다며 깔보고 소리를 질러 쫓아 보냈다.
장창臧倉은 전국 시대 노魯 평공平公이 총애하던 대신이다. 노 평공이 맹자를 만나고 싶어하자, 장창은 참언을 올려 맹자를 비방하면서 노 평공이 맹자와 만나는 것을 방해하였다.

294

◉ ─ 아기牙旗

조조의 군사가 소패로 가던 중 동남풍에 아기가 부러지자, 순욱이 풍향을 헤아려 유비가 기습해올 것을 예측함으로써 승리할 수 있었다.(24회)

고대 군대의 깃발 이름이다. 대장이 출정할 때, 군대 앞에 세우는 큰 깃발을 말한다. 이 깃발의 깃대 위를 상아象牙로 장식하였기 때문에 아기라고 한다.

◉ ─ 태평청령도太平靑領道

손책이 우길을 힐난하자, 우길이 자신을 소개하면서 이 책의 내용을 언급하였다.(29회)

우길이 약초 캐는 노인 백화帛和로부터 얻은 뒤, 수정과 보충을 거듭하여 170권으로 만들었다고 한다. 도가에서는 신서神書로 전해진다.

◉ ─ 인함매 마륵구人銜枚馬勒口

관도 싸움 당시 조조군이 오소 땅으로 나아갈 때 이 전술을 사용하여 성공을 거두었다.(30회)

고대 행군 중에 비밀을 지키기 위해 실시하던 조치. 군대가 적을 습격할 때, 사병의 입에 하무를 물리고 말의 주둥이에는 재갈을 단단히 묶어 사람이 말을 하거나 말이 우는 것을 방지하였다. '매'는 모양이 젓가락과 같은데, 양쪽 끝에 띠가 있어 턱에 묶을 수 있게 되어 있다.

◉ ─ 미자거은微子去殷

원소의 장수 장합과 고남이 조조에게 투항하려 할 때, 조조는 이들을 미자에 비유하여 받아들였다.(30회)

미자는 상商나라 주왕紂王의 서형庶兄으로 이름은 계啓이다. 은殷은 곧 상조商朝를 말하며 상왕商王 반경般庚이 도읍을 은으로 옮긴 후에는 은상殷商이라 불렀다. 미자는 주왕이 황음 무도하여 국가가 위태롭고 민심이 어지러워지는 것을 보고 여러 차례 간곡하게 간하였다. 그러나 주왕이 잘못을 뉘우치지 않자 그는 분연히 떠났다. 후에 주周나라가 상을 멸하자 그는 주나라에 투항하여 벼슬을 받았다.

◉ ─ 진인기어양패간眞人起於梁沛間

> 조조가 황하 언덕 일대에서 진을 세웠을 때 초청한 지방 노인 중 한 사람이 50년 전 요동 땅 은규가 했던 이 예언을 인용하여 초현 출신인 조조가 곧 태평성세를 열 것으로 기대하였다.(31회)

점성가들의 술어. 진인眞人은 도가에서 참된 도를 닦거나 혹은 신선이 된 사람을 칭한다. 이는 천운에 호응하여 천하를 통일한 사람, 즉 진명천자眞命天子를 가리킨다. '양梁'과 '패沛'는 양나라와 패나라로 후한後漢 왕들의 봉국이다. 조조는 패나라 초현 사람인데, 초현은 또 양나라 바로 옆에 붙어 있다. 그러므로 양나라와 패나라 사이에서 몸을 일으키는 진인이란 말은 바로 조조를 암시하는 것이다.

◉ ─ 구탈작소鳩奪鵲巢

> 원희·원상 형제가 공손강에게 의지하려 하자, 공손공은 원희·원상을 비둘기에 비유하여 그들을 받아들이지 말고 조조에게 항복할 것을 주장했다.(33회)

비둘기는 스스로 둥지를 지을 줄 몰라 흔히 까치 둥지에서 산다고 한다. 『시경·소남召南』「작소鵲巢」에 "어린 까치에게 둥지가 있으면, 어린 비둘기는 거기에서 산다네"라 하였다. 그 후 다른 사람의 집이나 근거지를 강제로 차지하는 것을 비유하는 말로 쓰였다.

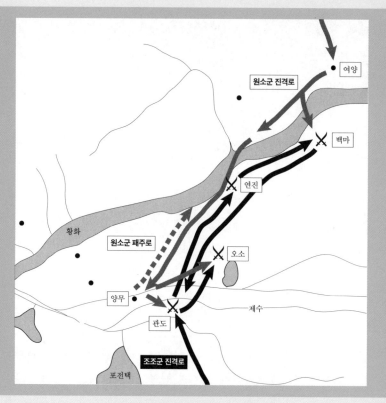

【 관도 전투 】

한 왕조 쇠퇴 후, 세력을 뻗치던 군웅 원소와 조조가 중원의 패권을 차지하기 위해 건안 5년(200)에 대결하였다. 본거지인 업鄴을 출발하여 남하한 원소는 여양黎陽에 본영을 구축했고, 선봉 안양은 황하를 건너 조조의 전진 기지인 백마성白馬城을 공격했다. 한편, 하남河南 북부의 관도官渡에 본진을 설치한 조조는 황하를 건너 원소군이 서진하는 사이에 안양의 부대를 습격, 서전을 장식했다. 10월, 원소의 처우에 불만을 품은 모사 허유가 투항하여, 원소의 식량창고인 오소烏巢의 방비가 허술하다는 정보를 알려주었고, 이에 조조는 10월 23일, 정예군 5천을 이끌고 야습을 감행했다. 허를 찔린 원소군은 큰 혼란에 빠졌고, 군량미는 잿더미로 변했다. 이 소식을 들은 원소는 오소에 구원 부대를, 관도에 공격 부대를 파견했으나, 두 부대 모두 패하고 말았다.(30회)

주요 참전 인물

원소군 — 원소, 안양, 문추, 허유, 순우경, 장합, 고남.

조조군 — 조조, 장요, 허저, 서황, 우금, 조홍, 조인, 하후돈, 하후연, 관우.

三國志演義 ③

구판 1쇄 발행 2000년 7월 20일
개정신판 1쇄 발행 2003년 7월 8일
개정신판 8쇄 발행 2024년 9월 24일

지 은 이 | 나관중
옮 긴 이 | 김구용
펴 낸 이 | 임양묵
펴 낸 곳 | 솔출판사
책임편집 | 임우기
편   집 | 윤정빈 · 임윤영
경영관리 | 박현주

주   소 | 서울시 마포구 와우산로29가길 80(서교동)
전   화 | 02-332-1526
팩   스 | 02-332-1529
이 메 일 | solbook@solbook.co.kr
블 로 그 | blog.naver.com/sol_book
출판등록 | 1990년 9월 15일 제10-420호

ISBN 978-89-8133-650-9 (04820)
ISBN 979-11-6020-016-4 (세트)

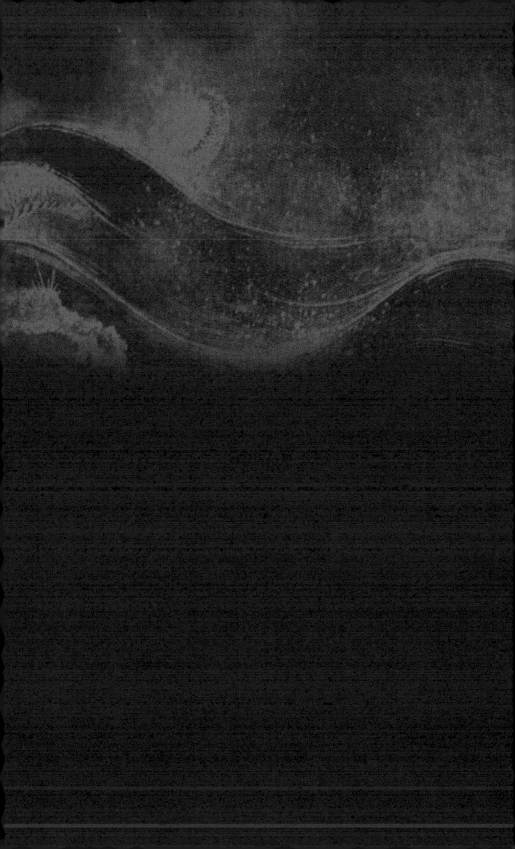